W0285555

Dragnić, Nataša:
Einatmen, Ausatmen. - Originalausgabe, 1. Auflage. - Ars vivendi, 2017
ISBN 978-3-86913-719-3 fest geb. : EUR 20.00

Jazz-Sängerin Giorgia liegt nach einem Autounfall im Koma. Am Krankenbett treffen 3 ihr nahestehende Männer aufeinander, die nichts voneinander wussten. In ihren Geschichten, in 2 Tagen und einer Nacht erzählt, wird Georgias Leben nachgespürt, verbleibende Leerstellen öffnen Interpretationsräume.
IK: Liebe

Zba
R 11

P601213041 ekz 515.299.9
6/18

ars vivendi®

Nataša Dragnić

Einatmen Ausatmen

Roman

ars vivendi

Liebe
Drag

Stadtbibliothek
Aschaffenburg
Ausgeschieden
17/7839

Originalausgabe

1. Auflage August 2017
© 2017 by ars vivendi verlag
GmbH & Co. KG, Bauhof 1,
90556 Cadolzburg
Alle Rechte vorbehalten
www.arsvivendi.com

Lektorat: Dr. Felicitas Igel
Druck: CPI books GmbH, Leck
Printed in Germany

ISBN 978-3-86913-719-3

Einatmen, Ausatmen

Für Claudio,
meinen »accomplice in jazz«

PIANO

Alone Together

»Ich bin ihr Ehemann«, sage ich und lüge und lüge doch nicht. Die Krankenschwester, die mich in der Intensivstation empfangen und ununterbrochen angelächelt hat, nickt mitfühlend und lässt mich allein. Ich bleibe an der Tür stehen.

Da ist sie. Da liegt sie. Ich wende den Blick kurz von ihr ab, muss sie aber immer wieder ansehen. Da ist sie. Giorgia. Eher tot als lebendig. Und dennoch sie, unverkennbar. Es zieht mich zu ihr, ich kann aber nicht. Ich habe Angst. Ich habe Angst vor Krankenhäusern, vor Kranken. Vor einer todkranken Giorgia. Obwohl es eigentlich keinen Unterschied für mich machen sollte, wir haben seit acht Jahren keinen Kontakt mehr. Zu atmen fällt mir plötzlich schwer. Ich habe mich nicht vorbereitet, ich wusste nicht, wie. Die Nachricht hat mich überrumpelt. Acht Jahre, und dann das. Man hat mir erklärt, ich stünde in ihrem Adressbuch als Notfallkontakt. Nach acht Jahren und nach allem, was war. Ich nahm den ersten Flieger, den ersten, der an die Ostküste flog, und den ersten seit fünfzehn Jahren. Ich landete in Boston, mietete einen Wagen und fuhr zu schnell auf der Autobahn, viel zu schnell. Ohne Navigationsgerät und mit einer Übelkeit in Bauch und Kopf, die ich bis dahin nicht kannte. Nackte Bäume und ein kalter Himmel rasten an mir vorbei. Meine Hände umklammerten starr das Lenkrad des fremden Wagens. Alles war neu, zu viel Neues für mich und in so kurzer Zeit. Ich nahm die Interstate 90, dann die Route 66, und am Ende der dreistündigen Fahrt nun dieses Zimmer und diese Giorgia. Ich habe nicht darum gebeten. Ich will nicht hier sein. Ich setze mich auf einen Stuhl neben der Tür. Näher ans Bett rücken kann ich nicht. Ich betrachte meine Hände. Den Ehering habe ich vor acht Jahren abgenommen.

In der Nacht vor dem Abflug hatte ich einen Traum. Ich bin noch mit Giorgia zusammen, wir sind noch ein Paar, ein richtiges, und wir gehen im Englischen Garten spazieren, etwas, das wir seit Jahren nicht gemacht haben, sie nimmt meine Hand, und ich verflechte meine Finger mit ihren. Ich wachte auf und vermisste sie. Ich habe sie nie vermisst, in all den Jahren nicht. Wahrscheinlich war das der einzige Weg für mich, mit ihrer Abwesenheit klarzukommen. Sehr wahrscheinlich. Sie zu vermissen, an sie zu denken, konnte ich mir nicht erlauben. Aber dann kam der Anruf, und ich buchte den Flug, als wäre es das Normalste auf der Welt – und ich träumte von ihr.

Eine der Maschinen an ihrem Bett piepst. Ich erschrecke und schnelle hoch. Eine Schwester erscheint an der Tür, sieht mich an, es ist eine andere, aber auch sie lächelt mich an, und ich denke, das ist etwas typisch Amerikanisches, aber wie soll ich das wissen, ich habe keine Erfahrung, weder mit den amerikanischen noch mit Krankenschwestern im Allgemeinen. Sie drückt ein paar Tasten, sieht Giorgia an, berührt ihr Gesicht, streichelt über ihren ausgestreckten Arm. Ich staune. Ich stehe neben dem Stuhl an der Tür und wundere mich über diese Aufmerksamkeit, ja fast Zärtlichkeit. Ich bin neidisch, das gestehe ich mir ein. So viel Ehrlichkeit kann ich aufbringen. Ich beneide diese Person, der meine Ehefrau völlig unbekannt sein dürfte, um diese Fähigkeit. Sie geht an mir vorbei, nickt, überlässt mich mir selbst.

Das ist mein natürlicher Zustand. Allein zu sein, das will ich und kann ich und dann wieder nicht, und das macht einen großen Teil meines verkorksten Lebens aus. Ich bin sechzig Jahre alt. Ich kann mir diese Offenheit leisten, das muss ich sogar. Ich bin unbeschreiblich müde, und es liegt nicht nur am Jetlag. Ich setze mich wieder, lege die Hände auf die Knie. Ich stelle mir vor, wie es wäre, Giorgia zu berühren, ihre Wange, die so blass ist, und ihre Arme, ebenso blass, auch wenn sie nicht tot ist. Ich denke oft über den Tod nach. Seit drei Tagen aber kein einziges Mal. Ich bin erbärmlich. Ich bin ein erbärmlicher Philosoph. Ich habe etliche akademische Titel und kluge Theorien über die Welt und den Menschen entwickelt und aufgeschrieben, in Büchern dargelegt und an meine Studenten und Studenten anderer Professoren an anderen Universitäten verkauft, Vorträge für viel Geld gehalten und Artikel in sämtlichen wichtigen Zeitungen und Zeitschriften veröffentlicht – und dennoch bin ich erbärmlich. Denn all diese vollkommen durchdachten und formulierten Ideen und Erklärungen haben nichts mit meinem Leben zu tun. Da haben meine ach so vorzüglichen Gedanken mich gänzlich im Stich gelassen. Ich halte mich dennoch weiterhin an sie, denn mit Gefühlen will ich so wenig wie nur irgend möglich zu tun haben. Auf Gefühle ist kein Verlass, das habe ich sehr früh sehr schmerzhaft lernen müssen. Also denke – oder stirb! Ich bin mir der Dramatik dieser Aussage, der Melodramatik sogar, sehr bewusst. Aber so bin ich: von der eigenen Mutter verwünscht, beim eigenen Vater verhasst. Gefühle bedeuten immer nur eine Falle, vor allem angeblich gute. Ich lächle bei der Erinnerung: Nicht einmal Giorgia konnte da etwas ändern, alle Bemühungen in all den Jahren vergeblich. Die Maschine neben Giorgias Bett pfeift einmal sehr leise, keine Schwester erscheint. Jede Ablenkung wäre mir willkommen.

Meine Hände halten sich an den Knien fest. Sie sind auch schon sechzig Jahre alt, man sieht es ihnen aber nicht an. Ich mag meine Hände, das ist mehr oder weniger alles, was ich an mir mag. Ich bewege leicht die Finger, umklammere meine Knie fester. Die Haut ist noch fleckenlos, wenn auch faltig. Ich kann mich nicht erinnern, wo mein Ehering geblieben ist. Ich weiß nicht mehr, wo ich ihn versteckt habe. Denn das habe ich, ich habe ihn versteckt, so gut habe ich das getan, dass ich ihn auch hätte verlieren können. Es würde keinen Unterschied machen. Und plötzlich ist mir klar, dass ich Giorgia nicht berühren, ihr nicht begegnen kann ohne diesen Ring. Ihren Ring, den sie mir auf den Finger gesteckt und dabei gelächelt hat, ein wenig erschrocken über die eigene Kühnheit vielleicht, ich erinnere mich – an so vieles erinnere ich mich nicht, ich vergesse leicht und gern, vor allem das Gute, das Gute macht mir Angst, es ist eine unbekannte, unberechenbare Größe – aber daran erinnere ich mich, an ihr Lächeln, ihre kalten Finger an meiner Hand, während sie mir den Ring ansteckt. Ihre Augen waren dunkel, dunkler als sonst, ihr Blick ängstlich, aber lächelnd. Sie wollte es so. Sie wollte heiraten und Kinder haben. Ich stimmte zu, nicht mehr und nicht weniger. Als sie wegging, sagte ich ihr, dass ich sie liebte und dass niemand sie je so lieben würde wie ich. Sie hat gestaunt, aber nicht gelacht.

Sie verließ mich trotzdem.

Die Zeit vergeht unmerklich. Vielleicht bin ich auch kurz eingenickt. Sie liegt immer noch da. Giorgia ist immer noch meine Frau, wenigstens sieht das Gesetz es so. Wir haben uns nie scheiden lassen. Darüber denke ich auch nicht nach, aus Prinzip. Die Leute stellen sich vor, dass man ständig grübelt und immer nur großartige, unverständliche, erstaunliche, bewunderungs- und anbetungswürdige Gedanken erzeugt, wenn man professioneller Philosoph ist und an der Uni Philosophie unterrichtet. Die Leute sind dumm und naiv und haben keine Ahnung. Ich mag Menschen nicht. Wenn ich morgens auf dem Klo sitze, denke ich nicht über Gott und die Welt nach, ich hoffe lediglich, kein Blut im Stuhlgang zu entdecken und keine Hämorrhoide zu bekommen. Danach ziehe ich meinen Anzug an, gehe in die Vorlesungen und bin der klügste Besserwisser der Welt.

Ich weiß nicht, was ich jetzt machen soll. Der Ring ist nicht da, und ich habe auch keine Möglichkeit, ihn zu beschaffen, zumal ich nicht weiß, wo er ist. Der Ring ist nicht da, Giorgia aber schon. Sie wird auch so bald nirgendwo hingehen, sie wird mir kein zweites Mal weglaufen. So sieht es im Moment aus. Wobei von einem zweiten Mal nicht die Rede sein kann, wenn ich bedenke, wie oft wir uns getrennt oder es wenigstens versucht haben. Vergeblich, wir fanden immer wieder zueinander, ich weiß nicht, warum. Über die Pathologie, die uns zusammenhielt, wollte ich nie nachdenken. So viel über den Philosophen als Privatperson. Meine großartigen, wichtigtuerischen Gedanken habe ich exklusiv für mein Arbeitszimmer und die Philosophische Fakultät reserviert. Wenn ich den Schlips ablege …

Piano & Schlagzeug

Smile

Ben trat ein, ohne anzuklopfen, und ging geradewegs zum Krankenbett. Er seufzte einmal, es hörte sich an wie ein kraftvoller Schlag, und legte die Hand auf Giorgias zugedeckten Bauch. Konrad sprang von seinem Stuhl neben der Tür, die Blicke der zwei Männer trafen sich, beide überrascht.

»Wer sind Sie?«

»Und wer sind Sie, verdammt noch mal?«

Sie musterten sich eine Weile, dann trat Konrad näher, streckte die Hand aus.

»Konrad Stern.«

»Ben Jones.«

Sie schüttelten einander die Hand, jeder mit dem Händedruck des anderen zufrieden. Konrad betrachtete Bens Gesicht, es war gezeichnet von frischen Wunden, sein Blick wanderte zu dem Verband auf der Stirn über der rechten Augenbraue, zum rechten Arm in einer Schlinge.

»Sie hat es aber erwischt.«

Ben sah Konrad verständislos an, blickte zu Giorgia hinunter, zuckte dann mit den Schultern.

»Was haben Sie denn gemacht?« Konrad wunderte sich über die eigene Small-Talk-Bereitschaft.

Ben schenkte ihm einen irritierten Blick.

»Wer sind Sie, Mann?«

»Ich bin ihr Ehemann.«

»Wer?!«

»Ihr Ehemann.«

»Giorgias?«

Konrad nickte.

»Giorgia ist verheiratet?«, flüsterte Ben.

Konrad nickte lediglich, senkte den Kopf und nickte leicht weiter, so, als würde er nachdenken.

»Das glaube ich nicht.«

Ben ging demonstrativ zum Fenster, lehnte die Stirn an das kühle Glas, es tat gut, die Hitze in ihm machte ihn unsicher auf den Beinen. Konrad setzte sich wieder, ließ Ben aber nicht aus den Augen.

»Das wusste ich nicht«, sagte Ben schließlich, und man hätte denken können, eine ganze Welt wäre zusammengebrochen. »Sie hat mir nie was gesagt. So ein Scheiß.« Und dieses »mir« füllte Bände. Konrad spürte es. Er spürte, wie es in Bens Körper trommelte, ein Vibrieren ging von ihm aus.

»Und wer sind Sie?« Er musste es fragen, es interessierte ihn nicht wahrhaftig, denn er, Konrad, war der Ehemann, alle anderen waren unwichtig. Aber dieses Pulsieren, das aus dem Körper des anderen Mannes kam, ließ sich nicht ignorieren.

»Ich bin Ben, ihr Drummer, ihr …«

»Ihr Drummer … Also hat sie es auch hier geschafft.«

»Ja, wir sind zusammen, eine Band, sie ist einmalig, wir sind …«

»Es war immer ihr Wunsch.«

»Sie meinte, als wir uns kennengelernt haben, sie sagte … so ein Scheiß.«

»Was denn?«

»Sie wäre nichts ohne die Musik.«

Darauf konnte man nichts erwidern.

»Sie wäre die Musik, die Lieder, die sie singt. Oh Mann.«

Der Drummer und der Ehemann dachten nach, es gab keinen Gewinner und keinen Verlierer, und Giorgia, die halb tot, halb lebendig dalag, spürte ihre Gefühle hin und her rasen, sie spürte die Melodie, die zwischen ihnen entstand, allmählich, widerwillig, die zwei Ströme suchten sich, die Töne konnten sich noch nicht einigen, der eine zu hart, der andere zu sensibel, verletzlich sogar – aber sie freute sich dennoch ein wenig, war erleichtert, hoffte auf eine Melodie, eine, die sie kannte, erkennen könnte. Sie lächelte, als hätte sie einen Plan und als liefe alles danach. Als würde sie den Ton angeben. Dass keiner etwas davon merkte, merken konnte – denn immerhin war sie für die Außenwelt lediglich ein lebloser Körper, unerreichbar – störte sie nicht im Geringsten.

»Es ist alles meine Schuld.«

Konrad kannte sich mit Schuldgefühlen sehr gut aus, er wusste, dass man sich in die anderer Menschen nicht einmischen sollte, also schwieg er. Ben wünschte sich, er hätte nichts gesagt. Als das Schweigen zu lang wurde, hatte er keine Wahl mehr – immerhin war er der Bandleader.

»Oh Mann, hätte ich mich nur durchgesetzt«, und dann nur noch ein Kopfschütteln.

Sie saßen sich gegenüber in der Cafeteria des Columbia Memorial Hospital in Hudson und starrten die Tischplatte an. Konrad fühlte sich verpflichtet zuzuhören, ein wenig neugierig war er aber auch. Alles so neu und unbekannt und unerklärlich, teilweise.

»Giorgia weiß, wie sie ihren Willen bekommt.«

»Ja, das tut sie, da haben Sie verdammt recht.«

»Aber sie war nicht immer so. Als …«

»Ich kenne sie nur entschlossen und kompromisslos.«

»Merkwürdig.«

»Aber auch sanft und zärtlich und vor allem fürsorglich. So ein Mist.«

»Das hört sich vertraut an.«

»Und dann doch … ich weiß nicht, Mann. ›Kalt‹ ist nicht das richtige Wort. ›Selbstzerstörerisch‹ vielleicht.«

Konrad sah Ben überrascht an, als könnte er es nicht glauben: Selbstzerstörung war doch sein Fachgebiet.

»Das Leben ist kompliziert.«

Ben wollte mit solchen Banalitäten nichts zu tun haben, er trommelte mit ausgestreckten Fingern auf dem Tisch. Nicht sofort wurde ihm klar, dass das Giorgias Lieblingsstück war, das er für sie komponiert hatte, damals, vor vielen Jahren, als sie – für ihn – noch nicht verheiratet war. Konrad, in sich zusammengesunken, ließ die Schultern hängen und versuchte, es zu ignorieren, das Trommeln und Bens Worte und seine eigenen Gedanken.

»Wir waren ein paar Tage in Montreal, wir hatten zwei Auftritte im *House of Jazz*. Mann, haben wir gegroovt! Als wir am letzten Abend fertig waren, als das Publikum sie endlich losließ, es ist immer das Gleiche, man lässt sie nicht gehen, man will immer noch einen Song und dann noch einen hören, und schließlich noch einen letzten, und sie lässt es zu, oh Mann, sie singt und singt und will nicht aufhören, vor Jahren ist sie einmal auf der Bühne in Ohnmacht gefallen, konnte nicht aufhören zu singen. Das war eine Scheiße, das können Sie mir glauben.«

Konrad fühlte plötzlich, er musste dagegenhalten: »Wir waren achtzehn Jahre zusammen. Dann ging sie weg.«

»Die Band wollte bleiben, wenigstens übernachten, und alle wollten fliegen, unseren Bus sollten die zwei Techniker nach New York bringen, keiner hatte Lust auf den verdammten Schnee auf den Straßen, aber sie wollte gleich los. Sie müsse weg, meinte sie, sie musste weg, sie wollte auf die Autobahn. Sie hat einen Wagen gemietet, einfach so. Ich konnte sie doch nicht allein fahren lassen, Mann, und sie ließ mich nicht fahren, ich fahre, hat sie gesagt, und schon saß sie hinter dem Steuer, und ich hatte keine Wahl, verdammt, ich setzte mich zu ihr ins Auto, und sie fuhr los, Mann, mitten in der Nacht, Scheißschneewolken dicht über uns. Sie fuhr los, und ich ließ es zu, und jetzt liegt sie hier, verdammt.«

»Ich verstehe, warum Sie glauben, es wäre Ihre Schuld. Das verstehe ich.« In Konrads Kopf: Giorgias lebloser Körper im Krankenhausbett, irgendwo in einem Zimmer über ihnen.

Alles in Konrads Kopf schien surreal. Oberhalb des Nabels sah er sein Herz pochen. Die Haut zitterte und bewegte sich rhythmisch, aber dann auch wieder nicht. Als befänden sich in seiner Magengrube zwei schlagende Herzen.

»Ich hätte besser aufpassen müssen, nicht einnicken, verdammt noch mal, ich bin eingenickt, so ein Scheiß, aber ich war auch so erschöpft, alles was davor, vor Montreal passiert ist, mit der Band, mit uns, mit Giorgia und mir, alles war so überwältigend, in jeder Hinsicht, ich bin eingenickt, glaube ich, sonst hätte ich nicht zugelassen, dass sie es tut, verflucht, ich hätte sie wachhalten sollen, wenigstens das.«

»Giorgia fuhr nur, wenn sie unbedingt musste. Giorgia war autoscheu. So hat sie es genannt, ihr Gefühl. Sie fuhr nicht gerne. Sie fuhr so gut wie nie.«

»Das weiß ich, Mann! Das wusste ich. Sie wollte immer fliegen, wenn es möglich war zu fliegen, ist sie geflogen, in all diesen Jahren, sie liebte es zu fliegen, sie meinte, sie ist dem Himmel so nahe, dem Mond, ohne Scheiß, sie kann ihn berühren; einmal fragte sie die Stewardess, ob man nicht das Fenster öffnen könnte, sie will die Wolken berühren, das hat sie gesagt und gelacht und ihren Gin getrunken, und die Stewardess lächelte unsicher, wusste nicht, was sie sagen sollte, ob es ein Witz war oder nicht, ob sie den Piloten informieren sollte, ob die Frau, die die Wolken streicheln wollte, gefährlich war oder nicht, womöglich eine Terroristin, man konnte nie sicher sein nach den Türmen, so ein Scheiß. Aber Giorgia hat gelacht, so wie sie immer lacht, Mann, wenn man sie nicht versteht, wenn sie begreift, dass man sie nicht verstanden hat, sie hat gelacht und gesagt, dass alles in Ordnung wäre und sie sich keine Sorgen machen müsste, die Stewardess, und sie hat die Augen geschlossen und an ihrem Gin genippt. Und dann hat sie ein wenig geweint und wollte mir nicht sagen, warum, und ich dachte, das wäre der Alkohol. Und die Müdigkeit. Verdammt.«

»Giorgia liebte den offenen Himmel über sich.«

»Und den Mond und die Sterne, und sie ist nicht tot, Mann. Hören Sie auf, von ihr in der Vergangenheit zu reden, verdammt noch mal.«

»Nein, natürlich nicht. Es ist nur, ich habe sie so lange nicht gesehen. Wir hatten so lange keinen Kontakt mehr. Es war ein wenig, als wäre sie ... Ja. Ein wenig schon.«

Konrad hatte die Grenze der Erschöpfung schon überschritten, und jetzt spielte nichts mehr eine Rolle, und nur wenig war noch wichtig. Ben hatte Schmerzen. Ben hatte Wunden, einige waren sichtbar, einige nicht. Zu reden war unmöglich, zu schweigen unvorstellbar.

»Ihr Kopf hing aus dem Seitenfenster, lehnte an dem verfluchten Baumstamm, der sich uns in den Weg gestellt hatte. Sie ist nicht mehr zu sich gekommen, seitdem schläft sie. Scheiße, Mann.«

»Sie ist gegen einen Baum gefahren?«

Ben nickte. Alles war gesagt.

»Sie hasste es zu fahren.«

»Ich weiß.«

»Sie hätten sie nicht fahren lassen dürfen.«

»Das habe ich doch schon gesagt, Mann.«

»Sie hasste Autofahren und liebte den Himmel.«

»Ich weiß.«

Worte wie kurze, harte Schläge.

»Und Sie sprechen wieder in der Vergangenheit, verdammt noch mal.«

»Entschuldigung.«

Vocals

But Not For Me

… rotes mein rotes Kleid brauche ich mein rotes Kleid will ich und Schuhe meine roten Schuhe will ich und meine Lieder will ich hören meine Musik um mich herum hier oben im Nebel ich singe oh Gott wie ich singe ich singe um mein Leben singe ich und kann mich nicht entscheiden ich will es ich will es nicht ein Leben ist ein Leben ist ein Leben ohne Musik ist es kein Leben jetzt jetzt in diesem Augenblick genau in diesem Augenblick entscheidet sich alles das Leben tänzelt mal links mal rechts mal nach oben mal nach unten mal springt es rein mal springt es zur Seite mal will es mal will es nicht und ich kann nichts sagen nichts denken nichts singen vor allem kann ich nicht singen vor allem will ich mein rotes Kleid und meine roten Schuhe und das Mikrofon gebt mir ein Mikrofon lasst mich singen lasst mich in Ruhe hier in den Wolken die Sterne der Mond so nah so greifbar so kalt kalt so unvorstellbar kalt das hätte ich nicht gedacht das ist nicht für mich dieser Mond und dieses Licht und müde bin ich auch dunkel dunkel ist es ich dachte in den Wolken im Himmel ich dachte da ist alles außer Schuld diese unerträgliche Schuld diese lebenslange Schuld die das Leben selbst bedeutet aber nicht im Himmel da sollte es keine geben keine Schuld in den Wolken da finde ich es wieder das Leben so habe ich mir das vorgestellt das Leben in den Wolken wie ich sie liebe die Wolken aber es kommt mir vor es kommt mir vor als wäre ich in einem falschen Leben wieder ein falsches Leben kein rotes Kleid keine roten Schuhe das ist nicht mein Leben jetzt muss alles überdacht werden noch einmal und noch einmal und die Musik ich höre sie diese Melodie diese Melodie klebt an mir dieses Lied auf meiner Haut die Worte ich kenne alle Worte ich habe sie alle gesungen und wo bin ich jetzt wo bin ich jetzt bitte schön ich habe gedacht ich habe gedacht ich werde mich entscheiden können und ich werde hierbleiben hier mit meinen Liebsten ohne Schuld nur die Wolken und der Himmel und der Mond das habe ich mir gedacht und das Leben wird mich wiederhaben wollen mich so wie ich bin aber es ist nicht für mich nichts ist für mich nicht einmal in den Wolken wie kann man sich so irren wie viel Nacktheit ist zumutbar nackt und ohne Leben ohne die Röte des Atems keine Bühne gebt mir eine Bühne eine Bühne ohne den Vorhang und ich will nicht hören dass es vorbei ist ich will nicht dass für mich alles vorbei ist dass es nicht für mich ist das was da ist nicht für mich wo ich es sehe wo es an mir klebt auf der Haut kleben bleibt wo ich es berühren kann seht ihr seht ihr wie ich es anfasse ich die ich nicht mehr bin vielleicht vielleicht auch nicht und doch und doch schlägt mein Herz noch ich höre es ist das das Leben wenn das kein Leben ist was ist es dann was ist dann das Leben und wenn das Leben nicht im Himmel ist wenn das Leben nicht über den Wolken schwebt da oben wo man nicht mehr mit den Augen sehen kann wo die Augen zu nichts nutze sind wo man die Arme ausstreckt die Arme ausstreckt und das Nichts berührt berühren kann wenn man es schafft wenn man Glück hat wenn es für einen gedacht ist bestimmt ist wenn etwas auf einen wartet und wenn nicht wenn niemand auf mich wartet und wenn ich die Arme ausstrecke und die Finger auch und wenn die Fingerspitzen in den Wolken verschwinden einfach verschwinden den Mond berühren und nicht mehr zurückkommen denn man kann nicht man kann die Stimme nicht berühren nicht umarmen nicht streicheln die Stimme ich will diese Stimme jene meine Stimme wieder in mich aufnehmen verschlingen und wenn sie nicht für mich da ist wenn die Liebe in den Wolken über dem Himmel zwischen den Sternen und dem Mond und der Kälte und Dunkelheit wenn die Liebe nicht möglich ist wenn es sie dort nirgendwo gibt wenn sie mich betrogen hat mich schon wieder betrogen hat zum wiederholten Mal unendliche Male im Stich gelassen verleugnet ausgelacht ausgelacht und verraten hat und wenn ich mir alles nur gewünscht und alles umsonst alles umsonst war das Leben und das Singen und der Baum der Baum der so schön war so groß und ach so großartig der so gelächelt hat der mich erkannt hat der wusste wer ich bin und wonach ich suche der alles schon bereithielt aber nicht für mich oh Gott nicht für mich und ich habe gesungen gesungen habe ich und wie ich gesungen habe und es war vergeblich alles vergeblich das Singen und der Schnee und die eisglatte Straße und der Baum des Todes wenn die Schuld immer siegt dann ist alles umsonst diese Schuld will mich überleben und ein Baum ist nicht ein Baum ist das Leben ist der Tod ein Baum kann alles sein das Leben und der Tod aber der Baum mein Baum ein Leben voller Bäume und alle bedeuten den Tod so ein Leben …

Schlagzeug

Strange Fruit

Dum di dambum bum, und mein Kopf schlägt gegen die Fensterscheibe, aber nicht stark genug, einmal Snare, heftig, dann Kick Drum, lang tief, noch einmal und endlich ein fortwährendes Crescendo. Buuuuuuuuuuum. Und schließlich alles von vorne. So ein Scheiß. Das geht mir nicht aus dem Sinn, das vergesse ich nicht. Ihr Anblick. Ihr Kopf verschwunden.

Wo war ich?! Ich bin der Leader der Band, der Navigator, ich soll die Richtung vorgeben, den Kurs bestimmen, die Leichtigkeit anschlagen. Und verheiratet! Was soll das denn! Wie verheiratet?! Seit wann? Und ich weiß es nicht. Dum di dambum bum. Ich weiß es nicht. Was weiß ich noch alles nicht? All die Breaks, die unzähligen Breaks, wo ich gedacht habe, ich schaffe ihr Raum, ich schaffe ihr den Raum zum Leben, zum Lieben. Es ist alles bestens, hat sie gesagt, glaub mir, es ist alles bestens. Und dann fliegt mein Kopf herum, und ihrer verschwindet, und was nun? Alles bestens, aber klar doch! Was macht der überhaupt hier? Wer hat ihm Bescheid gesagt? Und verheiratet! Aber jeder kann das behaupten, einen Ring hat er nicht. Weder er noch sie. Also. Dum di dambum bum. Das ist sicher, nur darauf ist Verlass. Sechs Jahre, das ist nicht wenig, sechs Jahre, und die ganze Zeit ist sie verheiratet, und ich weiß es nicht, alles bestens. Sicher. Ich sehe, wie alles bestens ist. Dum di dambum bum.

Ich sehe sie noch vor mir stehen, groß, die Haare hochgesteckt, die Nacht in den Augen. Sie lächelte schwach, ich dachte, es tut ihr weh zu lächeln. Sie quälte sich durch das Gespräch, ich wollte sie nicht, ich wollte diese Dunkelheit nicht, ich wollte sie schon verabschieden, einfach wegschicken, das ist nichts für uns, wir brauchen Frische und Leichtigkeit, ich wollte *joie de vivre*, ich hatte eine genaue Vorstellung, und sie war zu alt, sie war nicht das, was ich wollte. Ich würde gerne was vorsingen, sagte sie mit einer tiefen Stimme, plötzlich tiefer als zuvor, die ließ mich aufhorchen. Und sie sang. Und ich wusste, sie muss meine sein, ich wollte sie, gleich da, auf der kleinen Bühne im *Iridium.* Dum di dambum bum, so wollte ich sie, während sie sang, wollte jeden Millimeter ihrer Haut spüren, meine Fingerkuppen juckten. Ich blieb atemlos, und sie sang, und ich hörte es, ich hörte alles. Die Finsternis des Blickes floss in ihre Stimme hinein, der Blues, da war dieser Blues, ich schloss die Augen und sah sie schwarz vor mir schweben, ihre Töne so tief, sanft, ein wenig kratzig, aber leicht wie Seide. Meine Zunge streichelte sie sanft, überall. Und sie sang.

Und sie blieb bei uns, und es dauerte noch Monate, bevor sie mir erlaubte, in sie einzudringen, Monate. Gott, können Monate lang sein. Aber sie sang, und die Jungs waren nie besser, seitdem spielen wir wie die Götter, wie die jungen Löwen, alle Türen stehen uns offen. Dum di dambum bum. Jetzt nicht mehr, jetzt ist alles im Keller verschlossen. Verheiratet. Wie kann sie verheiratet sein?! Sie sieht nicht so aus. Und der Typ auch nicht. Und er ist alt. Er ist doch zu alt für sie. Was wollte sie mit so einem? Was macht er hier? Wo war er die ganze Zeit, die ganzen acht Jahre, seitdem sie hier ist? Ich hätte besser aufpassen müssen. Von Anfang an. Ich habe sie gesehen, diese Schwärze in ihr, gleich habe ich sie gesehen, die Schwärze, auch in der Stimme, die sie so einmalig macht, war sie, die Leute flippen aus, wenn sie anfängt zu singen, diesen ersten Ton, wenn sie diesen ersten Ton singt, Mann! Da ist niemand sicher vor dem Abgrund, da ist ein Abgrund in ihr, ich habe es gleich gesehen. Aufpassen, ich hätte aufpassen sollen, was bin ich für ein mieser Swinger, nicht einmal den Ton kann ich mehr treffen, den vollkommenen, den Am-richtigen-Ort-zur-richtigen-Zeit-Ton, noch nie habe ich den Swing verpasst, noch nie!

Ein Körper und eine Seele und ein Beat, das waren wir, meine Jungs und ich. Und sie, gleich von Anfang an. Wo bleibt der Typ? Dass er jetzt plötzlich da ist, alle diese Rechte hat, er darf mit den Ärzten reden, darf erfahren, was da los ist, was mit Giorgia los ist, was eigentlich mich etwas angeht, nur mich, das pisst mich so an. All die Zeit. Und wo ist sein Ring?! Ein Schwindler, bestimmt. Das kann doch jeder sagen, ich könnte es auch behaupten, ich kann es. Warum nicht? Wer hat sie all die Jahre hier geliebt? Wer wohl? Ihr den Rücken gestärkt. Sie aufgefangen. Kein Mensch, ich kenne keinen Menschen, der so fallen kann, so tief und so schnell, so einen bodenlos tiefen Ton muss meine Bass Drum noch finden, noch ist sie nicht so weit. Dum di dambum bum. Ja, das kann sie schon, das haben wir jetzt gelernt, das wird der neue Standard. Ich muss noch ein wenig daran arbeiten, aber das wird nicht schwierig sein, ich habe nichts anderes im Kopf, ihr Kopf, wie er plötzlich nicht da ist, wie sie wie gebrochen dasitzt, alles falsch, alles verdreht, einfach falsch, Mann – und ich? Nichts. Hocke da, dum di dambum bum – als wäre nichts.

Montreal Montreal Montreal, tam darim timdamda, wie das durch meinen Schädel rast, wie ich sie umarme vor dem Auftritt, sie lächelt, sie küsst mich, Mann, sie küsst so gut, so endgültig, nichts sollte es mehr geben nach so einem Kuss, ich halte sie fest, ich halte sie fest, wann immer sie es zulässt.

Montreal. Tolle Vorstellung. Wir swingen und grooven, das tun wir immer, ich sehe Paul an, er zwinkert mir zu, das tut er immer, er ist lustig, unser Paul, wir kennen uns seit Ewigkeiten, sind zusammen auf das Berklee College gegangen, haben uns bei mir getroffen und gespielt, stundenlang, bis wir umgefallen sind, das waren Zeiten, nur wir beide, kein Bass, kein Piano, wir waren die Größten, wir dachten, wir wären Trane und Elvin, Jones war schon richtig, wie wir darüber gelacht haben, Ben Jones, der muss doch wenigstens so gut sein wie Elvin Jones. Das und noch viel anderes war vor Montreal. Erst ist John dazugekommen, und dann Giorgia.

Wir haben uns alle ein wenig in sie verliebt, man musste sich in sie verlieben, wenn sie den Mund öffnete, ach du Scheiße, was da rauskam an Klang. Eine Zaubertüte, das war sie. Sie sang mich zu Boden, *yes sir*, sie haute mich um. Ich wollte da rein, unbedingt, in diese Stimme, ich musste in diese Töne hineinspringen, mich von ihnen treiben lassen, das kann keiner verstehen, der sie nicht singen hörte. Wie eine offene Wunde. Tam darim timdamda, die ganze Nacht diese Stimme in diesem Montreal, das nicht wichtig sein sollte, nein, gar nicht, lediglich ein Trommelwirbel, ein einfaches tam darim timdamda. Bevor es in die Vorweihnachtszeit geht, in dieses zeitliche Irrenhaus. Der erste Dezember. Gescherzt haben wir, John hatte einen Adventskalender, ließ niemanden die Türchen aufmachen, versteckte das Ding, aber Paul hat's gefunden und die Schokolade verputzt, oh Mann, da gab's Stress. Giorgia lachte, tadelte sie wie kleine Kinder, lachte Tränen. Oder sie weinte tatsächlich, ich könnte es jetzt nicht sagen, damals glaubte ich, sie würde lachen. Tam darim timdamda, den ganzen Tag lang und am Abend dann haben wir gegroovt, außerirdisch haben wir gespielt, wir sahen uns ständig an, Giorgia strahlte, ihr Lächeln wie Kaminfeuer. Mein Gott, war das riesig. Dann spielten wir *For You My Love*, ich ging völlig ab, meine Djembe platzte fast, die Leute schrien, Giorgia scattete mit, sie machte diese kleinen Bewegungen, ihr Körper löste sich in der Musik auf, sie löste sich auf. Ich liebte es und befürchtete immer gleichzeitig, sie wird verschwinden, die Angst davor hat mich nie verlassen. Ich beschwor sie zu bleiben, ich trommelte um sie herum, meine Knöchel, meine Handkanten, alles tat weh, ich schlug und streichelte um mein Leben, um Giorgias Liebe.

Mann, wie ich sie liebe. Ich brauche frische Luft, ich muss raus, ich muss tam darim timdamda, ja, das muss ich. Die Zeit zurückdrehen, das muss ich. Atmen und alles ungeschehen machen, zurück nach Montreal, auf die Kickdrum schlagen, buuuuuum buuum buuuuuuuuum, und sie singen lassen, sie immer weitersingen lassen, meine Giorgia, sie nie ins Auto steigen lassen, nie ans Steuer setzen lassen, nie. Wer ist hier der Leader? Wer! Fliegen, das hätten wir tun sollen, wie Paul und John, fliegen, das liebte sie, dem Himmel, den Wolken so nah, könnten Sie das Fenster aufmachen, bitte, für mich, nur einen Augenblick, einen kurzen Augenblick, ja, das hätte sie gefragt, unschuldig gelächelt. Ich hätte ihre Hand gehalten. Ich hätte ihre Fingerkuppen geküsst. Tam darim timdamda, um ihr Leben getrommelt. Heute ist der erste Dezember, hat sie gesagt. Sie hat meine Hand genommen, meine Wange gestreichelt, sie hat mich geküsst.

Wir hätten dableiben sollen, Montreal war gut zu uns, für uns. An dem Nachmittag vor dem Konzert, Mann, haben wir da gevögelt. Sie biss mich in die Schulter, ich ließ es zu, ich lachte, danach, ich werde nicht spielen können, ich kann den Arm nicht bewegen, sieh mal, und ich tat so, als würde ich den Arm heben wollen und nicht können, und Giorgia lachte. Giorgia setzte sich auf mich, und wir vögelten noch einmal, sie war außer sich. Sie lachte Tränen. Oder sie weinte tatsächlich, das weiß ich nicht mehr, jetzt weiß ich es nicht mehr. Jetzt weiß ich gar nichts mehr. Aber in Montreal, da wusste ich noch alles, bildete es mir ein.

Ein Betrug, das Leben ist ein Betrug, Mann. Jedem Song traue ich mehr als dem Leben, jetzt ist alles, ja, einfach beschissen. Wir hätten in dem Hotelzimmer bleiben können, wir könnten immer noch da sein. Ihr Kopf unverletzt auf meiner Schulter, sie unversehrt unter mir, ich in ihr. Ihr Kopf in Sicherheit. Leute, lasst mich die Zeit zurückdrehen. Sie zog das rote Kleid an. Ihre roten Schuhe. Und wir vögelten wieder, ich zog sie nicht einmal aus, ich habe mein Gesicht in die rote Seide vergraben, in ihre Brüste, ihren Geruch eingeatmet. Sie roch nach Sex und ihrem Lieblingsparfüm. Sie roch nach mir und nach sich selbst. Ich drang in sie ein, als gäbe es kein Morgen, als hätte ich gewusst, dass es kein Morgen geben würde. Ihr rotes Kleid. Sie stand auf, kraftlos folgte ich ihr mit dem Blick, sie zog das Kleid aus, ich kann so nicht auftreten, sie lachte, alles zerknittert, sie lachte. Nackt, in ihren roten Stilettos stand sie vor mir, vor dem Spiegel und lachte. Dann zog sie das Kleid wieder an. Wollen wir?, fragte sie. Ich liebe dich, sagte ich. Ich dich auch. Und dann hat sie gesungen, und ich habe gespielt, und die Jungs haben sich um die Schokolade gestritten, in der Pause, und es war gigantisch. Montreal war gigantisch.

Bis sie sagte: Ich habe ein Auto gemietet. Ich will fahren. Nach New York? Bei dem Wetter? Ja, ich will fahren, jetzt, jetzt gleich. Sie hat den schwarzen Mantel über das rote Kleid gezogen, Stiefel statt High Heels. Ich werde fahren, kommst du mit? Wir sahen uns an, es war ihr ernst, ich habe es gesehen, es war ihr ernst, sie würde fahren, sie wäre auf jeden Fall gefahren. Klar. Ich fuhr mit. Ich legte meine linke Hand auf ihren Oberschenkel. Tam darim timdamda. Bis ich eingenickt war und sie gegen den Baum fuhr.

Piano & Schlagzeug

Someone To Watch Over Me

»Nichts Neues.«

Ben hatte Konrad nicht kommen sehen und fuhr zusammen.

»Und was heißt das?«

Konrad zuckte mit den Schultern und blieb am Tisch stehen.

»Scheiße.«

»Aber besser als eine Verschlimmerung.«

»Wie kann es noch schlimmer werden, Mann? Sie ist fast ...«

»Fast. Fast. Lebensphilosophisch gesehen ...«

»Scheiß drauf.«

Manchmal ist Schweigen das Einfachste, also wurden sie still. Bis Bens Neugierde siegte.

»Sie sind kein Amerikaner. Woher kommen Sie?«

»Aus Deutschland. Aus München. Ich bin Philosophieprofessor an der Uni dort.«

»Wir haben schon in Deutschland gespielt, aber nicht in München. In Berlin. Da, Mann, da ist Giorgia ausgeflippt, sie hat sich so gefreut. Aber Sie hat sie nie erwähnt.« Er dachte kurz nach, dann sagte er: »Wahrscheinlich gab's keine schönen Erinnerungen. Aus welchem Grund sonst hätte sie nie von Ihnen gesprochen?«

»Wahrscheinlich haben Sie recht«, erwiderte Konrad, aber es war klar, dass er das nicht wirklich dachte, dass er Sachen wusste, von denen Ben keine Ahnung hatte, und dass ihn das zufriedenstellte.

»Aber sicher, Mann.«

Dann schwiegen sie. Drei Leute betraten die Cafeteria, ein Mann und zwei Frauen. Die eine der Frauen trug ein schlafendes Kind auf dem Arm. Konrad wandte den Blick von ihr ab und setzte sich wieder zu Ben, ihm gegenüber. Ben musterte ihn merkwürdig irritiert.

»Spielen Sie Klavier?«

»Nein.«

»Nie? Haben Sie nie gespielt?«

»Nein, nie.«

Ben ließ nicht locker.

»Sie sehen aber so aus. Ihre Schultern hängen rund.«

Konrad starrte vor sich hin, machte keine Anstalten, den Oberkörper aufzurichten.

»Und dann Ihre Brille, Mann.«

»Was ist damit?«

»Bill Evans hatte eine solche.«

»Wer?«

»Oh Mann!«

Konrad sah wieder zu den Neuankömmlingen hinüber. Sie bedienten sich an der Theke. Das Kind war aufgewacht, quengelte leise. Die Frau, die es trug, gab ihm eine Scheibe Brot in die Hand. Das Kind hörte nicht auf zu jammern, betrachtete aber interessiert das Brot, senkte das Köpfchen, leckte daran. Konrad beobachtete die Szene fasziniert, selbst überrascht über diese Faszination.

»Und Sie wollen ihr Mann sein! Nie im Leben.« Ben stand

empört auf, als hätte jemand ihn beleidigt, ihn geschlagen. »Das ist ein Pianist, ein Jazzpianist, der beste vielleicht.«

»Ich kenne mich mit der klassischen Musik aus, als Philosoph muss ich das – aber auch nur ein wenig.«

»Jeder Mensch kennt Bill Evans.«

Ben wurde zunehmend aggressiv und ärgerte sich darüber, und je mehr er sich darüber ärgerte, desto aggressiver wurde er.

»Es tut mir leid.«

»Ich glaube Ihnen nicht, dass Sie mit Giorgia verheiratet sind, das kann nicht sein. So einen würde sie doch nie heiraten. Sie ist … sie ist … verdammt. So einen lieben – nein, nie im Leben.«

Manchmal will man in seiner Wut bleiben, darauf beharren, will nicht loslassen, will die erlittene Ungerechtigkeit genießen. Es kostet viel Kraft umzuschalten, sich umzuentscheiden, die Achseln zu zucken und sich auf die neue Situation zu freuen, so zu tun als ob. Oder sogar zu lächeln. Als würde man sich dadurch, durch dieses Lächeln, selbst betrügen, hintergehen, sich einer wesentlichen Sache berauben. Als wäre die Wut der Beweis, dass es uns gibt. So kam es Konrad vor, während er Bens Kampf mit sich selbst aufmerksam verfolgte.

»Doch, einmal schon. Vor fünfundzwanzig Jahren in Venedig.«

»In Venedig? Warum in Venedig?«

Konrad lächelte verstohlen, aber nicht verstohlen genug.

»Was gibt's da zu lachen, Mann?«

»Ich frage mich, wie gut Sie Giorgia überhaupt kennen. Sie wissen offensichtlich nichts von ihr.«

Ben stand auf, seine langen Haare fielen ihm ins Gesicht. Er spürte das rasende, sehr unrhythmische Pochen in den Wunden. Er hob beide Hände und presste die Finger darauf. Er wurde ganz blass.

»Setzen Sie sich doch, es geht Ihnen nicht gut. Setzen Sie sich.«

Ben setzte sich, schloss die Augen.

»Sie hatten viel Glück.«

Ben sah Konrad nicht an, schüttelte lediglich den Kopf.

»Verglichen mit Giorgia, auf die Sie aufpassen wollten.«

Ben schlug mit der Handfläche auf den Tisch, der Ton war aber falsch, er sprang wieder hoch, und alles wurde neblig, dunkel, seine Beine schwammig, knochen- und muskellos. Er fiel zu Boden. Konrad reagierte nicht, wunderte sich, dachte, es wäre der Jetlag, der ihn lähmte. Eine Krankenschwester ging neben Ben in die Hocke. Dann kamen auch schon ein Arzt und zwei Pfleger mit einer Rollbahre, legten den ohnmächtigen Ben darauf.

»Was ist passiert?«

Konrad starrte auf Bens Gesicht.

»Hallo, Sir, was ist passiert? Sir? Geht es Ihnen nicht gut? Wollen Sie sich auch hinlegen?«

Konrad verstand nicht, was mit ihm geschah, er konnte sich nicht bewegen, er konnte weder seine Arme noch seine Beine rühren, seine Lippen gehorchten ihm nicht, seine Zunge genauso wenig. Er konnte nur nicken, den Kopf schütteln, was er auch tat, aber keiner achtete darauf, und schon lag er auch auf einer Bahre, Seite an Seite mit Ben. Man untersuchte sie, tastete ab und bewegte ihre Glieder, richtete einen starken Lichtstrahl in ihre Augen. Allmählich kam Ben zu sich, sah Konrad seitlich an. Konrad strengte sich an, ein schiefes Lächeln gelang ihm.

»Scheiße. Was ist passiert?«

Mehrmals machte Konrad den Mund auf, bevor hörbare Laute herauskamen.

»Wir sind ein tolles Paar.«

Da lächelte auch Ben. Sie grinsten sich so lange an, bis ihnen Giorgia wieder in den Sinn kam.

Der Arzt ermahnte sie, besser aufzupassen, sich erst einmal auszuruhen, und so verließen Konrad und Ben den kleinen Untersuchungsraum im Erdgeschoss und nahmen den Aufzug in die oberste Etage.

»Du hast mir einen Schrecken eingejagt.«

Ben sah Konrad ungläubig an.

»Es ist alles deine Schuld. Wer hat dich denn gerufen? Was machst du überhaupt hier? Ich kümmere mich um sie, sie gehört zu mir.«

»Der Arzt hat gesagt, du sollst dich nicht aufregen.«

»Fick dich.«

»Das gefällt Giorgia sicher, deine feine Ausdrucksweise.«

»Was weißt du schon über sie! Nichts, nichts weißt du, verflucht. Am besten, du gehst wieder, keiner will dich hier haben, Giorgia will dich nicht hier haben, sicher nicht, sonst wäre sie nicht hier, auf einem anderen Kontinent. So ein Scheiß.«

»Und im Krankenhaus. Im Koma.«

Ben ging auf Konrad los, er hob den Arm und ballte die Faust, dann wurde ihm wieder schwindlig, und er lehnte sich an.

»Wie alt bist du denn? Achtzehn?« Konrad schüttelte den Kopf.

»Lass den Scheiß. Bin alt genug.«

»Dann benimm dich auch entsprechend.«

Der Aufzug kam an, die Tür teilte sich mittig, sie stiegen aus.

»Und Giorgia wollte mich dabeihaben. Ich stehe immer noch in ihrem Adressbuch, als die Person, die im Falle des Falles kontaktiert werden soll.«

Ben sah ihn ungläubig an.

»Ja. Denk darüber nach, Junge.« Und mit einem gönnerhaften Lächeln auf den Lippen betrat Konrad als Erster Giorgias Zimmer.

Die Band

Out Of Nowhere

In Giorgias Zimmer stand Césco neben dem Krankenbett und hielt ihre Hand. Er weinte. Er weinte unaufhaltsam. Er war so mit seinen Tränen beschäftigt, seiner Angst, seinen Schuldgefühlen, dass er nicht hörte, wie die zwei Männer hereinkamen.

»Hey, wer sind Sie?«

»Was suchen Sie hier?«

»Lassen Sie ihre Hand los, weg da, Mann!«

Die drei Männer sahen sich an, verwirrt, verärgert, traurig, ermattet, ungläubig, ahnungslos, misstrauisch. Giorgia verfolgte die Szene unbeteiligt, angestrengt: Das Sein außerhalb des Lebens erschöpfte sie, und dass niemand es merkte, ärgerte sie dann doch ein wenig.

»Wer sind Sie?«

»Césco, Césco Manin.«

Noch mehr Misstrauen in der Luft.

»Ja, und?«

»Ich bin … ich bin ein Freund von Giorgia. Ein guter Freund. Ich war ein guter Freund. Ja.«

Konrad und Ben sahen sich fragend an.

»Das kann jeder behaupten«, meinte Ben, und Konrad nickte, wunderte sich über diese plötzliche Verbundenheit mit dem

Mann, der ihn noch vor einigen Minuten schlagen wollte. Aber so ging es im Leben, anscheinend.

Césco zuckte die Achseln. Er war groß, größer als die anderen beiden, hatte kaum Haare auf dem Kopf, dafür aber einen dichten Bart, der wiederum kurz und hell genug war, um fast übersehen zu werden. So schwiegen sie alle einen Augenblick lang, bis Ben es nicht mehr aushielt.

»Verdammt noch mal, was machen wir alle hier? Was wird das?«

Konrad fühlte sich plötzlich verantwortlich, eher vielleicht zuständig, auch wenn dies nicht sein Terrain war.

»Césco, ich darf doch Césco zu Ihnen sagen? Sind Sie von hier? Wie haben Sie das mit Giorgia erfahren?« Dann drehte er sich zu Ben: »Stand etwas in der Zeitung?«

»Ja, sicher, Mann, es war in den Nachrichten, aber das Krankenhaus wurde nicht genannt, Schutz der Privatsphäre und so, Giorgia hat in Jazzkreisen immerhin einen Namen, und wir als Band auch.«

Césco schüttelte den Kopf.

»Das Krankenhaus hat mich benachrichtigt, ich bin offensichtlich ihre Kontaktperson im Notfall.«

Konrad und Ben sahen sich wieder an.

»Das glaube ich nicht, was für ein Scheiß, Mann.«

Ben ließ sich enttäuscht auf den Stuhl neben dem Bett fallen. Giorgia streckte ungesehen einen Arm aus, drückte leicht und liebevoll seine Hand. Ach, wenn sie es nur tatsächlich könnte!

»Ich bin Konrad Stern, Giorgias Ehemann.«

Bevor Césco etwas sagen konnte, sprang Ben wieder vom Stuhl, streckte Konrad den Zeigefinger ins Gesicht.

»Wieso heißt sie dann Bellini, Mann, ihr Nachname ist nicht Stern, sie heißt Bellini!« Immerfort wedelte er mit dem

Finger vor Konrads Nase herum. Konrad schob ihn zur Seite, lächelte selbstsicher.

»Sie hat ihren Namen behalten, das tun Frauen manchmal, weißt du. Vor allem Frauen wie Giorgia.«

Ben sah ihn feindselig an, setzte sich aber wieder.

Die ganze Zeit nickte Césco sanft. Als alle schwiegen, sagte er: »Das ist wahr, ich kenne Sie nicht, aber ich weiß, dass sie verheiratet war …«

»Ist«, korrigierte Konrad, und Giorgia fand das so rührend: Konrad, der zu ihr stand, zu ihrer Ehe, das gab es selten, zu selten.

Césco nickte wieder, sah sich im kalten, kahlen Krankenzimmer um, sein Blick blieb am großen Doppelfenster hängen, der graue Dezemberhimmel überall, der Fluss in der Ferne.

»Sie hat Sie aber verlassen, oder nicht?«

Ben sprang wieder auf, klatschte in die Hände.

»Genau, das sage ich doch, Mann! Sie will dich hier nicht haben, sie ist vor dir geflohen, sie wollte ein neues Leben, sie hat dich nicht mal erwähnt, all die Jahre, nicht ein einziges Mal, du Loser, Mann, verschwinde, lass sie in Ruhe …«

Giorgias Herz schmerzte für Konrad, für Ben. Sie liebte sie doch alle, auf die eine oder andere Weise. Sie wandte das Gesicht ab, flüchtete in ein leises Summen, die Musik, wie immer, die letzte Zuflucht.

»Und du, wer bist denn du? Wo kommst du denn her, verdammt? Hey, Leute, ihr macht mich fertig …«

»Ich bin ihr Freund, ich. Man hat mich angerufen, und hier bin ich.«

»Sie hat dich nie erwähnt, euch beide nicht, nie habe ich von einem Césco gehört, so ein Scheiß, das alles!«

»Ich kenne Sie ebenfalls nicht, Giorgia hat nie von Ihnen gesprochen in all unseren Jahren, nein, ich würde mich erinnern. Wo haben Sie sich kennengelernt? Hier, in Amerika?«

»Der ist doch kein Amerikaner, das hörst du doch! Was soll das!«

»Nein, wir … ich komme aus Venedig.«

Konrad sah ihn eindringlich an. Giorgia bewunderte seine Ruhe, die er in der Öffentlichkeit so meisterhaft beherrschte.

»Also ein alter Jugendfreund.« Eine Frage war es zwar nicht, aber auch keine eindeutige Feststellung.

»Nein, nicht richtig.«

»Oh Mann, rede schon, sag es und Schluss, aus, was eiert ihr da so herum! Das ist doch kein Duobattle!«

Giorgia musste lächeln, musste Ben lieben, seine Hände auf ihrem Körper spüren, die Hitze, den Beat.

Konrad verstand nicht, Césco grinste.

»Wir haben uns vor fast zwanzig Jahren kennengelernt, aber dann …«

»Das ist interessant«, sagte Konrad, fand das aber nicht im Geringsten, wollte nichts darüber hören, unterdrückte jeden Anflug von Neugierde. Er witterte Gefahr und Enttäuschung und Zusammenbruch. »Ich verstehe«, fügte er hinzu, bevor er langen Schrittes aus dem Zimmer eilte.

Ben sah ihm nach, dann schnellte sein Blick zu Césco, er schnaubte und folgte Konrad. Seltsame, unwahrscheinliche Allianzen entstehen in Krisenzeiten. Man muss rasche Entscheidungen treffen und darf nicht zurückblicken, nie zurückblicken – wenn man nach vorne schreitet.

Und Giorgia wunderte sich, sie hatte das nicht erwartet, diese Männer, alle drei hier um ihr Bett herum. Das war zu viel. Auch sie musste weg, musste lossingen, ganz laut und noch lauter.

VOCALS

Blue Skies

… also das wird nichts hier nichts wird das wenn das so weitergeht der Himmel um mich herum ja der Himmel ist da blau blau ist er und endlos und leer ach so leer und keine Stimmen keine lieben Gesichter verloren geglaubte Gesichter das ertrage ich nicht es sollte alles rot sein rot wie die Liebe die Liebe die weg ist alle sind weg niemand erwartet mich niemand wartet hier auf mich außer Schuldgefühlen unzerstörbar sind sie sie werden mich nie verlassen nie werden sie mich loslassen in dem Blau des Himmels unerwünscht bin ich zu früh gekommen zu spät was weiß ich was verstehe ich schon fehl am Platz bin ich so fehl am Platz vergeblich alles vergeblich die ganze Angst vor dem Baum davor was danach kommt ob überhaupt etwas kommt der Baum war schon vor den Augen in den Augen die Angst die Sehnsucht die Möglichkeit die Gelegenheit verraten verraten in die Irre geführt ach so betrogen dieses Versprechen alle Versprechen nie gehalten nie versprochen so als ob nur die Schuld bleibt nur der Himmel bleibt blau blau immer blau und nichts ist rot und niemand wartet und niemand ist da keiner will mich hier haben und der Baum hat nicht zu mir gesprochen nein nicht zu mir es war nicht mein Baum des Todes die Müdigkeit das war die Müdigkeit der Wunsch die Sehnsucht die Sehnsucht war es der Baum hat nicht zu mir gesprochen er wollte nicht mich ich hörte ihn rufen er rief er rief aber nicht mich er hat nicht zu mir gesprochen die Traurigkeit war es die Schuld der Jahrestag die Schuld war es immer und überall komm zu mir hat sie gesagt komm zu mir umarme mich fest fest ganz fest noch fester ich werde deinen Kopf halten deinen müden Kopf werde ich halten komm zu mir ich werde dich in den Himmel führen hat die Schuld gesagt in das Blaue des Himmels bis zum Mond im Himmel da ist die Liebe noch rot rot ist die Liebe im Himmel im Himmel gibt es sie noch die Liebe gib mir dein Herz hat der Baum gesagt das hat er gesagt aber nicht zu mir nicht zu mir und ich habe es nicht gehört ich habe es nur hören wollen und jetzt bin ich hier alles blau blau und alles umsonst keine Liebe kein Rot keine lieben Gesichter gebt mir mein rotes Kleid wenigstens mein rotes Kleid gebt mir ich will nichts hören ich will sie nicht hören diese Versprechen und ich will sie nicht hier haben und das ist doch falsch so falsch und falscher geht es nicht und bitte bitte befreit mich von ihnen ich will sie nicht hören all die Versprechungen und dann das war es und dann es tut mir leid und dann falsch war das falsch wie in falsch verbunden und dann leb wohl und dann nichts mehr nicht einmal der Baum war meiner der Baum hat gerufen und ich habe es gehört aber es war nicht für mich er hatte andere Pläne so ist das Leben das Leben hat immer andere Pläne und ich bin ihm gefolgt dem Ruf des Baumes alles umsonst und alles blau und ich habe genug von ihnen gesehen ich will sie nicht mehr sehen diese Männer diese meine Männer nie mehr wollte ich sie sehen und wie schön es ist sie zu sehen sie sind alle da jetzt sind sie alle da als wäre alles in Ordnung als hätte es den Baum nicht gegeben weder den Baum noch die Schuld und wer sind sie wer sind diese Menschen und welches Recht haben sie welches Recht an meinem Himmel zu stehen blau ist er mein Himmel ist blau und ich höre sie und ich werde sie mit meinen Worten erschlagen ich werde sie alle in den Keller auf ihre Kontinente in ihre Löcher zurücksingen meine Musik die verdienen sie nicht die wird ihnen die Ohren zerfetzen zermürben zerstückeln blau bemalen blau vollstopfen nichts nichts haben sie verstanden diese Männer nichts nicht gerufen nicht eingeladen der Baum hat mich nicht eingeladen falsch lag ich falsch habe ich gehört falsch bin ich gegen ihn gefahren mich mich hat er nicht gemeint mit seinen Blicken wie er gelächelt hat gelächelt hat er aber mich hat er nicht gemeint mich doch nicht wo der Himmel blau so blau ist und ich meine roten Schuhe verloren habe gebt mir meine roten Schuhe wenigstens blau ist der Himmel und lacht mich aus und nichts ist rot und wird es auch nicht werden nicht mehr werden für mich den falschen Baum genommen den falschen Zug den falschen Flieger falsch abgebogen und vorbei ist das Leben und da hilft es nicht zu atmen das Atmen nutzt nichts wenn du tot bist hörst du hört ihr wenn du wenn ihr tot seid dann nutzt das ganze Atmen nicht mehr einmal falsch abbiegen und nichts nutzt mehr einmal gegen den falschen Baum rasen und alles wird falsch einmal schuldig immer schuldig und nichts mehr lässt sich reparieren nicht mehr zurechtbiegen nicht mehr rückwärtsfahren nein das geht nicht mehr nein da bist du jetzt du bist im Wrack und da bleibst du Schluss jetzt und da könnt ihr noch so tief und oft atmen das könnt ihr vergessen einmal einmal genügt einmal falsch abbiegen und das ganze Leben biegt falsch ab und du sitzt da ihr sitzt da drinnen im Wrack und es hilft nichts sich zu wundern und zu bereuen und sich zu entschuldigen das war es meine Freunde meine Feinde meine Liebhaber meine Männer immer wieder werdet ihr falsch abbiegen aber ihr doch nicht ich aber ich mache das für euch und für mich und nichts hilft da und jetzt was jetzt wo soll ich jetzt hin und wo ist jener Himmel jener versprochene Himmel wo sind die lächelnden Gesichter die liebevollen die verzeihenden die ewigen die für die Ewigkeit gedacht worden sind und jetzt was jetzt und wohin jetzt und wie kommt man hier weg vorwärts rückwärts nichts geht mehr und was jetzt wenigstens das solltet ihr mir sagen ihr Klugen da unten an meinem Bett was für ein Fehler was für eine Freude und Sehnsucht die Sehnsucht die man nicht einmal erkennt die einen erst einmal gegen den Baum fahren lässt der Baum ich verdamme dich du Baum du Lügner du Angeber du Schuldiger von der ersten Kurve an schuldig …

PIANO & SCHLAGZEUG

What Now My Love

»Hey, warte auf mich, wohin so eilig, Mann?«

Ben erreichte Konrad vor dem Aufzug. Konrad erwiderte nichts, starrte auf den Boden. Im Aufzug schwiegen sie weiter. Immer wieder fuhr Ben sich durch die Haare, zog an ihnen. Es kam ihm so vor, als ließen die Schmerzmittel allmählich nach. Er sah sich im Aufzugspiegel an, erkannte sich nicht, so voller Pflaster und Verbände und lilafarbener Flecken. Der Arm in der Schlinge, und sechs Wochen kein Trommeln.

Im Erdgeschoss stiegen sie aus, Konrad ging entschlossen Richtung Ausgang. Vor dem Gebäude blieb er stehen, als wüsste er nicht, wohin. Er sah sich um, alles grau in grau, nur das Krankenhaus selbst ein dunkelroter Klecks. Dann hob er den Blick zum Himmel und hätte geweint, hätte er es können.

»Was hast du? Was machen wir jetzt?«

Konrad drehte sich zu Ben um, als wäre er von seiner Anwesenheit überrascht. Ben bemerkte tiefe Furchen in Konrads Gesicht, seinen verschleierten Blick und fühlte sich plötzlich selbst bodenlos erschöpft.

»Ich muss dringend ein Hotel finden. Und ich muss mich dringend hinlegen und ein paar Stunden schlafen.« Mit jedem Wort sanken seine Schultern ein wenig tiefer, und Ben musste wieder an Bill Evans denken, wie er immer so am Klavier saß, als würde er jeden Moment zusammenbrechen.

»Ich bin hier bei Freunden, du kannst auch mitkommen, die werden nichts dagegen haben, tolle Typen, echt, Mann.« Ben zog wieder an seinen Haaren.

Konrad stellte sich vor, mit einem Haufen junger Musiker zusammenzuwohnen, und es gelang ihm nicht. Er war nicht für ein Zusammenleben mit Menschen geschaffen, Menschen im Allgemeinen.

»Das ist sehr freundlich, aber ich muss ablehnen.« Ben wollte protestieren. »Ich suche mir ein Hotel hier, es muss eins in der Nähe geben, oder?«

Ben zuckte die Achseln, und Konrad fragte sich plötzlich, wie alt Ben tatsächlich war. Sicher älter, als Konrad dachte – Giorgia mochte keine jungen Männer.

»Wie alt bist du, Ben?«

»Achtunddreißig. Hättest du nicht gedacht, was?«

»Nein, du redest wie meine Studenten.«

Ben lachte laut und kehlig.

»Ewig jung, das ist mein Ziel, ewig jung bleiben.«

»Und klappt es? Einfach, indem du wie die jungen Leute redest?«

»Ja, Mann. Siehst du doch«, sagte Ben selbstzufrieden.

Konrad schüttelte den Kopf und wandte den Blick ab. Er war so müde. Er war so vieles auf einmal.

»Also, was jetzt? Kommst du mit?« Als Konrad nicht antwortete, fuhr Ben fort: »Wir müssen uns über den Typen unterhalten. Wer ist der denn? Was will er hier, Mann?« Immer noch schwieg Konrad. »Als wären wir beide nicht schon einer zu viel, was?« Ben scherzte, und dann doch nicht ganz, er boxte Konrad leicht in den Oberarm.

Konrad sah ihn ohne Hoffnung an.

»Achtunddreißig? Wirklich? Werde erwachsen, Ben.«

»Ich bin erwachsen. Ich bin der Leader der Band. Ich komponiere unsere Musik. Ich übernehme Verantwortung. Ich liebe Giorgia«, immer leiser wurde er. »Ich wollte sie heiraten.«

»Sie ist aber schon verheiratet. Schau mich an, da bin ich, ihr Mann.«

»Sie hat nicht geantwortet, sie hat weder ja noch nein gesagt. Sie hat nichts von dir erzählt, Mann. Sie hat nicht gesagt, dass sie schon verheiratet ist. Sie hat nicht gelächelt, nicht gelacht, sie hat mich umarmt, halt mich fest, hat sie gesagt, und das war es. Und ich habe nicht nachgefragt, nie habe ich nachgefragt, und den Ring habe ich an meinen Tomtoms befestigt ...«

»Was sind Tomtoms? Hört sich pervers an.«

»Mann, du bist wirklich ein Ignorant! Hast du denn gar keine Ahnung von Musik? Das sind meine Trommeln, verdammt, so heißen die.«

»Ich würde dich gerne spielen hören.«

»Bedauere, mein Herr, sechs Wochen Pause. Aber danach, jederzeit, du Möchtegern-Professor.«

Ben lächelte blass, Konrad sah nachdenklich aus.

»Ich habe Giorgia nie singen hören.« Die Worte schmerzten beim Aussprechen, sie blieben Konrad teilweise am Gaumen kleben, er musste sie mit Gewalt herauspressen, sodass seine Kehle brannte.

»Erzähl keinen Scheiß, Mann. Was bist du für ein Mensch!«

»Genau.«

»Wie konntest du ihr Mann sein, das glaube ich nicht, das gibt's nicht.« Ben regte sich sehr auf. Er fing an herumzulaufen. »Hast du eine Zigarette?«

Konrad schüttelte den Kopf, sah zum Himmel, grau in grau – kein Blau, kein Rot.

»Sie singt wie eine Göttin, sie ist die neue Lady, verstehst du das! Und du hast sie ziehen lassen, du Vollidiot. Was natürlich besser für mich ist, also danke, du Eierkopf.« Ben blieb vor Konrad stehen, eine Hand in den Haaren, die andere in der Schlinge. Sie waren beinahe gleich groß.

»Wer ist Lady?«

Ben war am Platzen, er wedelte mit dem gesunden Arm.

»Bist du tatsächlich ein verdammter Uniprofessor oder verarschst du mich die ganze Zeit schon? Das ist Billie Holiday, Mann! Jetzt sag nicht, dass du noch nie von ihr gehört hast.«

»Doch, aber ich dachte, sie wäre ein …«

»Nein! Sag es nicht. Sprich es nicht aus, sonst ist es aus zwischen uns. Ich meine es ernst. So ein Scheiß.«

Konrad nickte zustimmend. Gleich danach schüttelte er den Kopf, als hätte er sich wieder daran erinnert, worüber sie gesprochen hatten, als würde ihm diese Erinnerung Schmerzen bereiten.

»Was?«

»Ich wollte nicht, sie hat mich einige Male eingeladen, mich gebeten, sie zu einem Gig, sagt man das so?, zu begleiten, ich habe immer abgelehnt, hatte Angst. Dann hörte sie auch auf zu fragen.«

»Angst? Wovor denn?! So einen Scheiß habe ich noch nie gehört.« Ben lachte gezwungen, als würde er sich für Konrad schämen, für alle Männer, die so wie Konrad waren.

»Ich dachte, wenn es mir nicht gefällt, wenn sie nicht gut ist, was soll ich ihr denn dann sagen – ich habe ihr nichts zugetraut. Ich traue niemandem etwas zu.«

Ben sah ihn lange an: Er wurde zunehmend traurig, seine schwarzen Augen saugten die Nacht ein, die Nacht, die sich noch nicht einmal angekündigt hatte, und schon war sie in seinen Augen verschwunden.

»Und noch schlimmer: Was, wenn es mir gefallen würde? Du musst wissen, ich bin der Überzeugung, dass Gefühle, vor allem angenehme, angenehm aufregende, nicht gut und unbedingt zu vermeiden sind.«

Ben hörte Konrads mechanischer Stimme zu und weigerte sich zu glauben, was er hörte. So viel Unglück, so viel Hoffnungslosigkeit.

»Du musst zu mir kommen, zu meinen Freunden. Jetzt musst du das. Es ist entschieden. Du brauchst dringend Hilfe. Mann. Verdammt.«

Sie fuhren mit Konrads Leihwagen, auch wenn das Haus ganz in der Nähe war – in Hudson, NY, war alles ziemlich in der Nähe. Im Auto schwiegen sie. Konrad stolperte von einer kurzen Panikattacke zur anderen, während es ihm Schwierigkeiten bereitete, die Augen offen zu halten.

»Hier links, und dann sind wir schon da.«

Konrad hielt vor einem großen, weiß gestrichenen Haus aus Holz an, typisch amerikanisch, mit einer länglichen Veranda, auf ihr zwei gähnend leere Schaukelstühle.

»Ein Zimmer im hinteren Teil ist frei, es wird dir gefallen, keiner wird dich da stören, Professor«, zwinkerte Ben ihm zu und stieg aus.

Konrad folgte ihm, jede Bewegung verlangsamt, als wäre er sechshundert Jahre alt und nicht sechzig. Er nahm den kleinen Koffer aus dem Gepäckraum. Der Koffer kam ihm tonnenschwer vor – wie vollgestopft mit seinem schlechten Gewissen. Ben ging vor, machte die Tür auf, als wäre er hier zu Hause.

»Es ist keiner da, die sind im Studio, arbeiten an einem neuen Song.«

Ben ging geradeaus durch das Haus, an Küche und Wohnzimmer vorbei, an der Treppe vorbei, die in die obere Etage führte, öffnete eine Tür und trat zur Seite.

»Na, wie wäre es damit, mein Herr?« Ben lächelte dabei sein offenes Lächeln, und Konrad hatte zum ersten Mal in diesen unwirklichen Stunden, seitdem er hier angekommen war und Ben kennengelernt hatte, das Gefühl, dass er Giorgias Sympathie für diesen verrückten Trommler mit Peter-Pan-Syndrom nachvollziehen konnte: Es war schwierig, ihm zu widerstehen.

»Na, was sagt der Herr Professor? Gut genug für ihn?«

Konrad sah sich im Zimmer um und hatte nichts zu bemängeln, jedenfalls nicht in seinem Zustand.

»Alles wunderbar. Danke. Ich muss mich aber jetzt hinlegen, ich kann nicht mehr klar denken.«

»Das konntest du offensichtlich noch nie, das liegt sicher nicht am Jetlag, mein Lieber.« Ben schob Konrad sanft zur Seite, hob den Koffer und legte ihn auf einen Stuhl neben dem Einbauschrank. »So, hier, kannst auspacken, während wir uns überlegen, was wir jetzt machen werden.«

Konrad sah Ben verständnislos an, ließ auch den Koffer unberührt.

»Mann, dir muss man aber auch alles vorbeten! Der Typ da, was machen wir mit dem?«

Dann widmete sich Ben Konrads Koffer, klappte ihn auf, fing an, darin herumzuwühlen und Konrads Sachen auszupacken, sie in die Kommode oder den Schrank zu legen oder aufzuhängen, was mit einem Arm gar nicht so einfach war.

»Lass das, ich mache das schon, später, ich bin doch kein Kleinkind, lass es bitte.«

»Dass ich nicht lache – und beleidige die Kleinen nicht, sie haben mehr drauf als du, die hätten sicher Giorgia beim Singen zugehört und wären vor Freude ausgeflippt, Mann.«

Auch mit nur einer Hand im Einsatz war Ben schnell fertig, denn viel hatte Konrad nicht mitgenommen.

»Und was soll denn der Mist?! Wieso hast du fünf gleiche Hemden? Das gibt's gar nicht. Du bist tatsächlich ein Spinner, ohne Scheiß, wir werden noch einkaufen gehen müssen, das sehe ich jetzt schon.«

Ben staunte und staunte, und Konrad legte sich aufs Bett und schloss die Augen.

»Hey, nichts da! Du verstehst das nicht, was? Wir beide, wir sind die Rhythmusgruppe, wir müssen zusammenhalten, du, Evans, am Klavier, und ich als Drummer, verstehst du!«

Konrad hielt die Augen geschlossen, gab kein Zeichen der Zustimmung. Ben kam ans Bett, setzte sich darauf und hüpfte zweimal. Konrad schnellte hoch, richtete sich auf.

»Lass das, steh auf.«

Ben betrachtete ihn skeptisch.

»Oh Mann, du bist völlig verkorkst«, sagte er schließlich und blieb sitzen.

»Ich brauche lediglich meinen Raum, lass mich. Jeder Mensch hat seinen Raum, da sollte keiner eindringen, vor allem nicht ohne Erlaubnis.« Konrad hörte sich reden und verstand sich selbst nicht, die Worte kamen verzerrt aus seinem trockenen Mund. Er musste wirklich schlafen. Und er musste wirklich allein sein.

Ben erhob sich doch, blieb aber neben dem Bett stehen, versuchte sich groß und größer zu machen.

»Da, da hast du ihn, deinen Raum. Du kannst mich mal mit deinem Raum, wer möchte schon in deinen Raum eindringen, oh Mann. Aber denk über das nach, was ich dir gesagt habe, während du in deinem heiligen Raum hockst, du heilige Kuh. Wir müssen zusammenhalten, wir geben den Takt vor, verstehst du, wir bestimmen, was und wie schnell gespielt wird, ohne uns sind die anderen verloren, würden nie den richtigen Beat treffen, ohne den Swing würden sie dastehen, die Blödmänner. Man würde sie auslachen, wie verirrte Blinde würden sie herumeiern, verstehst du? Also, du und ich, ist klar, wir sind das Team? Das mit dem Kahlkopf kriegen wir schon hin, was sagst du, Evans? Hörst du mich, Bill?« Ben beugte sich über Konrad, forschte in seinem leblosen, blassen Gesicht. Ben musste an Giorgia denken. »Hey, Bill Evans, Partner, Klugscheißer, schläfst du schon? Hast du mich verstanden?« Dann setzte er sich in den Sessel gegenüber dem Bett und schloss die Augen. Plötzlich grinste er über das ganze Gesicht.

»Genau. Billie Holiday ein Mann. Aber klar doch. Typisch Professor.«

Saxofon

More Than You Know

Batuffolo mio, ich träume, ich muss träumen, weck mich nicht, bitte weck mich nicht. Ich glaube es nicht, du hier vor mir, endlich, endlich. All die Jahre habe ich davon geträumt, jeden Tag, jede Stunde habe ich an dich gedacht, mich nach dir gesehnt, dich geliebt, so geliebt, *batuffolo mio*, dass ich sterben wollte ohne dich, so geliebt. Bei jeder Brücke, die ich gebaut habe, habe ich gehofft, sie würde mich zu dir führen, und jetzt, endlich. *Batuffolo mio*, wie konnte ich dich verlieren, wie konnte das passieren, wie konnte ich uns das antun?, das weiß ich nicht, das verstehe ich nicht. Und auch wenn ich weiß, wieso es dazu gekommen ist, das ändert nichts, wie konnte ich uns das nur antun, uns, die füreinander geschaffen waren, geschaffen sind. Nichts ist vergessen. Hast du gedacht, ich hätte es vergessen, dich, uns, unsere Musik, alles. Hast du das geglaubt? Du kennst mein Leben nicht, du kennst mein Haus nicht, mein Zimmer nicht – und doch wohnst du da, lebst darin wie zu Hause, in mir wohnst du. Ich lebe, weil du in mir lebst.

Nichts ist vergessen, nichts.

Jedes Wort im Herzen eingemeißelt.

Dein Lächeln, immer lächelst du mich an von meinem Bildschirm, immer wieder sehe ich deine Augen, deine großen, traurigen Augen, die aufleuchten, wenn du mich siehst, wenn die Verbindung gut genug ist und wir uns sehen können. Weißt du noch? Wie du vor Freude geklatscht hast. Weißt du noch? *Batuffolo mio*, ohne dich, ohne dich habe ich weiterhin Brücken gebaut, jede einzelne für dich, jede einzelne voller Hoffnung auf eine Begegnung. Ich habe meinen Brücken Namen gegeben, und jeder Name hatte etwas mit dir zu tun, mit uns. Mit unseren Liedern, die du gesungen hast und die ich gespielt habe, nur für uns. Deine liebe Billie Holiday, mit den Titeln all ihrer Songs habe ich sie benannt, meine Brücken, und alle haben sich gewundert, aber ich habe mich durchgesetzt. Denn alles hatte, musste damit zu tun haben, was wir hatten, was so ursprünglich war, ist, dass es das nur einmal geben kann.

Das kann ich doch deinem Mann nicht sagen.

Deinem Mann.

Deinem Mann, der nicht ich ist.

Das hört sich so unwirklich an, wo ich doch dein Mann bin, sein musste, das war schon immer so klar, vom ersten Augenblick an, als ich deine CD in die Hand genommen habe, schon damals war alles klar, ob wir es wussten oder nicht. Du und ich, *batuffolo mio*, uns gibt es nur einmal, und wir sind für die Ewigkeit. Und schimpfe nicht mit mir, lach mich nicht aus, verspotte mich nicht, bitte nicht, drehe mir nicht den Rücken zu, deinen schönen Rücken, so anschmiegsam und glatt, nie habe ich ihn berührt außer in meiner Sehnsucht. Ich darf dich nicht um Verzeihung bitten, darauf habe ich kein Recht. Was ich getan habe, kann man nicht verzeihen. Und doch, was könnte ich sonst tun? Vergib mir, meine Liebe, Liebe meines Lebens, lach nicht, lach nicht.

Ich.

Ich habe dich verraten. Ich habe mich verraten. Ich habe meine Frau verraten. Ich habe alle Menschen, die ich liebe, verraten. Und doch lebe ich weiter und baue weiter meine Brücken, als wäre nichts gewesen, als wäre ich nicht ein dreifacher Verbrecher, der seiner gerechten Strafe entkommen ist. Als gäbe es eine schlimmere Strafe, als ohne dich zu sein. Ohne dich atmen zu müssen. Immer weiter und weiter, weiterhin jeden Morgen aufstehen, Kaffee kochen, Kaffee trinken, die Frau anlächeln, die keine Schuld hat und dennoch für schuldig erklärt wird. Ich habe dir nie erzählt, wie es dazu gekommen ist. Wir haben uns unterhalten, weißt du noch, ein Samstag war es, wir haben uns unterhalten, und ich bin duschen gegangen, du hast noch gesagt, beeil dich, ich warte hier auf dich, du hast mich angelächelt, und ich habe dich angelächelt, und dann bin ich duschen gegangen und habe an dich gedacht, und wie ich an dich gedacht habe, mein ganzer Körper hat an dich gedacht, und das Duschwasser hat alles geschluckt. Und als ich aus dem Badezimmer kam und zu dir eilen wollte, dir die Tropfen in meinem Bart zeigen wollte, dich zum Lachen bringen … da hat sie dagestanden, ihr Gesicht weiß vor Schmerz, vor Wut.

Verzeih mir, *batuffolo mio*, ich habe es vergessen, einmal habe ich vergessen, den Computer auszuschalten, und schon war sie drinnen, in meinem Postfach, und hat dich gesehen, hat dich gelesen, hat auch mich gelesen, was noch schlimmer war, viel, viel schlimmer, sie hat dein Lied gefunden, mein Lied für dich, sie hat in kürzester Zeit, in der Zeit, in der ich mit dir unter der Dusche war – hätte ich mich nur beeilt, hättest du mich nur weggehen lassen, hätte ich mich nur von deinem Körper, deinem seidigen Körper trennen können –, sie hat alles gesehen, alles, und nichts verstanden, wie das so üblich ist in dem surrealen Augenblick der Erkenntnis, und sie wurde weiß vor Schreck und Zorn und Trauer, und ich habe es nicht ertragen können. Ich habe sie geliebt, ich habe sie doch auch geliebt.

Antonia, habe ich gesagt, und sie, sie hat sich abgewandt, und ihre Schultern sind hinabgesunken, sind verschwunden, sie ist von einem Moment zum anderen geschrumpft, sie hätte auf meine Handfläche gepasst, so klein ist sie plötzlich geworden. Antonia, habe ich gesagt. Ich konnte sie nicht leiden sehen.

Verzeih mir.

Denn weißt du.

Dich musste ich nicht leiden sehen.

Du warst nicht da.

Verzeih mir.

Batuffolo mio.

Piano

I Remember You

Wo bin ich hier! Ich bin so müde. Wie lange habe ich geschlafen? Da, da liegt der Junge. Achtunddreißig Jahre alt, unglaublich. Was will Giorgia mit ihm? Mir platzt der Kopf. Giorgia. Vielleicht ist sie schon tot, vielleicht liege ich hier in diesem fremden Haus, in einem fremden Land, unter fremden Menschen, und sie stirbt. Ist schon gestorben. Alles tut mir weh.

Was für ein merkwürdiges Haus, so groß, so leer. Aber nicht hässlich, das Haus hat Potenzial. Und so viele CDs. Wie konnte es passieren, dass ich sie nie habe singen hören. Unglaublich. Was bin ich für ein Mensch?, der Junge hat recht. Und ich sollte aufhören, ihn »Junge« zu nennen, achtunddreißig Jahre ist er alt. In seinem Alter war ich schon verheiratet, und Sarah war zwei. Aber darüber will ich nicht nachdenken. Tabus sollen Tabus bleiben, sonst machen sie keinen Sinn.

Aus Venedig, der andere Mann kommt aus Venedig, das ist kein Zufall, das kann kein Zufall sein. Giorgia ist in Venedig geboren, in Venedig haben wir uns kennengelernt. Sie hat mich die Treppe herunterkommen sehen, und es war um sie geschehen. Das erzählt sie immer. Das hat sie immer erzählt. Sie war mit einer Freundin bei meiner Lesung. Sie hat meine Schuhe gesehen, zuerst hat sie meine Schuhe gesehen, und das war es. Das sagt sie immer. Das hat sie immer gesagt. Unzählige Male hat sie mir diese Geschichte erzählt, so als wäre ich nicht dabei gewesen. Sie liebte es, sie zu erzählen. Ich hatte keine Lust, ihr zuzuhören. Es langweilte mich alles immer zu schnell, und es lenkte mich von der Arbeit ab. Wenn ich nur daran denke, was ich alles falsch gemacht habe, wie beleidigend und unwürdig ich sie behandelt habe, sie und dann später auch sie und Sarah. Und obwohl sie mein Leben waren – konnte ich nicht anders. Ich bin verkorkst. Das habe ich schon immer gesagt, eingestanden. Sie hat sich darüber geärgert, mir widersprochen, der Wahrheit nicht ins Auge sehen wollen. Sie hat getobt und geweint und mich angeschrien – aber alles umsonst. Ich war einfach nicht gut genug. Schon für meine Mutter nicht, für meinen Vater auch nicht, ich hatte keine Chance, und als ich das alles verstanden hatte – da war es zu spät, für mich zu spät, die Angst war größer. Es sagt sich so leicht: Ich will glücklich sein. Das ist es aber nicht, leicht ist das nicht. Man bleibt immer lieber da, wo man sich auskennt, auch wenn es dort nicht gut ist. Etwas zu ändern erfordert Mut. Man muss sich selbst lieben. Einmal Philosoph, immer Philosoph – nur dass Philosophie keine Hilfe ist. Das Leben braucht Mut und keine Gedankengymnastik. Ich bin völlig verkorkst, und nichts hat sich daran geändert. Und dass ich sie geliebt habe, hat daran auch nichts geändert. Manchmal denke ich, ich müsste mich selbst anzeigen. Meinetwegen. Meine verdiente Strafe absitzen, und Schluss mit den Schuldgefühlen. Aber ich weiß, das funktioniert nicht so. Ich habe viele Bücher darüber geschrieben, Schuld und Sühne. Nie sind wir frei davon, nie.

Sie hat meine Schuhe gesehen, meine Hosenbeine, und sie hat es gewusst. So hat sie es Sarah erzählt, und Sarah hat gestrahlt über das ganze Gesicht und sich noch enger an Giorgia gekuschelt. Ich war nicht dabei. Auch wenn ich es manchmal mitbekommen habe – ich war nie dabei. Auch wenn ich nichts Wichtigeres zu tun hatte, war ich nicht dabei. Das kann man nicht verzeihen. Ich habe in meinem Zimmer gesessen und Staubkörner auf meinem Arbeitstisch gezählt. Ich habe alles gemacht, außer mich zu ihnen zu setzen, zu legen und Giorgia zuzuhören, unserer Geschichte zu lauschen, so wie Giorgia sie erlebt hat, so wie nur sie sie gekannt hat. Sie hat nach der Lesung – es ging um das Motiv der Schuld in der klassischen Musik, was für eine Ironie! – ihre Freundin stehen lassen und ist zu mir gekommen. Sie hat all die langweiligen Kollegen ganz sanft und mit einem entschuldigenden Lächeln zur Seite gedrängt und ist vor mir stehen geblieben. Sie hat mich offen, interessiert angeschaut, als würde sie eine bis dahin unbekannte Spezies aus nächster Nähe betrachten wollen. An den Blick erinnere ich mich noch, auch wenn ich das meiste vergessen habe. Ich erinnere mich, wie mich ihre großen Augen anstarrten. Ich weiß noch, dass ich dachte, ich würde gerne mit ihr ins Bett gehen. Professor Stern, hat sie mich angesprochen, fragend. Ja, habe ich mit einem Lächeln gesagt, auch fragend. Ich muss etwas sehr Wichtiges mit Ihnen besprechen. Dann hat sie sich umgeschaut und mich am Ellenbogen berührt, ganz leicht, und wir sind ein paar Schritte zur Seite gegangen, und das war es. Kein Wort war aus ihr herauszubekommen. Wir sahen uns nur an, sie wurde rot, und ich sehnte mich nach einem Bier – man serviert bei solchen Gelegenheiten und Empfängen so gut wie nie Bier. Ich trinke aber keinen Wein, keinen Champagner, keinen Whisky, nichts. Nur Bier. Ich wurde schließlich ungeduldig, also habe ich sie gefragt, ob man hier auch Bier bekommen könne. Sie hat mich angesehen, als hätte sie eine ganz tolle Idee, hat mich wieder am Ellenbogen berührt, ganz leicht, aber ich konnte es spüren, und hat mich aus dem Saal geführt, aus dem Gebäude, hinaus auf die Straße.

Nächtliches Venedig im Frühjahr, der Himmel voller Sterne, überall Wasser, mehr oder weniger stinkend – da musste sogar ich ein wenig nachgeben, weicher werden. Wir haben den ganzen Abend geredet, ich habe Bier getrunken, sie Rotwein. Sie hat mir gleich an dem Abend vom Autounfall ihrer Eltern erzählt, da war sie erst fünfzehn und ist dann zu ihrer Tante gezogen. Seitdem hatte sie eine Autophobie, so hat sie es genannt, und sie hat gezittert, die Augen für einen Moment geschlossen. Sie hat mir von ihrem Gesangsstudium berichtet, von der Musik, die ihr ganzes Leben war. Ich bin zwanzig, hat sie gesagt, und als sie mich zu meinem Hotel begleitet hat, hat sie mir einen Kuss auf die Wange gegeben und gemeint, sie müsse mich unbedingt wiedersehen. Das hat sie immer erzählt, mir, dann später Sarah. An den Kuss erinnere ich mich, an das andere kaum – beziehungsweise glaube ich mich an alles zu erinnern, weil sie es so oft erzählt hat. Das Erzählte, das Erlebte und Gehörte – alles vermischt sich und wird zur Erinnerung.

Ich muss mich hinsetzen. Vielleicht ist sie schon tot. Vielleicht werde ich das nicht überleben. Irgendwann ist es genug, und irgendwann kann man es nicht mehr ertragen. Die Kraft fehlt. Irgendwann fehlt die Kraft, und es ist Schluss.

Ich muss mich hinsetzen. Irgendwann hält der Kopf das nicht mehr aus und verabschiedet sich. Ich will mich von ihr verabschieden können, wenigstens das. Ich will ihr alles sagen, was ich nicht sagen kann. Vielleicht sollte ich es aufschreiben. Als sie gesagt hat, sie könne sich nicht vorstellen, mich nie wiederzusehen, damals in Venedig, da habe ich ihr meine Adresse gegeben. Warum nicht?, habe ich gedacht, was kann schon passieren? Eine verrückte Studentin mehr oder weniger, das habe ich gedacht, glaube ich. Und sie hat mir geschrieben. Sie hat mir jeden Tag geschrieben, einen Brief oder eine Karte, sie fand immer die richtigen Worte. Ich antwortete nie. Einmal, nur einmal habe ich sie angerufen. Ich schreibe keine Briefe, habe ich gesagt. Ihr war das egal. Irgendwann zwischen zwei ihrer Briefe habe ich ihr gesagt, dass ich sie liebe. Am nächsten Tag hat sie vor meiner Tür gestanden. So war das. So war sie. Sie hat mich geküsst, aber nicht auf die Wange, nein, diesmal auf den Mund. Sie hat den Mund geöffnet, und ich bin verschwunden. So war das. Und an diesen Kuss erinnere ich mich. Eine Nachbarin ist aus ihrer Wohnung herausgekommen und hat mich vorwurfsvoll angesehen, sodass ich Giorgia in die Wohnung gezogen, die Tür hinter uns zugemacht habe, und immer noch haben ihre Lippen auf meinen gelegen. An diesen Kuss erinnere ich mich, denn mit ihm hat alles angefangen. Und jetzt …

Piano & Schlagzeug

Meditation

»Was hörst du da?« Plötzlich lehnte Ben in der Wohnzimmertür.

»Deine Musik, nehme ich an.«

»Aber so laut, Mann! Ich hab geschlafen. Scheiße.«

Dann hörten sie beide zu, verloren in den Tönen. Ben fing an zu zucken, den Körper zu bewegen, kaum merklich.

»Was machst du da? Hast du Schmerzen?«

»Nein. Ich fühle den Takt, das nennt sich Groove, du ignoranter, gefühlloser Unmensch«, sagte Ben, lächelte aber dabei. Es sah fast so aus, als hätte Konrad sich an seine Beleidigungen gewöhnt, Konrad, der Angsthase und Philosophieprofessor aus München, Deutschland, dessen Markenzeichen teure Anzüge, teure Krawatten und teure Schuhe waren.

»Du bist gut, du bist so gut, dass du eigentlich schwarz sein müsstest«, sagte Konrad, als die Nummer vorbei war, und Ben lachte so laut und herzhaft, dass die Tränen in seinen Augen aufleuchteten und er einen Schluckauf bekam.

»Ein Kompliment von einem Ahnungslosen, das ist was wert, das werde ich mir in Stein gravieren lassen, oder noch besser: auf die Stirn tätowieren. Leck mich.«

»Ich weiß viel über Musik, nicht unbedingt über Jazz, außer dass das nichts für weiße Musiker ist, aber über Musik im

Allgemeinen weiß ich schon einiges. Ein Semester lang habe ich eine Vorlesung über …«

»Halt die Klappe, jetzt kommt Giorgia.«

Sie hörten zu. Ben hatte die Augen geschlossen. Konrad bedeckte das Gesicht mit den Händen. Es sah so aus, als würde er beten, was er sicher nicht tat. Konrad hatte keinen Gott und keinen Glauben, lediglich ein Leben voller Zweifel und Ablehnung und Verzweiflung.

Giorgia sang. Sie füllte den Raum und verließ ihn, sie verließ sogar das Haus, um auch die Baumwipfel und den Himmel und den Fluss und den Ozean zu füllen. Mit Leichtigkeit schaffte sie das. Mit Leichtigkeit füllte sie die Luft mit Licht und wirbelte sie kraftvoll und gleichzeitig sanft um Baumstämme und Telefonmasten und Kirchtürme und Schiffschornsteine.

Konrad verstand nicht, was passierte, was mit ihm passierte. Er fühlte sein Inneres zittern, bei einigen Tönen sogar beben. Er schaute zu Ben hinüber. Bens Augen waren weiterhin geschlossen, etwas geschah mit seinem Gesicht, seinem Kopf, seinem ganzen Körper, er schien vollkommen in Bewegung zu sein, aber Konrad sah keine Bewegung. Ben war wie in Trance, Ben hörte Beats und Breaks, die ihn in einen anderen Zustand entführten. Konrad sah das alles und sah es doch nicht. Alles ereignete sich lediglich in seinen Gedanken, sie rasten durch sein Inneres und hauten ihn um. Konrad konnte nicht entscheiden, ob ihm das gefiel oder nicht, aber er wusste, dass er das nicht zulassen sollte.

Plötzlich fühlte er sich fiebrig, er schwitzte. Konrad fühlte Giorgia um sich, ihre Arme, ihren Körper, ihr Haar an seinem Gesicht. Er spürte ihre Berührung, ihre Lippen am Hals. Ihre Lippen glitten zu seinem Brustkorb, immer weiter, zu seinem

Nabel, immer weiter. Sein Körper voller Sehnsucht, beinahe vergessen. Aber nur beinahe.

Ben war abwesend, nichts von ihm war dageblieben, auf dem Sofa, auf dem er halb lag, halb saß. Ben fühlte Giorgia um sich, ihre Arme, ihren Körper, ihr Haar an seinem Gesicht. Er spürte ihre Berührung, ihre Lippen am Hals. Ihre Lippen glitten zu seinem Brustkorb, immer weiter, zu seinem Nabel, immer weiter. Sein Körper voller Sehnsucht, diese ewige Sehnsucht nach ihr, diese Sehnsucht, nie vergessen und unmöglich zu sättigen.

Die Musik hörte auf, und Ben kam langsam zu sich, nahm den Platz auf dem Sofa wieder bewusst ein. Langsam drehte er den Kopf zu Konrad, der sich im Sessel ausgestreckt hatte, und sah ihn an, fragend, fragend und zutiefst entspannt. Er hob die Augenbrauen. Konrad war nicht imstande, etwas zu sagen, er konnte nicht einmal lächeln. Er starrte den CD-Player an, als wäre er der magische Zylinder, und nur das weiße Kaninchen würde fehlen.

»Bist sprachlos, was! Gut so, das ist deine wohlverdiente Strafe, du Klugscheißer!«

Ben stand schnell auf und taumelte ein wenig, stützte sich an der Wand ab.

»Wow!«

»Geht's dir nicht gut?«

»Alles bestens, Mann. Alles bestens. Das ist nur …« Ben starrte den Boden an, die langen dichten Haare verdeckten ihm das Gesicht. »Ich muss zu ihr.« Er hob den Blick, sah Konrad direkt in die Augen. »Ich kann nicht ohne sie.«

Konrad sagte nichts und schämte sich deswegen.

Ben räusperte sich.

»Hey, Professor, bindest du mir die Haare zum Zopf zusammen? Mit einer Hand schaffe ich es nicht.«

Konrad sah ihn ungläubig an.

»Nur keine Bange, Mann, es ist nur ein Zopf, du musst dich nicht gleich verlieben.« Ben grinste breit und reichte Konrad einen schwarzen Gummi.

Die erste Berührung mit Bens Haaren brachte Konrad die Erkenntnis, dass er Sarah nie die Haare gebunden hatte. Nie. In all den vierzehn Jahren: nie.

Konrad wollte fahren, Ben zu Fuß gehen. Konrad hatte die Kraft für eine Auseinandersetzung nicht, also liefen sie die kurze Strecke zum Krankenhaus und froren in der späten Dezemberstunde in der menschenlosen Stadt. Grau in grau, alles wie gehabt – nur dunkler, viel dunkler.

»Es wird sicher schneien, Mann, mir ist schwindlig«, klapperte Ben mit den Zähnen. Konrad schwieg – er hasste Schnee.

»Aber jetzt zum Wichtigsten – was machen wir mit dem Eindringling? Das pisst mich so an, dieses Chaos, und jeder behauptet, er wäre derjenige. Ihr könnt mich alle mal.«

Ben redete sich langsam, aber sicher wieder einmal in Rage. Konrad schwieg weiter, er war nie müder gewesen als in diesem Augenblick. Und beide hatten Angst – das hielt sie zusammen.

»Den will ich da nicht mehr sehen, der hat da nichts zu suchen, Mann, das musst du ihm sagen, Professor, du bist der Ehemann, auch wenn ich derjenige bin, den sie haben will. Mich, hast du verstanden! Und denk nicht, ich lass mich verarschen. Sie ist meine Frau. Du hast nicht mal einen Ring, und mein Ring ist an meiner Trommel, ich bin ihr Mann, egal, was deine Papiere sagen – hast du überhaupt welche, du Klugscheißer?«

Plötzlich schwieg Ben, und Konrad hoffte, das würde anhalten, dieses Schweigen, denn sein Kopf kam nicht mehr mit – wegen der Kälte, wie er dachte. Es war nicht so, als beunruhigte ihn der dritte Mann nicht, ihm fehlte einfach die Kraft. Genauso wie ihm die Kraft fehlte, sich über Bens Vokabular zu beschweren. Er hoffte einfach, das würde alles vorbeigehen und die Luft würde trocken bleiben.

»Wenn du tatsächlich ihr Ehemann bist – was ich mir überhaupt nicht vorstellen kann –, wenn du also das bist, was du behauptest, dass du bist, dann musst du den da doch kennen. Wie kann er der beste Freund deiner, du weißt schon, sein, und du kennst ihn nicht. Und was hat es mit diesem Venedig auf sich? Ich verstehe das nicht. Was hat Giorgia mit Scheißgondeln zu tun? Wir waren nie in Venedig, sie wollte nicht, sie hat gesagt, das brauchen wir nicht, und der Gestank der Kanäle würde sie umbringen. Verstehst du? Die Gondeln waren einfach nicht drin. Obwohl wir gerne an einigen Festivals teilgenommen hätten, das kannst du mir glauben, diese Scheißstadt ist nicht ganz ohne. Aber nein, ausgeschlossen, nicht mit mir, hat sie gesagt.«

Ben blieb kurz stehen, rang nach Luft. Er fasste sich an die Stirn, ein Pflaster hatte sich leicht rot gefärbt. Er spuckte auf die Straße.

»Giorgia mag das nicht, sie hat's mir verboten, aber ist sie jetzt da? Kann sie was dagegen machen? Kann sie mich daran hindern? Kann sie mich böse angucken? Nein, dann soll sie schön aufstehen und … Mann, das halt ich nicht aus.«

Konrad schaute zum Himmel, dieses Grau, er konnte die Augen nicht davon abwenden.

»Hast du Angst, Professor?«, flüsterte Ben dem Boden zu, aber Konrad hätte ihn gehört, auch wenn er in seinem Zimmer zu Hause, in München, gewesen wäre.

»Ja. Aber ich habe immer Angst.«

»Ich nie. Das erste Mal überhaupt. Wenn sie stirbt. Mann.«

Ben schüttelte den Kopf, immer noch auf den Boden starrend. Die Stirnwunde blutete.

»Lass uns schneller gehen, du brauchst einen neuen Verband, ich kann mich nicht auch noch um dich kümmern, reiß dich zusammen, Drummer.« Es hörte sich nicht so abschätzig an, wie Konrad es gerne gehabt hätte, sein Herz war einfach nicht dabei.

Sie gingen weiter, ganz nahe nebeneinander, als bräuchten sie die Wärme des anderen, um nicht zu verzweifeln, um den nächsten Schritt machen zu können – um die Ödnis dieser Stadt zu bezwingen.

»Also. Dieser Typ. Hast du ihn gesehen, Glatze und Bart. Nicht Giorgias Typ. Was sagst du? Was machen wir mit dem? Du weißt noch, wir, die Rhythmusmaschine. Wir geben den Ton an.«

Immer wieder fasste Ben sich an die Stirn. Sein Atem war flach. Für Konrad war das eindeutig zu viel.

»Lass das. Es ist egal. Was spielt das schon für eine Rolle, wenn sie …«

»Immer du mit deinem Scheiß! Ich will kein Wort mehr hören. Wenn du nicht mit mir … Ich dachte, wir ziehen an einem Strang. Wir beide. Das genügt. Sollte es. Verdammt, Mann.« Ben stöhnte aus der tiefsten Tiefe seines beschädigten Wesens. »Ich kann nicht alles allein machen, ich kann nicht.« Er wischte sich die Augen. »Ich falle auseinander.«

»Das solltest du besser nicht tun, ich werde dich nicht retten können, rechne nicht mit mir.« Konrad blieb stehen, schaute erneut zum Himmel. »Du siehst, was mit Giorgia passiert ist. Ich zerstöre alles.«

Ben sah Konrad verständnislos an, er war blass im Gesicht und schwitzte in der weißlichen Kälte.

»Was immer du mal gemacht hast oder nicht – das hier ist meine Sache. Ich hab sie im Stich gelassen, ich hab sie gegen den Baum fahren lassen, ich und nur ich.« Dann, als würde er sich an die Rolle, die er spielen sollte, erinnern: »Du kannst mich mal, du Scheißprofessor.«

Der Himmel war grau, wurde grauer und dunkler mit jedem Wort, das sie aussprachen oder nicht. Sie setzten sich wieder in Bewegung, ganz langsam, vorsichtig, als wären sie einer Pyramide entlaufen. Kleine Schritte. Wacklige Schritte. Konrad war darauf vorbereitet, von einem Polizeiauto angehalten zu werden, im Verdacht, betrunken, bekifft, gedopt oder alles zusammen zu sein.

»Ich für meinen Teil, ich werde ihn zur Rede stellen.«

Noch ein paar Schritte.

»Erzähl mir von Venedig.«

Die Luft voller bibbernder Worte.

»Das ist ihre Heimatstadt. Dort haben wir uns kennengelernt. Dort hat sie Gesang studiert, bis sie dann zu mir nach München zog. Sie liebte und hasste die Stadt. Ihre Eltern sind in der Nähe von Venedig bei einem Autounfall ums Leben gekommen, als sie fünfzehn war, sie lebte danach bei einer Tante. Und Autos, na ja, sie mochte sie nicht, hatte ihren Führerschein, ist aber so selten wie möglich gefahren. Sie vermisste das Wasser. Sie reiste nie mehr hin nach dem Tod ihrer Tante.« Konrad räusperte sich. »Das ist Venedig.«

»So ein Mist.« Ben kratzte sich am Kopf. »Sie hat nie ein Wort darüber gesagt, nie, kein einziges Wort.«

»Hast du denn nie gefragt?«, sagte Konrad, als hätte er ein Recht, es zu tun. Als wäre er selbst nicht desinteressiert genug gewesen, schmerzhaft, verletzend desinteressiert.

»Doch, aber klar, Mann, was denkst du denn, bin doch kein gefühlloses Schwein, ich habe sie immer wieder gefragt, ich wollte alles über sie wissen. Sie hat nie was gesagt. Sie hat gemeint, das war ein anderes Leben, das Leben gibt es nicht mehr, hat sie gesagt. Hier bin ich jetzt, bei dir, hat sie gesagt.« Bens Gesicht gewann ein wenig Farbe zurück. »Wenn ich zu neugierig wurde oder nicht nachgeben wollte, dann hat sie mich einfach geküsst, sie hat mich so lange geküsst, bis ich die Frage vergessen habe, bis ich alles vergessen habe und nur noch … Mann.«

Konrad war froh und dankbar, dass Ben nicht weitergeredet hatte. Er hatte genug mit den eigenen Erinnerungen zu kämpfen.

Dann waren sie endlich da. Das rote Gebäude, noch röter am Ende des Tages. Und oben, ganz oben, da, wo der Himmel anfing – Giorgia.

Mutig schritten sie hinein, der Ehemann, der ein wenig weniger war als ein Ehemann, und der Liebhaber, der ein wenig mehr war als ein Liebhaber.

VOCALS

The Man I Love

… geliebt geliebt habe ich ihn geliebt oh wie ich ihn geliebt habe wie nie davor und wie nie danach danach vielleicht doch den Brückenbauer und dann noch den Drummer alle da unten aber das ist nicht wichtig die Liebe war da die Liebe war nicht in der Luft nein nicht in der Luft in mir in mir war die Liebe und ich war sicher ich war absolut sicher die wird genügen für mich und für ihn und für alles was noch kommen sollte und so viel ist noch gekommen so viel und sie hat nicht gereicht die Liebe braucht selbst Liebe und Zuneigung und Aufmerksamkeit und Zeit und Raum und Musik und die Songs all die Songs braucht die Liebe die über sie erzählen gesungen habe ich ach und wie ich gesungen habe aber nein es hat nicht gereicht und er hat mich nie singen hören und es hat nicht gereicht die Zeit war zu lang und der Raum zu groß und die Liebe zu schwach man hat vergessen sie zu nähren gesungen habe ich aber das hat nicht gereicht ein Solo reicht nicht ein Duett muss es sein ein Duett sonst reicht es nicht und ein Haus hilft nicht ein Haus ist kein Zuhause ein Haus ist ein Haus ist ein Haus ist ein Haus und kein Zuhause und man muss den Garten pflegen wenn man einen hat das muss man den Garten muss man pflegen und die Liebe muss man pflegen Liebe ist ein Garten ist ein Garten ist ein Garten der Garten ist voller Bäume große starke alte Bäume

Bäume die das Leben bedeuten und wenn man aber nur an den Garten denkt und die Liebe vergisst dann ist es vorbei und die Tränen ja die Tränen helfen dem Garten aber nicht der Liebe weine nicht zu hören hilft auch nicht keine Worte keine Worte mehr keine Worte reichen mehr es ist zu spät und weine nicht zu hören das hilft nichts aber das denkst du und so bleibst du du bleibst aber tot du bist tot und wartest und wartest aber du bist tot und wenn du tot bist bist du tot und es ist vorbei und das Atmen reicht nicht nein das Atmen reicht nicht tief kannst du einatmen und nichts kommt rein weg ist die Luft weg weg und du atmest aber das reicht nicht das hilft nicht und du willst gehen alles verlassen den Mann verlassen und schon hast du gepackt und schon hast du den Mantel an und schon hast du für hundert Leben geweint und die Schuhe hast du auch schon an und dann hörst du sie rufen sie ruft dich *Mami* diese Stimme diese eine Stimme die dein Leben bedeutet diese Stimme ist die Liebe mehr geht nicht höher geht nicht tiefer geht auch nicht diese Stimme ist alles was du bist und alles was du hast und alles was du je sein wirst und du weißt dass du diese Tür nicht hinter dir zumachen wirst solange diese Stimme dich ruft nach dir fragt mit dir lacht die Tür das ist nur eine Tür aber das machst du nicht die Tür ist nie nur eine Tür und eine Stimme ist nicht nur eine Stimme eine Stimme ist das ganze Leben eine Stimme kann für hundert Leben reichen wenn du sie hörst dann ziehst du den Mantel aus wenn du sie hörst legst du den Koffer ab die Tasche die Tasche legst du auch ab denn solange du die Stimme hast brauchst du nichts mehr diese Stimme zieht dir die Schuhe aus und du läufst die Treppe hoch du rennst du rennst um dein Leben zwei Treppen drei Treppen auf einmal du kannst Wunder vollbringen diese Stimme hebt dich hoch diese Stimme atmest du ein atmest du aus und ein und aus und ein und dann bist du da die Stimme ist da und sie erlöst dich von jeglicher Schuld sie vernichtet die Schuld die dein Leben geworden ist und du hast alles vergessen den Garten und jenen Baum jenen Baum hast du auch vergessen du weißt nicht wie wie hast du das nur geschafft und die Stimme flüstert in dein Ohr dein Ohr ist das glücklichste Ohr auf der ganzen Welt die ganze Welt ist dein Ohr und dann singst du und wie ich singe ich singe und sie ist bei mir sie ist auf meinem Schoß meine wunderschöne kleine Tochter mein Schatz mein ein und alles und sie ist in mir und ich singe und das ist gut das ist richtig das ist richtig so ich singe die Welt voll und dann lachen wir wir lachen und lachen und wir hören nicht auf und ich singe und liebe und der Garten ist vergessen für heute ist der Garten vergessen und mit ein wenig Glück vergesse ich ihn ganz und ich werde weitersingen und meine Hände haben zwei Hände zum Halten und einen kleinen Körper zum Umarmen und einen kleinen Mund zum Küssen blonde Locken blonde Locken küssen eintauchen mit der Nase in sie eintauchen riechen die blonden Locken riechen und weg ist der Garten voller Traurigkeit und es hat nie einen Garten gegeben und keinen Baum hat es gegeben keinen Baum der den Tod bedeutet nur noch die Bäume des Lebens um mich herum solange sie da ist meine Tochter mein Leben und das ist der einzige Garten der zählt diese Arme diese Lippen diese Locken diese Stimme die *Mami* sagt mein Engel mein Engel und es reicht es muss reichen und vergessen sind der Mantel und die Schuhe und die Tür alles vergessen und der Koffer ausgepackt ausgeleert aber nein nicht in den Keller gebracht der Koffer ist ausgepackt aber nicht in den Keller gebracht lediglich unter das Bett geschoben der Koffer ist unter dem Bett versteckt versteckt und dann vergessen aber nie richtig vergessen und ich singe ich singe um den Koffer zu vergessen und das reicht nicht und der

Koffer wartet so viele Jahre seit der ersten Begegnung in Venedig so lange kommt es dir manchmal vor seit jenen schicksalhaften Schuhspitzen so denkst du manchmal der Koffer wartet er hat Zeit ich habe keine Zeit meine Zeit fliegt davon auf und davon und der Koffer voller Schuld und Unglücklichsein dieser Koffer hat Zeit und Geduld ich nicht ich kann nur singen und wie ich singe …

Die Band

Love For Sale

Césco döste auf dem Stuhl neben dem Krankenbett. Ben war der Erste, der ihn bemerkte, er sah Konrad an, sein Blick sagte: »Was habe ich dir gesagt!« Konrad hatte aber Augen nur für Giorgia. Die Apparate um sie herum leuchteten immer noch. Immer noch piepsten sie regelmäßig. Immer noch lebte sie. Konrad atmete aus, tief und lange – es kam ihm vor, als hätte er seit Stunden den Atem angehalten.

»Sie lebt«, sagte Césco, die Augen geschlossen. »Sie darf nicht …«

»Du musst dich ja gar nicht einmischen, wir kommen auch ohne dich klar. Oder, Professor?«

Konrad schwieg. Er stand jetzt ganz nahe am Bett. Wenn er den Arm ausstrecken würde, nur ein wenig ausstrecken, würde er sie berühren können. Nach acht Jahren.

Ben stellte sich dicht neben ihn, schubste ihn leicht mit der Schulter an.

»Komm, wag es, Professor.«

Konrad spürte eine Enge in der Kehle, sie brannte, diese Enge.

Ja, berühre mich, flüsterte Giorgia. Aber auch wenn sie geschrien hätte, hätte er sie nicht hören können.

»Na, komm, du willst es, das sehe ich doch, Mann.«

Konrad schüttelte den Kopf, machte einen Schritt zurück, und Giorgia seufzte. Ben seufzte. Césco öffnete die Augen, gerötet und verschleiert vom Weinen. Aber vielleicht war das auch nur der Jetlag. Denn irgendwann hört jeder auf zu weinen. Irgendwann trocknen alle Tränen aus. Ben griff sanft nach Giorgias Hand.

»Du bist eine arme Sau, Professor, weißt du das?«

»Ja, Sie tun mir leid.«

»Schnauze, du hast hier nichts zu sagen. Was weißt du schon darüber, über den armen Professor hier! Am besten verschwindest du auf Nimmerwiedersehen. Keiner will dich hier haben, du Spinner aus Venedig!«

Giorgia drückte Bens Hand ganz fest, sie dachte in einem Moment, sie würde ihm die Finger brechen.

»Giorgia will … sie will mich hier haben. Das genügt.«

Césco war entspannt oder einfach nur unendlich müde.

»Das werden wir entscheiden. Also. Erzähl.«

Nein, schrie Giorgia.

»Was wollen Sie denn wissen?«

Ben sah Konrad an. Konrad saß auf seinem angestammten Stuhl neben der Tür – strenge Gewohnheiten hielten ihn am Leben – und war abwesend. Ben schüttelte den Kopf.

»Alles. Wir wollen alles wissen, Mann.«

Und wieder schrie Giorgia.

»Ich habe ihre erste CD gesehen, die mit dem Meer drauf, sie gekauft, bin ihr Freund geworden, wir haben uns geschrieben, haben telefoniert, zusammen musiziert, ich habe Saxofon gespielt, und sie hat gesungen.« Césco erlaubte sich, leicht zu lächeln. Erinnerungen, die nicht zu ertragen sind, die man aber nicht loslassen will.

»Du spielst Saxofon?« Ben konnte es nicht glauben. Er sah Konrad erneut an, als würde er ihm sagen wollen: »Siehst du!

Hab ich dir doch gesagt – er gehört nicht zu uns Rhythmikern.« Konrad hätte das nicht weniger kümmern können. »Hey, Mann! Wach auf, komm zurück ins Leben, hier spielt die Musik, sei nicht so deprimiert, scheiß drauf, steh auf, lach mal!«

Konrad sah ihn jetzt tatsächlich an.

»Das kann man nicht sagen. Giorgia hat immer gesagt, du sollst einem, der schlechte Laune hat, nicht sagen, hab keine schlechte Laune. Das ist, wie wenn einer weint. Du kannst nicht sagen, weine nicht, dann weint er nur noch mehr. Du sollst etwas tun, um ihn abzulenken oder zu trösten oder zu animieren oder …«

»Du spinnst, Professor! Aber das stimmt, das hat Giorgia auch zu mir oft gesagt. Ich habe es nicht kapiert, und sie war so oft traurig. Sie ist der traurigste Mensch, den ich kenne. Ich konnte nie was dagegen tun.«

Doch, doch, flüsterte Giorgia, du hast mich geliebt, mich umarmt und Unsinn erzählt und mich zum Lachen gebracht, aber ich habe mich nie bei dir bedankt. Danke, Ben, danke. Komm, lass dich drücken, sagte sie und breitete die Arme aus.

»Wo haben Sie sich getroffen? Sie ist nie nach Venedig gereist, sie hasste Venedig …«

»Und liebte es.«

»Ja, Sie haben recht. Also in Venedig?«

Konrad war aufgestanden und hatte sich zu den zwei Männern am Bett gesellt.

»Nein«, erwiderte Césco zögerlich.

Die anderen beiden warteten.

»Sprich schon, Mann, wir haben keine Geheimnisse mehr, oder, Professor? Die Zeit liegt hinter uns.«

Ben legte Konrad einen Arm um die Schulter, und Konrad zuckte merklich zusammen, Ben aber beachtete das nicht.

»Ich weiß nicht. Sie werden mir nicht glauben, schätze ich«, sagte Césco und schaute die beiden verlegen an.

Du hast recht, Césco, niemand würde dir die Geschichte glauben, sagte Giorgia und lachte laut. Sie streckte den anderen Arm aus und berührte sanft Céscos Hand. Césco erzitterte und sah sie verwirrt an.

»Warum sollten wir dir nicht glauben, Mann, wir sind so weit, dass wir alles und jedem glauben, oder, Professor? Ich hab dir auch alles geglaubt, auch wenn das eigentlich unmöglich ist, du und Giorgia, nein, Mann, das ist tatsächlich unmöglich. Aber ich hab dir geglaubt.« Ben sah erst Konrad, dann Césco aufmunternd an. »Also.«

»Wir haben uns nie getroffen.«

Verständnisloses Schweigen.

»Was heißt das? Wie, ›nie getroffen‹?«

Und Konrad war sichtlich erleichtert, als würde »nie getroffen« auch automatisch heißen »nie betrogen«. Und das war wichtig. Das war Konrad wichtig, jetzt plötzlich noch mehr als damals.

»Wir haben uns nur geschrieben und haben telefoniert. Wir haben uns nie gesehen, persönlich. Wir haben geskypt, später, aber das war es schon.«

Césco fühlte sich nicht wohl, denn das, was er sagte, das war wahr, und doch nicht ganz. Und außerdem hatte er das Gefühl, dass Giorgia ihm zuhörte, zu ihm sprach. Und erschöpft war er auch noch, zu allem Überfluss.

»Dann wart ihr tatsächlich nur Freunde, es gab nichts zwischen euch, keinen Sex, kein gar nichts. Ich werd wahnsinnig. Ihr beide seid echt Typen, oder was!«

Ben ging zum Fenster, kopfschüttelnd.

Konrad sah Césco an.

Césco vermied Konrads Blick.

»So einfach war das dann doch nicht, habe ich recht?«

Ben drehte sich blitzschnell um.

»Was? Wie meinst du das, Professor? Der hat's doch selbst gesagt, oder, Prez? Oder bist du Bird? Oder ein Ignorant wie der verdammte Professor hier? Hat von nichts eine Ahnung. Bist du Lester Young oder Charlie Parker? Was bläst du, Gondoliere?«

»Prez, ich könnte Prez sein, obwohl mir Hawkins noch lieber ist«, beeilte sich Césco zu antworten, der Themawechsel kam ihm gelegen. »Aber so gut wie einer von denen bin ich nicht, nicht einmal andeutungsweise.«

»Bist kein Profimusiker?«

»Nein, bin Architekt von Beruf, spiele aber für mein Leben gern, mit Freunden zusammen, manchmal jammen wir stundenlang, jeder gibt sein Bestes, nächtelang.«

»Und Giorgia? Hat sie auch mit euch gesungen?«, fragte Konrad vorsichtig.

»Nein, sie … sie kennt niemanden. Keinen von meinen Freunden. Es gab nur uns beide.«

»Nein, es gab auch noch mich. Und dann war auch Sarah da, nehme ich an.«

Nein, schrie Giorgia. Nein, schrie sie, bis sie keine Luft mehr hatte.

»Ja. Ja. Sie war auch noch da. Sie …«

»Wann hast du diese erste CD denn gekauft? Wann war das?«

»Wer ist Sarah?« Ben sah von einem zum anderen.

»Im Sommer neunzehnhundertfünfundneunzig. Ich bin zu meinem Lieblingsladen gegangen, und da war sie, blau wie das Meer. Und ihr rotes Kleid. Ich habe sie in die Hand genommen, und das war es. Sie hat zu mir gesprochen wie kein Mensch davor. Dann später, ihre Stimme. Entschuldige, aber so war das. Sie hat zu mir gesungen, nur für mich.«

Giorgia lächelte, sie erinnerte sich auch, sie kannte seine erste E-Mail auswendig. So seltsam, so anders, so durcheinander, so vieles hatte sie damals nicht verstanden – genauso wenig wie später.

»Für mich hat sie nie gesungen. Ich wollte es nicht.«

»Wer ist Sarah, verdammt noch mal?«

Ben stand jetzt auf der anderen Seite des Bettes und sah beide verärgert und ungeduldig an. Während Giorgia wieder anfing zu schreien, sie hielt sich die Ohren zu.

Konrad und Césco tauschten Blicke aus, die Ben nicht deuten konnte.

»Du Verräter, du mieser Verräter!« Bens Blick verließ Konrads Augen nicht, Konrad fühlte sich an die Wand genagelt. »Und ich dachte, wir halten zusammen, man muss hier zusammenhalten, sonst geht alles zum Teufel, sie und wir, alle! Du Verräter. Du kannst mich mal. Wo ich alles für dich gemacht habe, dich aufgenommen, als wärst du es wert gewesen. Du Arschloch. Und jetzt spielst du fremd. Ausgerechnet mit einem Saxofonisten, einem Melodiker, einem Melodiemacher – hast du mich denn nicht verstanden? Hab ich dir denn nicht alles erklärt? Hast du mir gar nicht zugehört?« Ben regte sich wieder einmal auf.

Konrad streckte die Hand nach ihm aus, halbwegs und halbherzig, aber für ihn war das eine große Geste.

»Beruhige dich, Ben, komm wieder runter. Es ist nichts, es ist …«, begann Konrad, dann sah er Ben verwundert an. »Aber wieso weißt du das nicht? Das verstehe ich nicht.«

»Was? Was soll ich wissen, Mann? Wer ist Sarah?!«

Giorgia schrie weiterhin. Sie holte mit dem Bein aus, traf Ben in den Bauch. Einmal, zweimal, noch einmal.

»Sarah war unsere Tochter, Ben. Unsere Tochter.«

Die Dämmerung kam und ging vorbei. Der Abend näherte sich. Das Licht im Zimmer schaltete sich automatisch an. Plötzlich leuchteten alle Gesichter gelblich, kränklich.

»Das wusste ich nicht. Wieso wusste ich das nicht?« Ben sah Giorgia anklagend an. »Wieso hat sie mir nicht gesagt, dass sie eine Tochter hat? Verdammt.«

Das war zu viel. Das war für Ben einfach zu viel des Neuen, des Verheimlichten. Das Gefühl des Verlustes wuchs in unerreichbare Höhe.

Konrad und Césco tauschten wieder Blicke aus. Césco setzte sich auf den Stuhl neben dem Bett. Konrad dachte, er würde umfallen, ohnmächtig werden. Dann drehte er sich so schnell zu Césco, dass er beinahe tatsächlich das Gleichgewicht verlor.

»Aber sie ist meine Tochter, oder?«

»Meine ist sie nicht.«

Giorgia schrie und schlug um sich, erwischte Konrads Hüfte.

»Hat Giorgia dir gesagt, dass sie meine Tochter ist?«

»Sie hat nie etwas anderes behauptet. Und sie hat dich geliebt.« Césco schloss die Augen. »Sie war verliebt in dich. Sie hätte alles für dich gemacht.«

»Scheiße. So eine verdammte Scheiße. Ihr könnt mich mal, beide.«

»Ich weiß.«

Das Schweigen des Verräters, des Versagers und des Verratenen. Richtige Dunkelheit schlich sich ein. Die Nacht betrat die Bühne uneingeladen.

»Mich hat sie auch geliebt«, stotterte Ben.

Ich bin noch da, rief Giorgia, ich bin noch da und ich liebe dich noch.

»Mich auch. Später dann.«

»Also doch.«

»Nein. Nie. Ich habe sie verraten. Ich habe sie im Stich gelassen, als sie mich am meisten brauchte.«

»Ich auch.«

Ben sah von einem zum anderen.

»Und ich war immer für sie da. Bis zu jenem Abend, jener Nacht, war ich immer für sie da. Ein Fehler, und gleich hat sie mich verlassen, mich bestraft. Ein einziger Fehler, verdammt.«

Die drei Männer schwiegen. Sie hätten so viel zu erzählen gehabt, trauten sich aber nicht, noch nicht.

Giorgia hingegen hatte keine Angst mehr, dachte: typisch, und schloss die Augen.

Vocals

I Surrender, Dear

… nicht verstanden die erste Mail nicht verstanden nur gelächelt aber dann *ma dove sei* nach so vielen Jahren *ma dove sei* geschrieben und du hast mich verstanden immer hast du mich verstanden *ma dove sei* gesucht habe ich dich gesucht ohne zu suchen vermisst alles was du zu geben hattest und du hattest so viel zu geben *ma dove sei* nach so vielen Jahren der Bekanntschaft der Freundschaft alles einfach alles klar alles unschuldig nichts ist unschuldig ich bin nicht unschuldig ob auf Erden ob im Himmel alles verbirgt alles in sich immer ist alles möglich *ma dove sei* und du warst plötzlich da und hattest Angst und wolltest nicht ich liebe meine Frau hast du gesagt das hast du mir gesagt aber geantwortet hast du trotzdem sofort *ma dove sei* so fing alles an nach so vielen Jahren der Unschuld fing alles so an mit diesen drei Worten und einem Fragezeichen und fünf Ausrufezeichen gefragt habe ich dich wo du denn steckst und du hast Angst bekommen und ich habe gelacht und wie ich gelacht habe über dich deine Angst und Freunde wir sind doch Freunde das kann mal ein Freund schreiben habe ich gesagt aber du wusstest es besser ich liebe meine Frau hast du geschrieben eine einzige Mail nur die vier Worte und ich habe mich gewundert ich liebe meinen Mann nein das habe ich nicht geschrieben geschrieben habe ich es nicht geliebt habe ich ihn dennoch trotzdem trotz allem habe ich ihn geliebt und wie ich ihn geliebt habe auch wenn er mich nicht singen hören wollte geliebt habe ich ihn und jede Nacht bin ich hungrig ins Bett gegangen und dann habe ich dir eines Tages *ma dove sei* geschrieben und ein Fragezeichen dahintergesetzt und fünf Ausrufezeichen und du hast Angst bekommen aber sofort geantwortet und so hat alles angefangen dieser Wahnsinn deine Liebe deine Leidenschaft und ich wusste nicht dass das der Anfang ist das wusste ich nicht gelacht habe ich und mich überraschen lassen das habe ich getan und du konntest nicht aufhören mich zu lieben ohne Verstand ohne Hemmungen ohne Grenzen hast du mich geliebt und ich habe es genossen und wie ich es genossen habe und endlich endlich bin ich wieder satt ins Bett gegangen habe nicht schlafen können schlafen war nicht möglich *ma dove sei* denn du warst nicht da nicht in meinem Bett und um ein Bild habe ich dich gebeten ein Bild von dir will ich haben habe ich gesagt davor noch viel früher noch bevor du Angst bekommen hast als wir noch beide dachten wir wären nur Freunde und dann habe ich dich gesehen du hast mich angelächelt von deinem Bild nur für mich hast du gelächelt und ich dachte wie schön die Sonne und das Meer sind die Sonne in deinem Gesicht in deinem Lächeln und das Meer in deinen Augen wie blau das Meer war nie war das Meer so blau gewesen und du hast gelächelt und ich habe mich bedankt danke habe ich gesagt und viel später dann *ma dove sei* geschrieben es gab diese Zeit die Zeit davor und danach die Zeit vor und nach meinen Worten und nach deiner Angst und dann ist das Lied gekommen dein Lied für mich und ich habe geweint du hast für mich gespielt und ich habe geweint und deine Augen waren feucht und du hast für mich gespielt das Lied hast du nur für mich geschrieben und hast geweint und ich konnte nichts tun nichts anderes konnte ich tun als zu singen dein Lied zu singen und wir haben beide Angst bekommen es ist zu groß geworden wir hatten Angst vor dieser Liebe die Wucht die Kraft die Macht die Liebe kann einem Angst machen und wir haben gewartet und keine Pläne geschmiedet zu singen war genug und nichts war genug nichts konnte je genug sein also lassen wir es hast du gesagt und lassen wir es habe ich gesagt gesagt haben wir das aber was zählen Worte die Worte zählen nichts wertlose Worte wertlos sind die Worte *batuffolo mio* hast du gesagt und ich habe dir verziehen verzeih mir verzeih mir und ich habe dir verziehen mir habe ich auch verziehen aber nur einmal nur dieses eine Mal habe ich allen verziehen und wir haben uns wieder geliebt und wir haben uns weitergeliebt und wer kann das schon stoppen wer konnte uns aufhalten ich habe mit deinem Saxofon geschlafen jede Nacht habe ich dich mit deinem Saxofon betrogen mich selbst habe ich betrogen habe für dich gesungen ohne Punkt und Komma und du bist jede Nacht mit meiner Stimme ins Bett gegangen eng war es in deinem Bett und keiner hat sich gewundert und wir haben miteinander geschlafen so haben wir Nacht um Nacht miteinander geschlafen Hunderte Kilometer voneinander entfernt und wer konnte uns aufhalten wer konnte uns daran hindern niemand niemand konnte uns daran hindern und ich habe wieder gelacht gelacht habe ich und er hat mich gefragt worüber lachst du denn worüber darüber und er hat nicht mehr gefragt und ich habe gedacht schade schade habe ich gedacht schade dass er nicht mehr fragt schade dass es ihm egal ist dass es ihm so passt das habe ich gedacht und dich zu mir ins Bett geholt unter meinem Nachthemd versteckt die ganze Nacht hast du in mir geschlafen mich geliebt mich geliebt und wie du mich geliebt hast die ganze Nacht ich habe dich in mich aufgenommen und da warst du jetzt und ich habe nicht mehr schlafen können und er hat nichts gesagt es hat ihm alles so gepasst und schade habe ich gedacht schade dass es ihm egal ist und die ganze Nacht hast du in mir herumgespielt in mir an mir auf mir die ganze Nacht und ich habe dich nicht loslassen können ich bin süchtig geworden süchtig bin ich geworden und du hast gelacht und bist in mich eingedrungen und ich musste weinen so glücklich war ich und du hast mich mitgenommen du bist ins Büro gegangen ich baue Brücken hast du mir gesagt als du noch keine Angst hattest ich baue Brücken hast du geschrieben und dann bist du ins Büro gegangen und hast mich mitgenommen und zum Mittagessen hast du mir Reis oder Nudeln bestellt Reis oder Nudeln was willst du haben *batuffolo mio* hast du gefragt und ich habe gelacht und wir haben gegessen und ein Glas Rotwein getrunken und dann haben wir wieder gearbeitet gearbeitet hast du und ich habe in deiner Hosentasche gesessen und dich nicht arbeiten lassen es hat nur uns gegeben und schade habe ich gedacht schade dass mein Mann nichts nichts ja das habe ich gedacht und mit dir geduscht stundenlang haben wir geduscht und hungrig waren wir nicht mehr nie mehr und satt auch nicht satt konnten wir nicht werden nicht auf diese Entfernung und genug voneinander haben konnten wir auch nicht und ich habe gelacht pausenlos gelächelt gegrinst gegrinst habe ich und er hat nichts mehr gesagt nichts gefragt und ich dachte dann ist es halt so und ich dachte schade aber gegrinst habe ich trotzdem und meinen Kopf in deinen Schoß gelegt in deinem Schoß war viel Platz für mich und die Sonne in deinem Gesicht und das Meer in deinen Augen und keiner hat Fragen gestellt und es hat nur uns gegeben und nie waren wir allein und du wolltest mein Baum sein ein Baum ist stark und zuversichtlich und ein Baum ist das Leben hast du gesagt und ich sagte nichts am Anfang sagte ich nichts nichts von den Bäumen des Todes ich konnte nicht aber dann dann als du anfingst in mir zu leben dann habe ich dir alles erzählt alles und du hast geweint und du hast gesagt das war ein Unfall und der Baum konnte nichts dafür und ich habe gesagt der Baum ist der Tod und ich bin schuld und wir haben gestritten und du wolltest mein Baum des Lebens sein und ich musste lachen ich habe gelacht über so viel Ahnungslosigkeit ich werde es dir beweisen hast du gesagt ich beweise dir dass ein Baum das Leben ist und ich habe geschrien ich habe geschrien dich gefragt wer hat dann meine Eltern getötet wer wohl habe ich gefragt war es denn nicht der Baum ist das Auto denn nicht gegen den Baum geflogen geschrien und geweint habe ich und du hast gesagt es wäre nicht meine Schuld und es wäre nicht die Schuld des Baumes das hast du gesagt und ich tat so als würde ich dir glauben aber ich wusste es besser und ließ mich von dir lieben ach wie du mich geliebt hast *batuffolo mio* nie gesehen nie berührt nie erlebt auch so kann man lieben man kann immer lieben wenn man lieben kann ach wie wir uns geliebt haben …

Die Band

The Shadow Of Your Smile

»Wo bist du untergebracht?«

»Ich weiß noch nicht, ich bin erst gelandet. Ich werde ein Hotel in der Nähe suchen.«

Konrad sah Ben an. Ben hob die Augenbrauen, als wollte er es nicht glauben. Konrad beharrte, und Ben gab nach mit einem Seufzer.

»Wir sind zusammen in diesem Schlamassel.«

»Das von dir zu hören, Professor, das überrascht mich jetzt aber wirklich. Vielleicht bist du doch kein hoffnungsloser Fall.«

»Was? Wovon redet ihr?«

»Es ist entschieden, du wohnst mit uns bei meinen Freunden. Das wird ein Irrenhaus, Mann.«

»Das kann ich nicht annehmen. Das wäre …«

»Genau. Eben deswegen.«

Die Nacht und die Erschöpfung schlichen um sie herum.

Giorgia verteilte Zärtlichkeiten mit einem Lächeln.

»Und was machen wir jetzt?«

Alle sahen Giorgia an. Die Maschinen an ihrer Seite sprachen zu ihnen in einem monotonen Takt. Keiner beschwerte sich.

»Meint ihr, sie schläft nur?«

»Ich glaube, sie ist hier, bei uns, sie kann uns hören, ich bin überzeugt davon.«

Giorgia lächelte, gerührt war sie, zu Tränen gerührt.

»Unsinn. Sie ist weg. Weg ist sie. In irgendeinem Vorraum, einem Wartezimmer, da ist sie.«

»So ein Scheiß, Professor, aber wirklich! Du wirst jetzt wohl nicht anfangen zu philosophieren, oder?«

»Keine Angst, das tue ich nur für Geld.«

Alle lachten.

»Schaut, sie lächelt auch! Was habe ich euch gesagt!«

Alle sprangen zum Bett, beugten sich über Giorgia und starrten ihren Mund an. Giorgia streckte die Arme aus und drückte sie alle fest an sich, so fest, dass ihr Herz schneller schlug.

»Da ist nichts.«

»Du bist ein Ungläubiger, Professor.«

»Doch, doch, spürt ihr das nicht? Seht ihr denn nicht, wie ihr Gesicht Farbe bekommen hat? Seht ihr das nicht?«

Césco und Ben kamen noch näher. Ben konnte nicht widerstehen, er küsste Giorgias Mund.

»Hör auf! Das tun wir nicht.«

»Warum nicht?! Ich darf das. Sie ist meine Freundin, nicht vergessen. Du warst ihr Ehemann, scheiß auf das Papier! Und du warst ihr bester Freund, vielleicht, das weiß keiner. Aber ich, ich bin ihr Freund, verdammt noch mal, also haltet die Klappe!«

Betretenes Schweigen.

Dann räusperte Césco sich.

»Sie hat gelächelt, ich weiß es, sie ist bei uns.«

Er streichelte Giorgia sanft über die Wange. Giorgia spürte die Tränen kommen: das erste Mal, die erste Berührung.

»Sie … sie ist warm, spürt ihr das denn nicht?«

Konrad kam näher, streckte die Hand aus, zog sie zurück, unverrichteter Dinge. Ben dagegen legte seine auf Giorgias

Wange, ließ sie da liegen, tat so, als bemerkte er Céscos und Konrads Blicke nicht.

»Was machen wir also jetzt?«

In dem Augenblick betrat die Nachtschwester entschlossen das Zimmer und traf noch entschlossener die Entscheidung für sie alle – ihre Stimme duldete keinen Widerspruch.

Giorgia wünschte ihren Männern eine gute Nacht und sah sie – Césco mit der großen Reisetasche in der Hand – lustlos und unsicher in dem weißen Licht des Korridors verschwinden. Wie drei mutterlose Kinder.

Stolen Moments

Vor dem Krankenhaus blieben sie zögerlich stehen. Es war dunkel und kalt, und die Luft roch nach Schnee. Konrad schloss die dicke Jacke und ärgerte sich darüber, die Mütze vergessen zu haben. Ben war schon längst jenseits der Empfindlichkeit, der Körper und die Seele sehnten sich nach Schlaf. Césco stellte seine Tasche ab und sah sich um.

»Ich bin für ein Taxi«, sagte Konrad und erwartete Widerspruch von Ben, aber es kam keiner.

»Ja, ich auch. Meine Tasche wird immer schwerer.«

Ben gähnte und ging zurück zur Anmeldung, ein Taxi bestellen. Während er weg war, schwiegen Konrad und Césco, als wüssten sie, dass für Geschichten noch Zeit genug sein würde.

»Das könnte länger dauern, so ein Mist, diese Stadt ist um acht schon wie ausgestorben«, ärgerte sich Ben, als er sich wieder zu den beiden gesellte. »So eine Scheißstadt.«

»Vielleicht sollten wir dann doch lieber zu Fuß gehen, wenn es nicht zu weit weg ist.«

»Es ist kalt, und es könnte anfangen zu schneien«, jammerte Konrad.

»Aber doch nicht, bevor wir zu Hause sind, Mann. Du bist eine Heulsuse, Professor, was?«

Konrad hob die Schultern und versteckte den Kopf, so weit es ging, im Kragen seiner Jacke. Sie schwiegen und warteten. Sie hüpften von einem Bein auf das andere, Césco fing an, vor sich hin zu summen. Ben horchte auf, ließ seine Hände im Takt trommeln, sein Kopf bewegte sich zu jedem Beat.

»Das ist nicht schlecht, Gondoliere, gar nicht schlecht, was ist das, kenne ich gar nicht?«

»Das habe ich geschrieben.« Céscos Stimme zitterte, seine Lippen zitterten – es war ihm kalt, und er war sehr verwirrt. Und er hatte Giorgia zum ersten Mal berührt.

»Nein! Hörst du das, Professor? Unser Gondoliere komponiert auch, und du hast gedacht, er ist ein einfacher Architekt, der dir die Frau wegschnappen wollte.«

Mit dem unverletzten Arm machte Ben eine ausladende Bewegung, die vieles bedeuten konnte, die aber auf jeden Fall spöttisch war. Konrad reagierte nicht, er verschwand allmählich in seiner Jacke, immer tiefer sank sein Kopf in den flauschigen Kragen.

»Wie heißt denn das Lied? Das musst du mir vorspielen, wir könnten es in unser Programm aufnehmen, warum nicht, du wirst noch berühmt werden, Gondoliere, wart's nur ab.« Konrad sah ihn verständnislos an, als hätte Ben hohes Fieber und würde fabulieren. »Hast du noch andere Lieder auf Lager? Wir sind immer auf der Suche, und ich habe nicht so viel Zeit zum Komponieren, die Band und alles, und dann natürlich auch Giorgia ... Giorgia, oh Mann, was für eine Scheiße.«

»*Could Be Mine*, so heißt es.« Césco hob den Kopf zum Himmel, stöhnte einmal tief auf. »Es ist einfach zu viel. Überwältigt. Das bin ich.« Noch ein Seufzer. »Entschuldigt.«

»Alles cool, Mann. Keine Sorge. Wir verstehen dich, oder, Professor? Wir machen alle das Gleiche durch. Verdammt.« Ben vollführte ein paar schnelle Trommelbewegungen mit der freien Hand.

Das Taxi kam und fuhr sie nach Hause, dorthin, wo sie noch nicht zu Hause waren, was aber ihr Zuhause werden konnte – jedenfalls auf Zeit. Sie bezahlten die angeblich späte Stunde und den Schneegeruch teuer, aber keiner beschwerte sich. Denn im Krankenhaus lag Giorgia und konnte jeden Augenblick sterben.

Ben fand ein weiteres freies Zimmer, Césco ließ seine Tasche auf den Boden fallen und setzte sich aufs Bett.

»Und es ist wirklich in Ordnung? Deine Freunde werden nichts dagegen haben? Wirklich nicht?«

»Alles prima, Gondoliere, keine Bange. Komm, lass uns was essen, du verhungerst sicher schon, oder? Der Professor hat auch nichts gegessen.«

Sie gingen zu zweit in die Küche, vor dem offenen Kühlschrank stand Konrad und starrte hinein.

»Professor, kannst du kochen? Was willst du uns Leckeres zubereiten? Schweinebraten und Sauerkraut?« Ben lachte.

»Ein Käsebrot würde mir schon genügen.«

»Mir aber nicht, ich habe einen Mordshunger, Leute. Zeig mal, was gibt's denn?«

»Wenn ihr wollt. Also, wenn ihr wollt, könnte ich uns was kochen, das kann ich gut. Kochen.«

»Und komponieren, Gondoliere, vergiss das nicht.« Konrad schnaubte, und Ben machte den Kühlschrank zu und legte eine Hand auf Céscos Schulter. »Erzähl, was ist das für eine Musik, was schreibst du so?«

»Ich muss etwas essen«, meinte Konrad und setzte sich an die Küchentheke. »Willst du jetzt etwas kochen oder nicht?«

Césco schaute von einem zum anderen, dann erfasste er die Küche mit einem Blick – man hatte den Eindruck, als fühlte er sich ungeeignet für den Raum, der für Partys gedacht war und Dutzende von betrunkenen Musikern aufnehmen konnte.

»Ich mache uns was Einfaches, ist das okay für euch? Spaghetti Carbonara? Einverstanden?«

»Das hat Giorgia oft gemacht, wenn sie keine Zeit hatte …«

»… oder keine Lust.«

Konrad und Ben sahen sich an – ein Auge lachte, das andere weinte.

»Erinnerungen sind Scheiße, Mann.«

»Ich liebe Erinnerungen. Wo wäre ich ohne die? Nicht hier, nicht mehr am Leben. Glaube ich.«

Erinnerndes Schweigen.

»Ja, Carbonara ist in Ordnung.«

Césco wurde sofort geschäftig, suchte und fand, was er suchte, und schon bald roch es nach gebratenen Zwiebeln und Speck. Konrads Augen wurden noch röter noch feuchter.

»Dieser Geruch.«

Ben sah ihn ungläubig an.

»Wie konntest du sie gehen lassen? Du Versager. Wie konntest du nur, Mann?«

Konrad zuckte mit den Achseln.

»Gibt's Bier im Haus?«

»Also, der Herr Professor trinkt, wer hätte das gedacht?« Ben lachte kurz und holte eine Flasche Bier aus dem Kühlschrank. »Du auch, Gondoliere?«

»Gibt's Wein? Rotwein vielleicht?«

»Hier gibt's alles, Mann, das ist ein Musikerhaus, da mangelt's nie am Alkohol, was wäre das für ein Haus, verdammt, man muss doch die Finger bei Laune halten, oder, Prez, das müsstest du doch wissen?« Ben stellte das Bier vor Konrad auf den Tisch, das übervolle Glas Rotwein neben den Herd, an dem Césco fleißig rührte. »Und du, Professor, philosophiert sich's leichter mit den Gedanken voller Bier, was?«

Für sich holte Ben Gin aus dem Wohnzimmer und trank ihn ohne Eis, ohne Tonic. Die drei Männer ließen schweigend und voller Zuversicht den Alkohol und seine feuchte Wärme das Ihre tun.

»Fertig. Seid ihr bereit?«

»Dieser Geruch, wie ich diesen Geruch vermisst habe.«

»Genug lamentiert, jetzt wird gegessen, hol die Teller und Besteck, Professor, wir essen im Esszimmer, wie richtig feine Männer, oder nicht?«

Dann saßen sie am Tisch und aßen gierig und schwiegen ausgiebig – mit vollem Mund. Ben war als Erster fertig, stand auf und verschwand im Wohnzimmer. Plötzlich erfüllte melancholische Musik das Haus. Als Ben zurückkam und sich wieder an den Tisch setzte, fing Giorgia an zu singen.

Césco stöhnte, schob den leeren Teller zur Seite und legte die Stirn auf die Tischplatte. Konrad hielt sich an der Bierflasche fest, fester, immer fester, seine Finger immer blasser vom krampfhaften Druck.

»Scheiße, Leute, ich hab Angst.«

»Das darfst du nicht denken, nein, auf gar keinen Fall. Es wird alles gut werden. Es muss. Ich muss mich bei ihr entschuldigen, sie muss mir verzeihen. Sie darf nicht …«

»Ich muss mit ihr sprechen, ich will ihr so viel sagen …«

»Ihr beide solltet die Klappe halten, ich bin ihr Freund, der Freund, ihr habt kein Recht, euch vorzudrängen, ich … ich … verdammt.«

Sie überlegten, wie sie das lösen, wie sie sich gegenseitig helfen konnten.

»Das Leben ist ein Witz. Es schafft die unvorstellbarsten Verbrüderungen.« Konrad hatte seine Flasche fest im Blick.

»Ich weiß, Mann, ich weiß, was wir machen! Wir erzählen uns das, was wir Giorgia sagen wollen, wir erzählen es uns, was meint ihr? Professor, was sagst du? Nicht verzagen, die Flasche fragen, ist es das, was du tust, was du so gut kannst, ha? Und du, Prez, Kopf hoch, du hast komponiert, du bist ein Musiker, du darfst nicht verzweifeln, du musst kreieren, einen neuen Song, was sagst du? Oder willst du für immer ein Gondoliere bleiben?«

»Eigentlich baue ich Brücken, ich bin Brückenbauer. Für Giorgia. Für sie habe ich viele Brücken gebaut.«

»Vergiss den Mist, du bist ein Saxofonspieler, vergiss das nie, Saxofon ist das Gesetz, Prez, das weißt du doch.«

»Mein Saxofon hat rote Anschlagfilze auf Becherklappen. Rote Anschlagfilze.«

Ben boxte Césco in den Oberarm, fester, als er wollte, aber der Alkohol und die Müdigkeit und die Angst hatten schon die Kontrolle übernommen, und keiner spürte mehr das Physische, keine Verletzungen, keine Wunden. Nur noch die Gefühle waren bei Sinn und Verstand.

»So ein Angeber, roter Filz! Das gibt's nicht, du musst mal mit uns jammen, Mann, das wird einmalig, wir werden grooven wie verrückt, das spüre ich, glaub mir, ich bin der Beste.«

»Sie hatte rote Schuhe, immer hatte sie rote Schuhe an.«

Ben und Césco sahen Konrad an, der nichts mehr sah.

»Hör auf mit diesen Schmeicheleien, ich dachte immer, Musiker wären vorsichtiger, wenn es um die Wahl der Mitstreiter geht.«

Ben sah Konrad angestrengt an, dann lachte er plötzlich auf. »Du hast keine Ahnung, wie üblich, Mann. Und bist nur neidisch, einfach eifersüchtig, ich lach mich tot.«

Sie brauchten ein wenig Zeit, um sich zu sammeln, wieder den richtigen Weg zu finden. Aber dann.

»Und ein rotes Kleid.«

»Ja, ein rotes Kleid.« Ben leerte sein Glas. »Den letzten Gig sang sie in einem roten Kleid.« Dann stand er auf und verschwand im Wohnzimmer.

SCHLAGZEUG

Moanin'

Ich kann nicht mehr, ihre Stimme, das halte ich nicht aus. Giorgia, komm zurück zu mir. Befreie mich, verdammt noch mal. Verzeih mir. Denk dran, wie toll wir es hatten, vergiss diese Clowns, denk an uns. Wir werden uns hinsetzen und reden, wir werden nur noch reden – was ich da alles höre seit dem Unfall, das kann ich kaum glauben. Was haben wir all die Jahre gemacht? Du weißt alles über mich, du weißt, wo ich geboren bin, du weißt alles über Boston und meine Kindheit und meine Eltern und meine Geschwister, du kennst ihre Namen, du hast sie kennengelernt, ich habe deine Hand gehalten, und du hast mich angelächelt, und ich dachte, alles wäre in Ordnung, wir wären in Ordnung. Verdammt, Giorgia. Wir sind durch Boston spaziert, und ich habe dir alles gezeigt, wir sind zu meinem College gegangen, du hast gesehen, wo ich zum ersten Mal vor Publikum gespielt habe, wo Paul und ich gewohnt haben. Wieso konntest du mir das alles verschweigen, dein ganzes Leben? Was war ich für dich, Giorgia? Was bin ich für dich? Liebst du mich, hast du mich je geliebt?

Schidam dibidam dam, ich verliere den Verstand. Vor Schmerz und vor Angst. Als wir das erste Mal miteinander geschlafen haben, hast du gesagt: Du hast mich gerettet. Das hast du gesagt. Ich habe dich gefragt: Was meinst du damit? Ich habe dich gefragt. Es ist nicht so, dass ich dich nicht gefragt hätte, dass ich kein Interesse gehabt hätte, schidam dibidam dam, ich wollte es wissen. Ich wollte alles über dich wissen. Ich habe dir alles über mich erzählt. Von meiner kurzen Ehe, trunkene Jugend halt, ahnungslos, heimliche Hochzeit im Rausch, schneller geschieden als wieder nüchtern, ich habe gelacht darüber, über meine Ehe, und du hast gesagt, das stört dich nicht. Dass du selbst noch verheiratet bist, hast du nicht erwähnt. Verdammt, Giorgia! Wieso? Wieso?

Ich habe dir alles gesagt, nichts habe ich verheimlicht, ich habe noch nie einer Frau alles in dieser Weise gezeigt, mich geöffnet, ich habe dich aufgenommen, in meine Band, in meine Familie, in mich. Alle haben dich geliebt, die lieben dich, meine Mutter hat dir gesagt: Du bist willkommen, du bist meine Tochter. Das hat sie gesagt. Du hast dich bedankt. Und nie erwähnt, nie, mit keinem Wort, dass du auch eine Mutter bist, dass du eine Tochter hast. Wieso nicht? Und hier bin ich nun mit diesen zwei Trotteln. Und jeder von ihnen weiß mehr über dich als ich. Was haben wir nicht alles miteinander erlebt! Als du deine Albträume hattest, wer hat sich da um dich gekümmert, wer, Giorgia? Wer? Als du geschrien und um dich geschlagen hast? Wer? Sag, wer? Und als du so betrunken warst, dass du die Treppe zum Aufzug in irgendeinem Hotel in irgendeiner Stadt, in der wir gespielt haben, nicht alleine geschafft hast, wer hat dich da getragen? Wer?

Das fasse ich alles nicht, schidam dibidam dam, das kann nicht sein. Und als du immer wieder, immer wieder und immer wieder vögeln wolltest, wo auch immer, wann auch immer, habe ich je nein gesagt, habe ich je gesagt, ich will nicht, ich muss arbeiten, komponieren, Gigs organisieren, Geld für uns verdienen, Studios mieten? Schidam dibidam dam. Hab ich dich je zurückgewiesen? Dein rotes Kleid habe ich hochgeschoben und dich gevögelt, und du hast geweint, und ich habe nicht aufgehört. Hör bitte nicht auf, hast du gesagt, und ich bin immer wieder immer tiefer immer fester in dich eingedrungen. Bis die Tränen verschwunden sind. Bis du danke danke danke in mein Ohr geflüstert hast. Ich liebe dich, habe ich gesagt und dir den Ring gezeigt, und da wären wir jetzt.

Was wissen die beiden schon von deinem roten Kleid? Oder deinen roten Schuhen. Verdammt, Giorgia. Komm zurück zu mir. Komm einfach zurück zu mir. Wir werden reden, wir werden über alles reden. Ich will alles wissen. Alles über deine Eltern, deine Tochter. Sarah. Ich will alles über sie wissen. Wo ist sie? Was macht sie? Alles. Ich wollte schon immer alles wissen. Ich werde dich in den Arm nehmen, wir werden uns in deiner kleinen Wohnung in Hell's Kitchen auf deinem großen weißen Sofa zusammenkuscheln, und ich werde dir Fragen stellen, wieder einmal, und diesmal wirst du erzählen, und dann werden wir heiraten. Verheiratet, Giorgia. Wie konntest du mir das nicht sagen? Mich vögeln, aber mir nicht sagen, dass du verheiratet bist. Verdammt, Giorgia! Wer hat deinen Kopf gehalten, wenn du die ganze Nacht kotzen musstest? Wer? Wer hat dich ins Bett getragen und dich zugedeckt und deine Hand gehalten, auch nachdem du eingeschlafen bist? Deine Fingerspitzen geküsst, dir leise vorgesungen, schidam dibidam dam? Verdammt, Giorgia.

Und dann Venedig! Wo kommt jetzt plötzlich Venedig her? Wieso weiß ich nichts davon? Ich habe dir alles über mich gesagt. Die Fotos habe ich dir gezeigt, du hast gelacht, zusammen haben wir über meine Frisur und die komische Kleidung gelacht, ich habe dich geküsst vor meinen Eltern, du hast mich umarmt, und wir haben uns geküsst. Wir haben in meinem alten Zimmer gevögelt und gelacht, ich habe dir die Hand über den Mund gelegt, damit keiner dein Stöhnen hört, deine Schreie. Du hast deine Beine um mich gelegt, und wir haben gevögelt, wie zwei wilde Hunde, ich habe dich von allen Seiten genommen, und du hast doch laut geschrien, nur einmal habe ich nicht aufgepasst, und dann haben wir gelacht. Du bist in meinen Armen eingeschlafen. Verdammt, Giorgia. In meinem alten Kinderzimmer. Von deinem Kinderzimmer in Venedig weiß ich nichts. Von dem Kinderzimmer deiner Tochter weiß ich auch nichts. Wieso nicht? Wieso? Verdammt, Giorgia! Ich habe dir einen Heiratsantrag gemacht. Ich wollte ein Kind mit dir adoptieren. Danach. Nach der Fehlgeburt. Ich wollte alles mit dir. Ich wollte mein Leben mit dir verbringen. Ich war da. Ich war immer da.

Nur dieses eine Mal, da bin ich eingenickt, und du bist gegen den Baum gefahren.

Nur dieses eine Mal.

Die Band

Cry Me A River

»Was machst du hier? Bist du eingeschlafen?«

Ben öffnete langsam die Augen, wollte Giorgia nicht loslassen, wollte sie bei sich behalten, so nahe. So trügerisch nahe. Giorgia, die Betrügerin. »Was gibt's, Professor?«

»Die Musik hat aufgehört«, sagte Césco und nahm im großen Sessel neben dem Sofa Platz, streckte die langen Beine aus.

Konrad stand bei den Regalen mit CDs.

»Bist du auf der Jagd, Professor? Bist auf den Geschmack gekommen, kannst nicht genug haben, was? Scheiße, Mann, wir sind alle süchtig, akzeptiere das, und Schluss.« Ben rührte sich nicht vom Sofa. »Da, im ersten Regal, drittes Brett, da findest du sie, hast die freie Wahl.«

Konrad zog eine CD nach der anderen heraus, betrachtete sie gründlich, las die Titel, das Produktionsjahr.

»Du musst keine Doktorarbeit schreiben, Professor, nimm einfach eine, irgendeine, du wirst sehen, die sind alle erste Sahne, kein Wunder, ich spiele mit!«

Konrad entschied sich schließlich für eine, auf deren Cover Giorgia in einem leichten weißen Sommerkleid am Kiesstrand saß, wunderschön, die Füße im Wasser, Sonnenuntergang. An ihre Hüfte gelehnt: ein Saxofon.

»Ziemlich kitschig, oder?«

»Weil ausgerechnet du dich mit Musik auskennst, du Klugscheißer du.«

Césco stand auf und nahm Konrad die CD aus der Hand.

»Das ist meins. Mein Sax. Das ist mein Saxofon, Ben. Siehst du die roten Punkte da? Niemand benutzt roten Filz, niemand. Was macht mein Sax auf dem Cover?«

Céscos Blick wanderte von Ben zum Cover zu Konrad zu Ben zum Cover.

»Steht dein Name drauf, Gondoliere? Nein, steht nicht drauf, oder siehst du irgendwo deinen Namen? Du, Professor? Siehst du seinen Namen auf dem Ding?«

»Es ist mein Saxofon.«

Césco öffnete die Hülle, nahm die Scheibe heraus und legte sie in den Player. Ein Saxofon fing an zu weinen.

»Bist du das auch? Spielst du das auch, Gondoliere? Oder muss ich jetzt Prez zu dir sagen, jetzt, wo dein Sax auf dem Cover ist. Was nun?«

Dann begegneten sich das Saxofon und Giorgias Stimme, und alle verstummten. Fast unmerklich fand jeder seinen Platz und versank in den hinauf- und hinunterschwebenden Tönen, die alle Gedanken in Daunen hüllten, sanft und zögerlich, aber man hatte das Gefühl, man könnte nicht entkommen – man war ausgeliefert und wollte es nicht anders.

»Ich habe alle ihre CDs. Im Büro. Zu Hause sind sie mir nicht erlaubt. Zu Hause bin ich dann ein anderer Mensch.«

»Was erzählst du denn da? Das ist doch Scheiße. Was für ein anderer Mensch? Das Sax darfst du wohl auch nicht spielen, zu Hause, in deinem Gefängnis, oder was?« Ben regte sich auf, wusste nicht, warum. »Das gibt's doch nicht, was ist das dann für ein Zuhause? Verschwinde von da, Mann, es ist keine Sekunde zu früh, das sage ich dir.«

»Ben, Junge, sei doch nicht kindisch. Beruhige dich. Du bist ja noch schlimmer als ich, steigerst dich da rein. Ruhe, Ben, alles mit der Ruhe. Jeder macht, was er kann.«

»Und du denkst jetzt, ich werde dich für das Klugscheißen bezahlen oder was? Ihr geht mir beide auf den Sack. Ihr seid beide so verkorkst, das gibt's gar nicht.«

»Lass das. Und reiß dich zusammen.«

»Du hast mir nichts zu sagen. Ist das klar?«

Konrad schloss die Augen, Césco betrachtete die beiden besorgt. Ben setzte sich wieder.

Giorgia sang. Ihre Stimme hielt sie zusammen wie eine Kette.

»Man sagt, man kann die Stimme nicht berühren. Aber ich weiß nicht, ich kann sie deutlich spüren, als würde ich sie in der Hand halten.«

»Das hast du schön gesagt, Prez. Man sieht, du hast es drauf mit der Musik.« Dann sah Ben Konrad an. »Mit der richtigen Musik natürlich.«

Konrad zuckte mit den Achseln. Solange Giorgia sang, war ihm alles egal. Ihre Stimme wie ein Kissen. Er spürte, wie sich der Schlaf an ihn heranschlich.

»Erzähl von diesem Zuhause, das keins ist. Ich möchte es hören, verdammt. Ich verstehe euch beide nicht, ihr jämmerlichen Kreaturen. Ihr könntet genauso gut von einem anderen Planeten kommen.«

»Also ich … nachdem ich Giorgia so grausam im Stich gelassen habe, vor Jahren, da habe ich mich um meine Ehe kümmern müssen.«

»Du warst verheiratet? Was ist mit euch los, ihr Loser?«

»Ich bin es immer noch. Ich habe alles getan, um meine Ehe zu retten. Ich war zu allem bereit. Ich musste Opfer bringen, und das war in Ordnung, das habe ich verstanden. Giorgia, sie war seitdem tabu, ich musste sie verbannen.«

»Und du hast das getan? Das verstehe ich nicht.«

»Ich wollte meine Ehe retten. Ich musste alles tun, damit …«

»Ich habe nichts getan, um meine zu retten. Nichts. Ich habe Giorgia gehen lassen, einfach so. Ich habe ihr gesagt, ich liebe sie, dann habe ich sie gehen lassen.«

Ben und Césco starrten Konrad an.

»Meine Frau hat gesagt, sie oder ich. Sie war doch meine Frau, ich war nicht bereit. Ich konnte doch nicht …«

»Meine Frau sagte, ich kann nicht mehr, ich werde krank. Jetzt hat nichts mehr einen Sinn. Und sie ist gegangen. Sie ist zu dir gegangen, Ben.« Konrad sah Ben mit einem spöttischen Lächeln an. »Du müsstest mir dankbar sein. Eigentlich.«

»Und mir auch.«

Ben und Konrad sahen Césco fragend an.

»Na ja. Es ist wahr. Sie wollte zu mir. Eigentlich. Es tut mir leid. Sie wollte … wir wollten uns treffen, endlich. Wir hatten alles geplant. Sie wollte dich verlassen und mit mir zusammen sein. Ich habe sie geliebt. Ich war verrückt nach ihr.«

»Du Arschloch«, flüsterte Konrad kraftlos. »Du hast sie mir weggenommen. Du hast gesagt, es war nichts zwischen euch. Du Heuchler.«

»Nein. Ich habe nicht gelogen. Wir haben uns nie gesehen, nie getroffen. Aber irgendwann … ja, irgendwann haben wir uns verliebt, aber es kam nie wirklich infrage. Und dann. Als Sarah … da wollte sie nicht mehr, da wollten wir uns treffen, wir hatten schon alles geplant. Wir waren verrückt nacheinander.«

»Und du hast gekniffen, du Jammerlappen!«

Konrad sah Césco aus fast geschlossenen Augen an.

»Und ich verbiete dir, Sarahs Namen zu erwähnen. Sie war meine Tochter.«

»Ich weiß. Und ob ich das weiß.«

»Was ist passiert? Was ist los mit Sarah?« Bens Blick raste von einem zum anderen, sodass ihm schwindlig wurde. Er dachte an die Medikamente, die er vergessen hatte zu nehmen.

Césco schwieg und schaute zu Boden. Er spürte, jeden Augenblick würde er anfangen zu weinen.

Konrad schloss die Augen. Er war so müde, dass nicht einmal die Bilder Kraft hatten, in seinem Kopf zu entstehen.

»Sie ist gestorben.«

»Was?!« Ben sprang hoch. Wie ihm das gelungen war, das hätte er selbst nicht erklären können. »So ein Scheißmist, Mann.« Seine Wangen wurden ganz weiß, nicht blass, richtig weiß.

»Ja, ein Scheißmist, Ben. Da hast du vollkommen recht. Ich hätte es nicht besser ausdrücken können, mein Freund.«

»Was ist passiert? War sie krank? Was ist passiert?«

»Was spielt das schon für eine Rolle. Sie ist tot. Und dann war Giorgia weg. Nachdem sie mich mit diesem Arschloch betrogen hatte. War dir deine Frau nicht genug?«

»War dir deine nicht genug?«, konterte Césco leise. »Und übrigens … wie gesagt … es ist nie etwas passiert zwischen uns. Wir haben uns leider, leider nie getroffen. Ich habe gekniffen. Leider.«

Konrad schwieg, aber Ben war hellwach, wenn auch halb tot.

»Was soll das heißen? Hast du Giorgia betrogen? Hast du, Professor? Mit einer deiner süßen, kleinarschigen, großbusigen Studentinnen? Ja? Hast du, Professor?«

»Das spielt keine Rolle.«

»Ich bring dich um!«, schrie Ben, und schon sprang er auf Konrad zu, der unbewegt und unberührt im Sessel saß. Ben schlug einmal zu, dann zog Césco ihn von hinten am Kragen hoch, hielt ihn mit beiden Armen fest, stellte sich zwischen die zwei.

»Das bringt nichts. Wir haben alle Mist gebaut.«

»Ich nicht, ich war immer für sie da, ich habe sie geliebt … ich liebe sie, ich liebe sie.« Er entriss sich Céscos Armen und schrie den CD-Player an, aus dem Giorgia in aller Ruhe weitersang. »Ich liebe dich, hörst du mich, ich liebe dich, Giorgia. Du bist mein Leben, mein ein und alles, Giorgia, bitte, komm zu mir zurück, bitte, Giorgia …« Dann brach er zusammen, auf dem Boden, wie ein Haufen alter Knochen. Während Giorgia sang *Lover man, where have you been.* »Immer da, immer für dich da …«

»Nur einmal nicht. Und wo ist sie jetzt?«, flüsterte Konrad mit Genugtuung.

»Ich bring dich um, du Arschloch«, murmelte Ben, kraftlos am Boden liegend. »Du hast sie umgebracht.« Er schlug mit dem Kopf auf das alte, weiche Holz, das nach Schuhen, unzähligen Schuhsohlen und bunten Socken roch. »Und du auch, Prez. Du hast sie auch umgebracht. Ihr seid Mörder, ihr beide. Ich werde euch anzeigen.«

Piano

Laughing At Life

Was mache ich hier? Ich habe in diesem Haus nichts zu suchen, mit diesen Menschen.

Acht Jahre habe ich sie nicht gesehen, also muss es ein Versehen gewesen sein, dass mein Name noch in ihrem Kalender stand. Und ich bin nicht der Einzige, was bedeutet, dass sie mich betrogen hat. Darf ich mich darüber aufregen, es ihr übel nehmen? Mein Gott, was ich ihr alles zugemutet habe. Ergo: Was mache ich hier? Jetzt sitze ich in diesem Zimmer, schlafen werde ich natürlich nicht können – ich schlafe seit Jahrzehnten nicht mehr. Habe ich etwas Besseres zu tun? Wohl kaum. Das Bett ist zu weich, und es ist zu kalt. Es wird bald schneien, dann war es das für mich. Das ertrage ich nicht. Was soll ich machen? Sind wir noch verheiratet, nur weil es auf einem Stück Papier geschrieben steht? Das Papier haben wir unterschrieben, wir beide. Sie war schön. Sie hatte ein weißes Kostüm an. Eigentlich wollte sie ein rotes anziehen, ich war dagegen, ich wollte nicht so viel Aufmerksamkeit auf mich lenken. Schon die Tatsache, dass ich heirate, war unvorstellbar genug. Ich habe Ja gesagt und nicht daran geglaubt. Ich hatte Angst bekommen, richtig Panik. Sie hat meine Hand gehalten, mich festgehalten. Ja, habe ich gesagt. Unterschrieben habe ich auch. Und sie in ihrem weißen Kostüm, wunderschön war sie. Aber das war nichts für mich. Ich wollte das nicht. Weder diese Ehe noch das Kind. Ich bin schwanger, hat sie gesagt, und ich habe mich gefreut, für einen kurzen Augenblick habe ich mich gefreut. Eine Familie, habe ich gedacht, das ist vielleicht genau das, was ich brauche. Und schon im nächsten Augenblick sah ich all diese Studentinnen und jungen Kolleginnen um mich herum. Falsch, die Ehe war falsch für mich. Sie war falsch für mich. Sie wollte Dinge, die mir nichts bedeutet haben.

Was mache ich also hier? Schlaflos im Bett liegen kann ich auch zu Hause. Acht Jahre habe ich sie nicht gesehen. Ich habe immer an sie gedacht. Ich habe sie schon vermisst. Ohne zu verstehen, was mit mir los ist, habe ich sie vermisst. Und kein junges Ding konnte sie ersetzen. Ich habe so getan, als gäbe es sie nicht. Ich tat so, als hätte es sie nie gegeben. Ich habe den Ring abgenommen. Wo habe ich ihn hingelegt? Ohne Ring bin ich nicht ihr Mann und habe auch kein Recht, hier zu sein, Entscheidungen zu treffen. Ben, dieser Verrückte, hat recht. Wer bin ich, dass ich denke, ich hätte hier das Sagen. Aber das denke ich ja gar nicht. Ich will nichts entscheiden müssen. Er kennt mich nicht. Das Letzte, was ich will, ist Entscheidungen treffen. Ich ändere jede meiner Entscheidungen hundertmal am Tag, dreihundertmal in der Nacht.

Das Bett ist zu weich, ich muss was anderes suchen. Obwohl, schlafen werde ich nirgendwo können. Dieser Sessel, mal sehen. Giorgia mit den Kopfhörern, immer Musik in den Ohren. Sie hatte so einen weißen Sessel, ihr Lieblingsplatz im Haus. Manchmal hat sie sich vor mir versteckt, ich weiß es, und ich habe sie nicht gesucht. Willst du mein neues Lied hören, hat sie gefragt, und ich habe ihr einen Kuss gegeben und gesagt, nein, nicht jetzt, aber das Später ist nie gekommen.

Bin ich noch ihr Mann? War ich es je? Habe ich das Recht, mich so zu nennen? Und noch dazu ohne den Ring, jetzt bin ich tatsächlich ein Niemand. Was kann ich schon für sie tun. Als wir noch zusammenlebten, als sie mich tatsächlich brauchte, als alles, was sie von mir wollte, eine feste, lange Umarmung war, schon damals habe ich sie betrogen und verraten. Das Papier, das wir beide unterschrieben haben, habe ich auch verraten. Und dennoch habe ich sie geliebt. Ich liebe sie. Ich bin einfach so, so verkorkst, wie Ben sagt. Das bin ich wirklich. Und Sarah, Sarah habe ich auch geliebt, so wie ich es konnte, wenn ich keine Angst hatte. Immer hatte ich Angst, und weder Giorgia noch Sarah konnten mir dabei helfen, sie loszuwerden.

Was für eine Misere.

Ich habe mich bemüht, ich habe mir zeitweise große Mühe gegeben. Wenn ich die beiden zusammen gesehen habe, war ich neidisch, ja. Ich wollte dazugehören, ein Teil davon sein. Aber ich konnte nicht. Ich war lediglich ein Beobachter. Und wenn Sarahs Blick mich dann getroffen hat, wenn sie mich angelächelt hat, ihre kleine Hand, die so schnell gewachsen ist, nach mir ausgestreckt hat, dann war alles in Ordnung, dann hätte ich gerne auf alle meine ach so wichtigen Gedanken und Bücher und Vorträge und Zeitungsartikel verzichtet, sie in den Arm genommen, sie an mich gedrückt. Ich hätte sie beide dann am liebsten an mich gerissen, mit einer unvorstellbaren Wucht und Leidenschaft. Ich habe es nur nie getan. Ich habe schwach gelächelt und bin zurückgekehrt in meine heilige Kapelle, in meinen lebenslänglichen Kerker, habe mich an den Schreibtisch gekettet, freiwillig, gleichzeitig Gefangener und Aufseher. Ich habe gelitten, so oder so, ich habe gelitten. Aber die Arbeit, meine Gedanken, das Sortieren meiner Gedanken, das Denken meiner Gedanken und das Schaffen neuer Gedanken waren meine einzige Sicherheit, die Geborgenheit, nach der ich mich mein Leben lang gesehnt habe. Ich kann dir das geben, lass mich dir Geborgenheit geben, hat sie gesagt und mich Nacht um Nacht in den Armen gehalten und mit meinen Dämonen gekämpft. Selbsthass, Selbstzweifel, Selbstverachtung. Aber die waren nicht zu vertreiben. Ich war manchmal sogar stolz auf sie und ihre zerstörerische Stärke. Ich habe sie geliebt, die Dämonen – und Giorgia.

Ich habe sie wiederholt betrogen: als Dankeschön, als Selbstbestrafung. Ich habe mich verabscheut und es wieder getan: ein Hotelzimmer in der Umgebung, nie in München, diskret war ich dann schon. Danach bin ich zurück nach Hause gefahren und ihrem Lächeln begegnet. Sie hat sich immer so gefreut, wenn ich an der Tür erschienen bin, ich habe es nie verstanden, da gab es doch nichts zu freuen. Ich habe sie für dieses Glück, dieses kindliche, reine Vergnügtsein gehasst. Das hat aus mir nur einen noch schlechteren Menschen gemacht, das konnte ich nicht ertragen. Also bin ich ins nächste Hotel gegangen, um sie zu bestrafen, mich zu bestrafen – denn viel Befriedigung hat es mir nicht gebracht. Ob Ben das verstehen könnte? Oder dieser Césco? Sie würden mich auch nur hassen und verachten. Vielleicht tun sie es jetzt schon. Césco ist überzeugt, ich bin der Böse, ich war der Böse, und er der Gute, und er hätte ihr alles geben können, was ich nicht geben konnte, alles tun, worin ich kläglich versagt habe. Ich weiß nicht. Vielleicht.

Aber sie war nicht einfach. Sie hatte emotionale Bedürfnisse, die vielleicht nicht befriedigt werden konnten, keine Ahnung. Wir waren so unterschiedlich. Auch wenn sie immer gesagt hat, dass wir eigentlich perfekt füreinander wären, wenn ich es zulassen würde. Vielleicht. Jetzt ist es zu spät. Es war schon immer zu spät, denke ich manchmal. Vieles ist falsch gelaufen. Aber geliebt haben wir uns. Irgendwie schon, glaube ich. Für die Ewigkeit, steht auf meinem Ring eingraviert. Wo steckt er nur? Wo hat sich diese Ewigkeit verkrochen, hinter welchem niederschmetternden Gedanken versteckt? Wie finde ich sie wieder? Was soll ich jetzt machen? Wäre Sarah nicht gestorben, wäre sie jetzt nicht hier. Wäre. Als wüsste ich nicht, dass ein »wäre« nichts wert ist. Wäre ich ein anderer, wäre alles anders.

Was für eine Weisheit, Herr Professor Doktor Stern!

Saxofon

Dream Of Life

Ich befeuchte das Blättchen im Mund, schiebe es unter das Mundstück, befestige es, hänge mein Saxofon um den Hals, lege meine Finger auf die Tasten, blase hinein und denke an dich, *batuffolo mio*, immer denke ich an dich. Ich streichle die Knöpfe, die Klappen, mal drücke ich sie sanfter, mal fester, und immer denke ich an dich, auf dir spiele ich meine Lieder, aus dir zaubere ich die besten Töne, du liegst in meinen Händen, geschmeidig und willig und ergeben und fordernd, und ich gebe dir alles, alles gebe ich dir, denn ich kann nicht anders. Du bist in mir, du bist so in mir, wie mein Herz in mir schlägt. Seit hundert Leben kenne ich dich. Und damals, als ich deine CD in die Hand genommen habe, da warst du schon meine Frau, ich habe es nur noch nicht gewusst, schon damals wollte ich dein Baum sein, deine Sicherheit, dein Atem. Gespielt habe ich, und du warst in der Luft, die meine Lunge verlassen hat, um die Leidenschaft, das Meer, unser Meer, die Brücken, unsere Brücken, die Wege, unsere Wege, die wir nie zusammen gegangen sind, die aber immer noch auf uns warten, *batuffolo mio*, alles wartet noch auf uns, um all das zu beleben, mit Licht und Liebe und Schönheit zu erfüllen.

Ich habe so lange nicht mehr gespielt. Aber damals! Meine Augen haben dich gleich erkannt, meine Seele hat sich gleich mit deiner vereinigt. Giorgia, meine Liebe, mein Leben, wir sind alte Seelen, alte, uralte Seelen, wir haben uns wiedergefunden. Nach so vielen Leben haben wir uns wiedergefunden. Wie ein Orkan hast du durch mich hindurch getobt, mich umgeworfen, in die Höhe springen lassen, mich, einen Baum mit tiefen Wurzeln, du hast Blüten an meinen Ästen wachsen lassen. Verzaubert hast du mich. *Batuffolo mio. Tesoro. Tesoro* habe ich dir geschrieben, und du hast geweint. Und mein Herz schmerzte mit deinem, spürte alles, was du nicht bekommen hast, was du verdient gehabt hättest, was ich dir geben wollte, hätte geben können, *tesoro.*

Da waren aber auch meine zwei Kinder. Ich konnte nicht. Ich habe gedacht, ich werde es können. Wie konnte ich etwas anderes denken! Diese Liebe! Dieses Wunder. Ich hatte dein Bild noch nicht richtig gesehen, und schon wusste ich, du bist die Frau, auf die ich mein ganzes Leben gewartet habe. Aber das zugeben, nein, das konnte ich nicht, nicht gleich, lange nicht. *Ma dove sei* hast du schreiben müssen, damit ich es verstehe, es mir eingestehe. Zu spät. Alles war schon zu spät. Ich habe gewartet und dich gefunden, und du warst tatsächlich da, und du wolltest mich, ausgerechnet mich.

Aber meine Kinder! Piero, so alt wie deine Sarah. Der Gedanke, dass wir zur gleichen Zeit Eltern geworden sind, als wären wir eins, als hätten wir uns immer gesucht, unser Leben geteilt, immer, noch bevor wir voneinander wussten, in diesem Leben voneinander gewusst haben. Und dann war da Francesca, meine liebste Francesca, wie hätte ich sie verletzen können, verlieren, sag mir, wie, *batuffolo mio.* Das konnte ich nicht. Dich verletzen konnte ich auch nicht und habe es doch getan. Mit einem glatten Messerschnitt. Verzeih mir. Ich habe gedacht und nicht gedacht. *Could Be Mine* habe ich für dich geschrieben und nicht gelogen und dich verletzt, tödlich verletzt, als du schon im tiefsten Abgrund gelegen bist, habe ich dir den Stich verpasst, du hast mich angesehen, deine Augen nichtsahnend, liebevoll, ungläubig, schmerzvoll, voller Tränen – und dann habe ich es getan, hineingestochen, da wo dein Herz einmal war, hineingestochen und dich dann abgeschnitten, herausgeschnitten aus mir, aus meinem Körper, abgeschnitten, mit einem Skalpell, präzise und endgültig.

Ich habe mich nicht umgedreht, ich hatte Piero und Francesca vor Augen, ihre traurigen Gesichter, ihre Blicke voller Hoffnung, Zuversicht – sie haben an mich geglaubt, sie haben mir vertraut. Ich musste mich entscheiden, verzeih mir. Ich habe den leichteren Weg genommen, den scheinbar leichteren. Ich habe nicht mein Bestes getan. Ich habe mein Herz bei dir im Abgrund gelassen, meine Wurzeln, meine Brücken, ich habe sie alle gesprengt. *Batuffolo mio*, komm zurück zu mir. Jetzt bin ich da, jetzt bin ich da. Sie oder ich, hat meine Frau gesagt, und ich habe meine Kinder angeschaut und ich habe die Entscheidung getroffen und ich bin gestorben. Ich bin gestorben. Jahrelang habe ich keine Musik gehört. Keine Musik gespielt. Was ist los mit dir?, haben meine Freunde gefragt, lass uns spielen. Geflüchtet bin ich, habe mich eingesperrt in meinem Zimmer. Mein Saxofon mit dem roten Anschlagfilz in den Keller gebracht. Gestorben. Dich habe ich getötet, mich getötet. *Batuffolo mio.* Ein Versprechen will ich dir geben, aber was ist dein Versprechen wert?, wirst du fragen, mit Recht wirst du das fragen. Seit acht Jahren habe ich nicht gespielt, keine Musik gehört. Und dann heute Abend, da warst du da, du hast zu mir gesungen, unsere Lieder, ich habe nichts vergessen, und ich habe gedacht, jetzt sterbe ich. Vor Schönheit, vor Glück, vor Freude. Ich habe dir zugehört, und ich konnte dabei an meine

Kinder denken, ich habe es geschafft, euch drei gleichzeitig zu lieben.

Piero hat Bankwirtschaft studiert, hat eine Stelle in Mailand gefunden, weg ist er. Und Francesca heiratet im nächsten Jahr, stell dir das mal vor. Sie heiratet in Rom, so weit weg zieht sie, und glücklich ist sie, sehr glücklich. Aber damals, damals hat meine Frau gesagt: sie oder ich. Und meine Kinder haben mich angesehen, und ich konnte nicht. So wie ich damals dir nicht widerstehen wollte, *ma dove sei*, hast du mir geschrieben, fünf Ausrufezeichen dahinter. Nicht eines – fünf. Die Frau, auf die ich mein Leben lang gewartet habe. Du, *batuffolo mio*. Ich habe dir gleich gesagt, ich liebe meine Frau, das habe ich dir gesagt, und du hast gemeint, gut für dich, und das war es. Nie wieder haben wir darüber gesprochen, und ich habe nicht gelogen. Ich habe sie geliebt. Aber es gibt eine Liebe und es gibt die Liebe. Du warst die. Nur du. Danach habe ich mich bemüht, ich musste es, aber ich habe nicht mein Bestes gegeben. Nein. Mein Herz war nicht dabei, das Leben hatte nicht viel Sinn. Ich habe es zugelassen, ich war einverstanden, du bist aus meinem Alltag verschwunden, keine einzige Spur ist mir von dir geblieben. Weg warst du, *batuffolo mio*, und ich bin Tausende kleine Tode gestorben.

Wie kann ich das alles erklären, erzählen, wem kann ich es sagen? Dein Mann wird mich umbringen. Dieser Ben wird mich umbringen. Wer ist der überhaupt? Wieso hast du mich vergessen, nicht auf mich gewartet? Kann er dich so lieben wie ich? Ist er jetzt dein Baum, den du nie haben wolltest, deine Möwe, dein Meer, deine Wellen? Hat er eine Ahnung davon? Weiß er, wer du bist, wer du tatsächlich, wahrhaftig bist? Weiß er, dass wir heiraten wollten? Am siebten Oktober. Weiß er das? Weißt du es noch? Am siebten Oktober, am Strand, nur wir beide und der Sonnenuntergang und die Nacht. Weißt du noch? Bist du an dem Tag zum Strand gegangen, ans Meer? Hast du an mich gedacht? Mir dein Jawort gegeben? Hast du?

Wer ist das jetzt?

»Ja, herein.«

Piano & Saxofon

Can't We Be Friends?

»Darf ich hereinkommen?«

»Ja, sicher. Oder nicht?«

»Ich habe nach Ben gesehen, er schläft auf der Couch im Wohnzimmer.«

»Er hat viel durchgemacht.«

»Ja. Wir aber auch.«

Césco nickte und sah Konrad neugierig an.

»Ich habe dich herumlaufen hören.« Konrad, eine Flasche Bier in der Hand, sah sich im Zimmer um, als würde er nach etwas Bestimmten suchen. »Ich kann auch nicht schlafen.«

Konrad setzte sich unaufgefordert in einen Sessel am Fenster. Sie schwiegen, während tausend Fragen in ihren Köpfen hausten, zwischen den Lippen lauerten. Während die Nacht einfach noch nächtlicher wurde, die Uhrzeit verachtend.

»Es gibt so vieles …«

»Und noch mehr«, lächelte Césco schwach im schwachen Licht der Nachttischlampe.

Dann schwiegen sie wieder, als hätten sie alle Zeit der Welt. Aber eines war ihnen bewusst, auch dem schlafenden oder sogar ohnmächtigen Ben, nämlich dass alles eindeutig ausgesprochen und geklärt werden musste, bevor Giorgia wieder aufwachte. Oder …

»Ich will dich etwas fragen, etwas, das mich immer schon sehr beschäftigt hat.«

»Schieß los.«

»Giorgia hat nicht viel von dir gesprochen, sie wollte nicht illoyal sein. Aber ich habe verstanden. Eure Beziehung. Dass du sie nicht so sehr geliebt hast. Dann die Geschichten mit anderen Frauen. Warum hast du sie nicht einfach verlassen? Warum habt ihr euch nicht getrennt? Wäre doch für beide besser gewesen. Oder?«

Konrads Augen waren ganz klein vor Müdigkeit.

»Würde man meinen, ja. Aber wir haben es nicht getan, auch wenn wir sicher oft darüber geredet haben, daran gedacht wahrscheinlich noch öfter.« Konrad nahm einen großen Schluck aus der Flasche und betrachtete dann das Etikett. »Da war irgendetwas, das uns immer wieder zusammengebracht hat. Deswegen denke ich nicht, dass sie tatsächlich mit dir weggegangen wäre, auch wenn du nicht ... wenn Sarah nicht ...«

Konrad schloss die Augen, aber Césco wusste, er würde nicht einschlafen.

»Aber warum all die Frauengeschichten? Soviel ich weiß, war sie dir nie untreu.«

»Bis du gekommen bist.«

»Vielleicht, auch wenn wir nie miteinander geschlafen haben, uns nie geküsst haben. Wir haben uns aber so sehr begehrt, wir haben die Schmerzen kaum ertragen, sie hatte regelrecht ...«

»Will ich das wissen? Ich glaube eher nein.«

»Entschuldige. Schon den ganzen Abend denke ich an sie, die Erinnerungen machen mich irre.«

Konrad nickte, die Augen weiterhin geschlossen.

»Ich würde lügen, wenn ich behaupten würde, ich weiß, wie ihre Haut, ihre Lippen, ihre Berührung sich anfühlen. Aber andererseits auch wieder nicht. Kannst du das verstehen?«

»Ja. In den letzten Jahren, seit unserer Trennung, vermisse ich sie jeden Tag und jede Nacht. Ich mache die Augen zu, und da ist sie.« Konrad trank aus seiner Flasche. »Manchmal denke ich, ich werde verrückt.«

Jetzt nickte Césco – zwei, die sich auch stumm verstehen.

»Und was noch absurder ist, seitdem sie mich verlassen hat, habe ich mit keiner anderen Frau geschlafen, keine Studentinnen mehr, keine Kolleginnen, nichts. Verrückt, oder?«

»Du hast acht Jahre keinen Sex gehabt?«

»Nein. Verrückt, oder?«

Césco schüttelte den Kopf, schüttelte die Müdigkeit ab.

»Und du?«

»Ich bin doch verheiratet. Klar hatte ich Sex.«

»Und war es gut?«

»Es war gut. Für den Körper. Aber ich habe gelitten.«

Konrad lachte laut auf.

»Was?!«

»Na, so zu leiden, das ist wirklich nicht auszuhalten, armer Gondoliere.«

»Sag das nicht. Sag weder ›Gondoliere‹ noch, dass ich nicht gelitten habe. Was weißt du schon! Mein Herz, meine Seele waren nicht bei der Sache. Auch wenn ich meine Frau liebe. Ich habe sie immer geliebt.« Césco fuhr sich unwirsch mit der Hand übers Gesicht. »Das ist kompliziert.«

»Und die Frauen behaupten, wir Männer wären so einfach gestrickt, hätten immer nur eins im Kopf.«

»Unser Drummer würde sich köstlich mit uns beiden amüsieren, wenn er das erfahren würde.«

Sie sahen sich an, stellten sich Bens Gesichtsausdruck vor, seine Kommentare, und schüttelten den Kopf.

»Das darf er nie erfahren, einverstanden?«

Césco war einverstanden und neugierig.

»Und warum konntest du sie nicht lieben, aber auch nicht verlassen? Wozu hast du die anderen Frauen gebraucht?«

»Ich bin ein egoistisches, emotional verkrüppeltes Arschloch.«

»Das hat sie nie behauptet. Nicht mit den Worten jedenfalls. Aber Ben würde das so sagen, das ist sicher.«

»Der wäre nicht so rücksichtsvoll.«

Wieder lächelten sie bei der Vorstellung.

»Ich weiß nicht, ich hatte Angst. Mein ganzes Leben lebe ich schon in und mit dieser Angst, die meistens nachts zur Panik wird. Ich glaube, all diese Frauen haben mir geholfen, sie zu vergessen.«

»Giorgia?«

»Nein, die Angst.«

»Und Giorgia?«

»Sie hat sich so viel Mühe gegeben, hat sich so hingebungsvoll um mich gekümmert. Und ich habe sie aufs Übelste betrogen. So siehst's aus.«

Wenn sie nicht so erschöpft gewesen wären, hätten sie vielleicht beide geheult.

»Und wie kam es, dass du dich in sie verliebt hast?«, fragte Konrad.

»Diese CD.«

»Ach komm, es gibt Millionen von CDs mit schönen Sängerinnen darauf. Also?«

»Das war ein Erkennen. Ein Wiedererkennen. Sie war es, nur war mir das nicht gleich bewusst. Jahrelang war mir das nicht bewusst. Eben weil ich eigentlich glücklich war, meine Frau liebte, zwei tolle Kinder hatte.«

»Du hast Kinder?«

»Ja, einen Sohn und eine Tochter. Wunderbare Kinder.«

»Alle Kinder sind wunderbar. Wenn sie leben. Wenn sie dich überleben.«

»Entschuldige. Ich bin untröstlich. Was euch passiert ist. Ich habe keine Worte.«

»Worte sind einfach. Sie ist tot. Meine Tochter ist tot. Das ist doch nicht schwierig, oder?«

»Es tut mir so leid.«

»Giorgia hätte mich nie verlassen, wenn das nicht passiert wäre.«

»Wahrscheinlich hast du recht.«

»Mit dir hier allein alt werden, das kann ich nicht, ich würde sterben, das hat sie gesagt. Das hat sie zu mir gesagt.«

»Ich weiß.«

Konrad sah ihn neugierig an.

»Sie hat mir alles erzählt.«

»Auch dass sie mich in der Zeit zum ersten Mal abgewiesen hat. Das auch?«

Césco nickte verlegen.

»Oh Mann.«

Die Tür ging mit einem lauten Stoß auf.

Die Band

God Bless The Child

»Was macht ihr da? Wie zwei halb tote Verschwörer sitzt ihr zusammen.«

»Wir reden über dich.«

»Wir lästern.«

Ben sah sie verschlafen an. Dann ließ er sich in den freien Sessel neben der Tür fallen und stöhnte laut, als müsste er sich von einem großen Druck befreien.

»Ich hatte einen Albtraum, heilige Scheiße.«

»Ich glaube nicht, dass es so was gibt, heilige Scheiße. Ich glaube, Scheiße ist Scheiße ist Scheiße.«

»Und du denkst, ich bezahle dich jetzt dafür, Professor?« Ben sprach mit geschlossenen Augen.

»Musst du nicht, diese Weisheit schenke ich dir.«

»Humor hast du auch, aber nur nachts, oder was?«

»Was hast du denn geträumt?«, fragte Césco und beugte sich nach vorne, das Lampenlicht traf die kahle Stelle an seinem Kopf, sie leuchtete wie ein Strahler.

»Ich bin tot, aber auch nicht, ich sitze neben Giorgia, wir hören Musik, plötzlich kommt der Professor da ins Zimmer und macht den CD-Player aus, schmeißt ihn auf den Boden und tritt mit dem Fuß darauf, bis er verschwindet. Dann schreit er uns an, wir sollten schon längst im Bett sein. Plötzlich wedelt er mit einem rot bemalten Saxofon herum, schlägt es an die Wand, immer wieder, bis die Wand sich in dich verwandelt, er schlägt auf dich ein, Prez, und du fängst an zu singen, Giorgia auch, ich trommle, der verrückte Professor spielt Klavier, und die Menge tobt.«

Amüsiertes Schweigen.

»Ein Albtraum, sage ich.«

»Wieso Albtraum? Ich finde es gut, ein guter Traum, wir sind alle zusammen und musizieren, und Giorgia ist dabei. Lebendig. Etwas Besseres kann ich mir momentan gar nicht vorstellen.«

»Aber mit euch, Leute, das war merkwürdig, surreal. Und dann der Irre hier, wie er getobt hat, und Klavier spielen kann er eigentlich auch nicht. Obwohl er wie Bill Evans aussieht, das hilft aber nicht, wenn du die richtigen Tasten treffen sollst. Es war gespenstisch, Mann. Und Giorgia war schwarz. Sie sah wie Billie aus.«

»Sie liebt Billie. Das würde sie freuen, wie Billie zu sein.«

»Warte, warte, Prez, jetzt kommt der große Klugscheißer hier und sagt dir, Billie ist ein Mann. Oder, Professor? Sag es, sag es jetzt, verdammt. Oute dich, steh zu deiner Ahnungslosigkeit!«

Ben lachte laut, Césco wunderte sich, verstand wenig. Konrad schmunzelte.

»Wie dem auch sei – sie ist die Lady. Sie singt wie sie, du musst einfach eine Gänsehaut bekommen, wenn du sie hörst.«

»Und macht dich das dann zum Biest?« Konrads Stimme war zu schwach, um beißend zu klingen.

Ben sah Konrad verwirrt an.

»Es ist Beauty, *Beauty and the Beast*, nicht Lady.« Césco lehnte sich zurück in die Kissen, kreuzte die Arme hinter dem Kopf.

»Professor, du haust mich um. Wovon hast du überhaupt eine Ahnung?!« Ben konnte sich nicht entscheiden, ob er lachen wollte oder nicht, er gab kleine Prustlaute von sich.

»Das ist mir nicht hoch genug«, sagte Konrad und zuckte mit den Schultern.

»Aber mit deiner Tochter, da hast du doch sicher auch Disney-Filme geschaut. Oder nur französische schwarz-weiße Art-Movies?«

»Ich habe mir keine Filme mit ihr angesehen. Giorgia hat das getan.« Konrads Stimme verriet etwas, das man besser nicht aus der Nähe betrachten wollte. Etwas schmerzhaft Unterdrücktes, ein unterdrückter Schmerz lag darin vergraben. Aber weder Césco noch Ben hatten im Augenblick die Kraft zu irgendeiner schweren Arbeit.

»Giorgia war eine wunderbare Mutter.«

»Das sagst du, wie man es normalerweise über Tote sagt. Das hat keine Bedeutung.«

»Nur dass sie es tatsächlich war.«

»Wir wollten noch Kinder haben.«

Konrad und Ben warfen Césco einen ungläubigen Blick zu, als hätten sie ihn nicht verstanden, obwohl er ganz klar und deutlich sprach.

»Wer? Du und Giorgia? Wann?«

»Damals. Als wir zusammenziehen wollten.«

Ben sah Konrad fragend an.

»Wann war denn das?«

»Kurz vor … kurz vor der Tragödie.«

»Sie wollte ein Kind mit dir? Bevor Sarah gestorben ist?« Konrad richtete sich im Sessel auf. »Das glaube ich nicht.«

»Sie wollte schon immer mehr Kinder haben.«

»Das, das stimmt nicht«, meinte Konrad nachdenklich.

»Doch, wollte sie. Du wolltest nicht.«

Alle schwiegen. Schuldgefühle füllten den Raum. Vorwürfe, Anschuldigungen, wie ein Fischernetz, aus dem es kein Entkommen gab.

»Als wir ein Jahr zusammen waren, wurde sie schwanger«, sagte Ben und sah niemanden an.

Und schon verdrückten sie sich, die Schuldgefühle, und machten Platz für Staunen und Ungläubigkeit. Konrad lachte sogar auf, aber ohne Aufrichtigkeit, die hatte sich zu Ben gesellt.

»Giorgia war schwanger von dir? Ihr habt ein Kind zusammen?«

»Nein, leider nicht. Sie hat's verloren.«

»*O tesoro.* Arme Giorgia.« Césco seufzte tief, die ganze Luft ließ er heraus und atmete keine neue ein. Bis er das Gefühl hatte, sein Herz würde bersten.

»Wir haben uns so gefreut. Sie war überglücklich, Mann. Das war die einzige Zeit, seitdem ich sie kenne, in der sie wirklich glücklich war, in der sie glücklich war, auch wenn sie nicht auf der Bühne gestanden hat. Das waren die schönsten Monate in meinem Leben. Ich hatte alles. Verflucht. Verflucht noch mal.«

So viel Schmerz macht augenblicklich sprachlos. So viel Schmerz mitten in einer tiefen, winterlichen, nach Schneefall riechenden Nacht macht, dass man verschwinden will, dass man lieber tot wäre. Vorübergehend.

»Danach gab's nur noch Alkohol.«

Die schwärzeste Dunkelheit, die auch im gelben Licht der Nachttischlampe sichtbar war, die das Gelb grau färbte.

»Das Leben ist Scheiße.«

»Giorgia liebte das Leben.«

»Und das hat sie jetzt davon.«

»Du redest nur Mist, Professor. Nur Mist. Und hast von nichts eine Ahnung. Du tust mir leid, Professor.«

»Das Leben ist Scheiße, hast du doch selbst gesagt.«

»Das Leben ist wunderbar. Das Leben ist Musik. Und das Meer. Und der offene Himmel. Giorgias Stimme ist das Leben.«

»Ja, und hörst du sie?! Kannst du sie hören, diese Stimme, die das Leben bedeutet?! Kannst du?« Konrad regte sich auf. Konrad hatte sein überlegenes Akademikerlächeln verloren und regte sich auf.

»Ich höre sie immer. Sie singt in mir.«

»Wenn deine Frau es erlaubt, was?«

Céscos Blick wie das Meer im Regen. Wie Venedig unter Wasser.

»Niemand kann das verstehen. Ich habe sie geliebt. Immer. Aus dem Meer ist sie zu mir gekommen, unauffällig. Und dann, nach so vielen Jahren, hat sie mir *ma dove sei* geschrieben, mit fünf Ausrufezeichen dahinter, fünf! Und alles hat sich verändert. Alles. Für immer.«

»Was heißt das, *ma dove sei*?«

»›Wo bist du denn‹ heißt das. ›Wo bist du denn‹, Ausrufezeichen, fünf Ausrufezeichen. Das schreibt eine Frau, wenn sie verliebt ist.«

»Wirklich? Verstehe ich nicht, Mann.«

»Ja. So ist es aber.« Césco lächelte schwach. »So hat alles angefangen.«

»Mit fünf Fragezeichen.«

»Nein, Ausrufezeichen. Das ist ein großer Unterschied.«

»Wenn du das sagst.« Ben drehte sich zu Konrad. »Was sagst du, Professor, Meister der Ahnungslosigkeit?«

»Giorgia wollte keine Kinder mehr haben. Das sage ich.«

»Und ich sage, dass wir zwei Kinder haben wollten, sie hat gemeint, ich sei der Vater, den sie sich für ihre Kinder wünscht. So. Das sage ich.«

»Ich war der Vater ihres Kindes, nur ich, also Schluss damit.«

»Das warst du tatsächlich. Leider. Und sie wünschte sich einen anderen, sie wünschte sich mich. So.«

Konrad sprang von seinem Sessel und schlug Césco ins Gesicht, brach ihm die Nase und einige Zähne krachten – in seiner Vorstellung.

»Du weißt nichts über uns. Mich hat sie geheiratet, nur mich. Und offenbar hat sie mich nie wirklich verlassen, auch wenn sie es getan hat. Immer sind wir zusammengeblieben.«

»Und mich wollte sie heiraten. Sie hätte sich scheiden lassen, wir hätten geheiratet und mindestens zwei Kinder gehabt.«

»Ja, wenn du Manns genug gewesen wärst und dich für sie entschieden hättest. Du Lusche.«

»Und ihr könnt mich mal, alle beide. Zu mir ist sie gekommen, verdammt, mich hat sie ausgesucht und von mir ist sie schwanger geworden, mich wollte sie als Vater ihres Kindes. Mich, ihr alten Säcke.«

Dazu fiel niemandem etwas ein.

Die Nacht neigte sich dem Morgen zu, alles blieb aber dunkler als dunkel.

»Zwei Kinder zu verlieren, das hält keiner aus.«

Vocals

My Favorite Things

… mit dem Schmerz mit dem Schmerz kann man leben ich kann mit dem Schmerz leben aber ohne sie nicht Verlust ist ein Loch ein Loch ist der Verlust und das Leben wird zu einem Loch und ich kann schreien toben schreien heulen schreien weinen schreien mit dem Kopf gegen die Wand schlagen um mich schlagen schreien das Loch wird immer größer und nichts kann es stopfen und schreien kann ich schreien und toben und weinen und heulen und den Kopf gegen die Wand schlagen in Millionen kleine Teile zerplatzen lassen eintauchen eintauchen kann ich ins tiefste Meer und aufhören zu atmen und das Loch wird immer größer wird das Loch und das Meer steigt das Meer steigt im Körper das Loch wird voller und Fische schwimmen darin und Fische haben die Augen meiner Kinder meine Kinder sind tot und Fische schwimmen in meinem Bauch und das Loch hat ein Loch und kann sie nicht behalten meine Kinder alle weg weggeschwommen weggespült weg weg das Loch hat ein Loch und wo sind die Kinder wo sind die kleinen Köpfe wo sind ihre Augen davor war das Leben und dann kam der Tod und das Loch und dann das Loch im Loch und ich mache den Mund auf und der Alkohol fließt hinein hinein hinein riesig ist das Loch das größte Loch auf der Erde im Universum in allen bekannten und unbekannten Galaxien das bin ich ich bin das

Loch ich schwebe im Meer wo sind ihre Köpfe die passen so gut in meinen Bauch hinein die kleinen Köpfe da waren auch noch Beine und Arme und Augen und Ohren und Zehen und Finger und Lippen und Nasen und Haare so viele Haare so viele Locken und da war der Duft der Haut und das war das Leben das Leben das meines war bis das Loch mich erobert mich mitgenommen mich verschlungen hat mein Mädchen mein wunderbares wundervolles verwundertes Mädchen mein Mädchen das lachen konnte lachen konnte wie kein anderes Mädchen das Haus bebte das Dach bebte mein Körper bebte unsere Zweisamkeit bebte mein Leben bebte mein Mädchen und das Loch sind eins geworden und weg ist das Leben weg weg weg weg weg verschwunden hinter dem Baum des Todes mein Mädchen ist fort da oben im Baum im Wipfel wohnt das Leben gebt mir den Baum den Baum will ich in mir haben in mich einpflanzen das Loch füllen und da kam er mein Sohn kam dann ganz klein winzig winzig und hat mir die Hand gegeben und da kam er und das Leben kam zurück und er lächelte mich an und da war er und wuchs ist gewachsen gewachsen ist er hat meinen Bauch gefüllt wie schnell geht das schnell war das Loch zu und er ist gewachsen und ich habe es lächeln sehen mein Mädchen es ist mitgewachsen mein Mädchen und der kleine Junge sie wuchsen in mir wie zwei Bäume vereint vereint in den Wurzeln es hat gelächelt mein Mädchen hat gelächelt und mein kleiner Junge lächelte mit und zurück war das Leben in mir um mich das Leben und Glück und meine Kinder ein kleiner Junge und ein großes Mädchen seine große Schwester aus dem Baum heraus hat sie uns angelächelt und das Leben ist zurückgekehrt und ich habe die Schuld vergessen das Loch vergessen das Loch darf man aber nicht vergessen es mag nicht vergessen werden das Loch ist das Loch ist das Loch und will immer eins bleiben und mein kleiner Junge hat geschrien kurz hat er geschrien aufgeschrien hat er und ist verschwunden und ich füllte das Loch wieder mit Alkohol mit brennendem Wasser ich bin ins Meer gegangen das Meer war immer gut zu mir lieb und nett und lieb und nett und der Baum nicht der Baum bedeutet den Tod der Baum mag mich nicht der Baum stellt sich in den Weg und lässt dich dagegenprallen so ist der Baum er will mich haben mich und mein Mädchen egal ihm ist es egal er will mich kriegen und was der Baum will das bekommt der Baum auch und ich bin ins Meer gegangen aber das Meer ist kein Baum das Meer will mich nicht haben das Meer lässt mich los lässt mich frei lässt mich leben ich will es aber nicht das Meer ist nicht der Baum das Meer kennt mich das Meer kennt meine Liebe meine Stimme das Meer hat mich singen hören als ich noch ein Kind war als ich noch keine Schuld hatte keine Schuld kannte als meine Eltern noch lebten und ich nicht schuldig war an ihrem Tod als ich noch ein Kind war das Meer ist das Leben und der Baum ist das Gegenteil vom Meer und das Meer atmet in mir und mein Mädchen nicht mehr der Baum wollte es haben und ich habe es nicht geahnt ich bin gefahren gefahren bin ich und wusste nichts und der Baum hat es sich geschnappt mein Mädchen *Mami* und ich habe geschrien und das Leben hat geschrien aber nichts hilft schreien schlagen heulen weinen schreien und nichts hilft weg weg weg und der Baum hat gelacht der Baum hat gesagt ich war es nicht und hat mich ausgelacht gesehen habe ich ihn nicht und der Baum hat gelacht und es war dunkel ich habe ihn nicht gesehen und wir haben gesungen mein Mädchen und ich wir haben gesungen und gelacht und der Baum hat auch gelacht uns ausgelacht mich ausgelacht und ich habe ihn nicht gesehen dunkel war es und immer haben wir im Auto gesungen *Mami* und plötzlich war der Baum da vor uns ungesehen als Nacht verkleidet und ich konnte nichts mehr tun bremsen half nichts gegenlenken half nichts und ich konnte es nicht retten mein kleines Mädchen retten kann ich niemanden weder die Väter noch die Kinder noch die Mütter und das Leben ist das Loch das Loch ist das Leben und es ist niemand mehr da *Mami* was höre ich denn da Ruhe Ruhe was höre ich denn da *Mami* und noch einmal *Mami* und wie kann das sein gibt es den Himmel doch …

Die Band

Under A Blanket Of Blue

»Was machen wir jetzt?«

Keine Antwort. Es war jene Hälfte der Nacht, die nicht nur taub, sondern auch stumm, jetzt im Dezember sogar auch blind war.

»Wir könnten uns unsere Geschichten erzählen.«

»Wir könnten uns Giorgias Geschichten erzählen.«

»Wir könnten auch schlafen gehen.«

»Ich könnte dir auch eine verpassen, Professor.«

»Wieso bist du so aggressiv? Fehlt dir dein Schlagzeug, um draufzuhauen?«

»Um draufzuhauen?! Hörst du das, Prez? Draufhauen!« Ben rollte mit den Augen. »Das ist Kunst, Mann! Das ist die Kunst, ich bin der Hohepriester des Jazzgrooves, ich bin der Drahtzieher mit dem Zauberstab. Oder, Prez? Sag es ihm, dem Herrn Professor, dem Meister der Unwissenheit.«

Césco schmunzelte, Konrad blieb ungerührt, die Augen geschlossen, der Kopf entspannt auf der Rückenlehne.

»Ben, bringst du mir noch ein Bier?«

Ben sah Konrad nachdenklich an.

»Mann, Professor, du hast ein Alkoholproblem, weißt du das?«

»Kann sein. Bringst du es mir trotzdem?«

»Hast du schon immer so viel getrunken?«

»Kann sein. Keine Ahnung.«

»Hast du Giorgia geschlagen?«

Konrad sprang hoch, er schaffte es tatsächlich hochzuspringen, er öffnete die Augen, sein Blick glühte. Er sagte nichts, verzog den Mund, sodass seine Lippen kaum sichtbar waren. Er sagte nichts und starrte Ben mit geröteten Augen an. Ben erwiderte den Blick, gelassen, als wäre alles nur ein Spiel. Dann verließ Konrad Céscos Zimmer, man hörte ihn in die Küche schlurfen, den Kühlschrank aufmachen, Flaschen klirrten, und schon war er wieder da und setzte sich in seinen Sessel.

»Sorry, Mann. Hab es nicht so gemeint. Scheiße, musst nicht gleich ausrasten.« Ben lächelte verlegen, suchte in Césco einen Verbündeten, aber Césco betrachtete Konrad und seine Flasche und dachte nach, das war ihm anzusehen. »Also, Leute, legt los!« Niemand reagierte. »Césco, fang du an, komm. Was bedeutet überhaupt Césco, so ein komischer Name.«

»Césco kommt von Francesco, denk nur an den heiligen Franziskus …«

»Heilig? Wow, du hast es gut!«

»Ja. Wenn nomen omen ist. Dann ja.« Césco lächelte verlegen, als wäre das Ganze ein Witz.

»Und Konrad, was soll das bedeuten? Sicher etwas Erhabenes, oder, Professor? Wahrscheinlich heißt es ›der klügste Philosophieprofessor der Welt‹, oder?« Ben bemühte sich um ein verspieltes Lächeln.

Konrad sah Ben nicht an, er legte die Flasche an den Mund und trank.

»Und Ben? Hat das eine andere Bedeutung außer ›Sohn‹?« Césco sah sein leeres Weinglas an.

»Keine Ahnung, das ist so ein gewöhnlicher Name.«

»Aber denk an Ben Webster.«

»Ja, klar. Aber das war es schon.«

»Das kann nicht sein, da gibt es sicher noch andere.«

»Nein, das war es. Ben Webster und ich.«

»Warte, warte, da war doch ... da war doch dieser Bassist, wie hieß er noch, Allison, hieß der nicht Ben mit Vornamen? Ben oder Bill? Ich bin mir nicht sicher.«

Ben klatschte umständlich in die Hände, es tat weh.

»Verfluchte Scheiße, du bist gut, du bist besser als gut, Prez! Ben Allison, genau, den gibt es auch noch, du hast recht!« Ben stand auf und wollte ein Tänzchen vorführen, es wurde ihm aber schwindlig, er stolperte über seine eigenen Füße, setzte sich wieder. »Ups.«

»Wann hat dich zuletzt ein Arzt untersucht, Ben?«, fragte Césco besorgt.

»Keine Ahnung, Mann, hab das Zeitgefühl verloren.«

»Gestern, als wir zum zweiten Mal in die Klinik gekommen sind. Da hast du wieder aus den Wunden an der Stirn geblutet. Der Arzt hat gesagt, du solltest ruhen.«

Ben und Césco sahen Konrad mit offenem Mund an.

»Und Konrad bedeutet ›der kühne Ratgeber‹, was sonst.«

»Was sonst, natürlich«, sagte Césco.

»Was sonst. Natürlich!«, sagte Ben. »Du bist cool, Mann, du bist voller Überraschungen, Professor. Das wird noch alles werden.«

Alle atmeten tief durch.

»Ich würde gerne hören, was passiert ist. Wie ist es zu dem Unfall gekommen? Warum wart ihr nachts mit dem Auto unterwegs. Noch dazu bei diesen winterlichen Verhältnissen? Und wieso ist sie gefahren?« Césco nahm einen großen Schluck Wein und leerte das Glas.

»Sie wollte. Sie wollte fahren, Mann. Und ich hab's zugelassen und bin eingenickt, und sie ist gegen den Baum gefahren.

Scheiße.« Bens Stimme wurde unsicher, er winkelte den gesunden Arm ab und verdeckte die Augen.

»Aber sie mag nicht fahren. Das verstehe ich nicht. Sie fliegt doch lieber.«

»Sie hat eine Autophobie. Ihre Eltern sind bei einem Autounfall ums Leben gekommen, deswegen mag sie nicht fahren.«

»Ich … ich weiß.«

»Ich wusste es nicht, sie hat nie was gesagt«, Ben hörte sich weinerlich an. »Sie hat mir nie was erzählt. Wer war sie überhaupt? So ein verfluchter Mist.«

»Wenn sie Auftritte außerhalb von München hatte, hat sie immer den Zug genommen. Und Sarah war immer dabei. Wenn es irgendwie möglich war, hat sie den Zug genommen.«

»Konntest du sie nicht hinfahren?«

Konrad schüttelte den Kopf.

»Ach, Professor«, seufzte Ben und schnäuzte sich.

»Ich würde alles auf der Welt geben …«

»Ich auch. Jetzt. Seitdem sie weg ist.«

»Und wieso ist Sarah mitgegangen?«

Konrad senkte den Kopf. Er konnte die anklagenden Blicke nicht ertragen.

»Sie war doch auch dein Kind, Mann!«, schrie Ben. »Wenn ich ein Kind …«

»Ich würde alles auf der Welt geben.«

»Ich auch. Ich auch.«

»Du hattest alles und hast es verspielt.«

»Wie kannst du mit dir selbst leben!«

»Kann ich nicht.«

»Du warst doch ihr Vater.«

»Ich hatte zu tun.«

»Was hattest du zu tun, das wichtiger gewesen wäre als deine

Tochter?«, flüsterte Césco. Césco flüsterte, denn die Sehnsucht, der mit Sehnsucht erfüllte Schmerz und das ausgeleerte Glas lagen auf seiner Brust.

Konrad antwortete nicht. Er entschied sich zu warten, abzuwarten, bis alles gesagt worden war und er wieder atmen konnte, ohne Hindernisse, ohne den Druck auf dem Adamsapfel.

»Wir haben ausgemacht, dass wir uns nie trennen würden, wir wollten überall zusammen hingehen, zu den Gigs, Veranstaltungen, Einladungen, zusammen verreisen, zusammen. Alles zusammen, alles.« Césco drehte das leere Glas in der Hand, schaute wie verzaubert auf den dunklen Rand, fast schon Fleck, auf dem Glasboden. »Sie hat sich so danach gesehnt zu teilen. Ihr Leben zu teilen. Wir …«

»Ich will es nicht hören, nicht wissen. Verschone uns bitte.«

»Ihr Träumer! Wir haben alles geteilt, wir haben tatsächlich alles geteilt!«, schrie Ben fast schon hysterisch.

»Außer ihrem Leben vor dir.«

Ben brach endgültig zusammen und weinte los. Konrad schenkte ihm einen gleichgültigen Blick, Césco aber stand auf, ging zu ihm, legte einen Arm um ihn.

»Sie hatte ihre Geheimnisse. Vor uns allen.«

»Sie hatte nur zwei Wünsche. Zu singen und eine Familie zu haben.«

»Und du hast ihr beides vermasselt.«

»Sie wollte zu viel«, Konrad atmete laut aus. »Ich habe sie nie geschlagen. Nie.«

Er zuckte mit den Achseln, als würde man ihm nicht glauben und als wäre ihm das egal. Er stand auf und verließ den Raum. Man hörte ihn in der Küche den Kühlschrank öffnen. Flaschenklirren. Dann ging er in sein Zimmer und schlug die Tür hinter sich zu.

Schlagzeug & Saxofon

Solitary Moon

»Erzähl mir was, Gondoliere, was Schönes, spiel mir was, Prez«, schluchzte Ben untröstlich.

Césco ließ ihn los, legte sich wieder aufs Bett, kreuzte die Arme hinter dem Kopf.

»Was denn?«

»Etwas, das du deinen Kindern erzählen würdest. Ich bin sicher, du warst ein toller Vater, Mann.«

Césco nickte ungesehen.

»Im Unterschied zu … Erzähl etwas Schönes, etwas Großes, etwas über sie, Prez. Erzähl mir über sie.« Ben sah ihn mit einem unsicheren Grinsen an. »Du weißt, wie das geht, *play it again, Sam.*«

Césco sagte nichts, schwieg lange. Aber dann, plötzlich doch: »Es war einmal eine wunderschöne Prinzessin, sie lebte in der Stadt der tausend Brücken, war glücklich und sang für ihr Leben gern. Immer sang sie von der Liebe und Leidenschaft und Sehnsucht, von ihrem Traumprinzen, ihre Stimme erfüllte die Stadt und ihre Kanäle mit Schönheit und Anmut und Liebe. Jeder kannte sie, und alle waren immer nett zu ihr, halfen ihr die Tasche tragen oder kauften ihr einen Saft, und sie lächelte stets freudig und zufrieden.«

»Du bist irre, Mann! Weiter, erzähl weiter, was ist dann passiert?«

Ben hatte aufgehört zu weinen, er schluchzte nicht mehr, seine Augen glänzten. Er rückte mit dem Sessel näher ans Bett, setzte sich an den Rand und lauschte aufmerksam.

»Als die wunderschöne Prinzessin fünfzehn Jahre alt war, fuhren ihre Eltern in die nahe gelegenen Berge, um die kranke Großmutter der Prinzessin zu besuchen.«

»Oh, oh, das hört sich nicht gut an.«

Ben stand auf und setzte sich aufs Bett. Césco beachtete ihn nicht, er hatte die Augen geschlossen und die Welten ausgetauscht.

»Sie wollten über Nacht bei der Großmutter bleiben, also nahmen sie die Prinzessin mit.«

»Nein, das stimmt nicht, Mann!«

»Die Prinzessin freute sich nicht darüber, denn auch wenn sie ihre alte Großmutter liebte, wollte sie zu Hause bleiben und mit ihren Freundinnen tanzen gehen. Sie schmollte also, aber das half nichts. Sie musste ihre Eltern begleiten.«

»Nein, Césco, das ist falsch, sie war doch nicht dabei, Mann.« Ben regte sich auf, legte seine Hand auf Céscos Unterarm, zog daran.

»Als sie wegfuhren, war es schon dunkel. Die wunderschöne Prinzessin saß hinten im Auto und jammerte, wollte nicht aufhören, sich zu beschweren, und verlangte, gleich nach Hause zurückgebracht zu werden. Ihr ehrwürdiger Vater regte sich auf. Er sprach mit lauter Stimme, tadelte seine Tochter, hob mahnend den Finger. Aber nichts half, die wunderschöne Prinzessin fing an zu weinen.«

»Césco, du übertreibst und fabulierst zu viel. Kehr zurück, greif die Hauptmelodie wieder auf, ich werde dir sonst nicht folgen können, Prez.«

»Also wandte sich der Vater an die Mutter, die danebensaß, voller Sorge und Angst um ihre kranke alte Maman. Rede du mit deiner Tochter, sagte der Vater. Aber die Mutter war in Gedanken versunken, also schrie der Vater sie an, und die Mutter antwortete auf die gleiche Art und Weise, meinte, er sei der Vater, und die wunderschöne Prinzessin sei auch seine Tochter, und er möge sich, bitte schön, selbst darum kümmern, sie habe schon genug Sorgen. So stritten sich die Eltern, und die wunderschöne Prinzessin hörte auf zu weinen und lächelte zufrieden und schadenfroh, denn jetzt war nicht nur ihr Abend ruiniert.«

»Das glaube ich nicht, Prez, spiel ein anderes Lied, Mann!«

»Und so saß die zerstrittene Familie im Auto und fuhr durch die kalte Nacht Richtung Berge. Stockfinster war es, und sie waren ganz allein auf der Bergstraße unterwegs. Plötzlich tauchte eine Kurve auf, eine scharfe Kurve erschien vor ihnen. Der Vater riss das Lenkrad herum, lenkte abrupt nach links, versuchte, die Kurve noch zu erwischen. Er bremste, er schrie, und das Radio polterte, und die Mutter heulte. Sie drehte sich nach hinten zu ihrer Tochter um. Sie streckte ihre Arme nach ihr aus. Sie wollte sie beschützen. Sie wollte sie aufhalten.«

»Jetzt ist es genug!«, brüllte Ben und stand auf, stampfte mit dem Fuß.

»Sie wollte ihr Halt geben, sie vor dem Schlag retten. Ihre Augen waren groß vor Angst. Sie schrie etwas, das die wunderschöne Prinzessin nicht verstand. Die wunderschöne Prinzessin verstand nichts. Als das Auto von der Straße flog, steil nach unten, in die Schlucht …«

»Aufhören, hör auf«, flüsterte Ben und setzte sich wieder aufs Bett.

»… in die Schlucht flog, stellte sich ihm ein Baum in den Weg. Eine alte Eiche war es. Ihr riesiger Stamm empfing den wütenden, durch die Luft brausenden Wagen. Sie umarmte ihn mit ihren Ästen und wachte über seine königlichen Insassen.«

»Du lügst«, sagte Ben lautlos und legte sich zu Césco, kuschelte sich an ihn wie ein Kleinkind.

»Die Nacht war gnadenlos. Die Nacht war kalt und lang. Die Nacht kümmerte sich nicht um die kleine Familie. Als aber der Tag sie verdrängte, sie zur Seite schob, da erschienen Menschen, Menschen, die Hilfe brachten. Zu spät. Zu spät kamen der Tag und die Menschen und die Hilfe. Für alle.« Césco musste selbst schwer schlucken. Er musste sich auch die Augen abwischen. Er spürte, wie Ben an seiner Seite, dort, wo seine Rippen sich dehnten, den Kopf schüttelte. »Für alle außer der wunderschönen Prinzessin. Durch ein Wunder gerettet, fast unversehrt, nur ein paar Kratzer und blaue Flecken beeinträchtigten ihre Schönheit.«

Ben atmete tief aus, erleichtert.

»Aber die Eltern tot. Als die wunderschöne Prinzessin das sah, als sie der leblosen Körper gewahr wurde, als Vater und Mutter auf ihre Rufe nicht antworteten, auf ihre panischen Berührungen nicht reagierten, sich nicht bewegten, sie nicht anlächelten, kein beruhigendes Wort für sie hatten, da fiel die wunderschöne Prinzessin in Ohnmacht und in ein langes Schweigen.« Césco rieb seine Wangen, seine Augen, sein Gesicht brannte.

»Ist gut, Prez, ist gut. Alles wird gut, Mann.« Wer von den beiden »Prez« war, wer »Mann« war, das war schwer zu sagen.

»Als man die wunderschöne Prinzessin aus dem Krankenhaus entließ, ging sie zu ihrer Tante, Tante Loretta, und lebte bei ihr, bis sie einen Professor kennenlernte, ihre Stadt am Meer verließ und bald danach heiratete, und sie lebten unglücklich bis ans Ende ihres gemeinsamen Lebens.«

»Wie du erzählen kannst, Wahnsinn, Prez, dein Sax ist grandios, du musst mit uns spielen, du musst, verdammte Scheiße, verflucht noch mal, wir werden uns neu erfinden, Mann, wir werden wachsen, unsere Seele wird wachsen, *be yourself*, Mann, hörst du mich, Prez, spürst du den Swing, und sie wird singen, sie wird mit uns singen, sie ist eine Kämpferin, sie wird singen, Mann, wir werden grooven ohne Ende, Prez …«

Ben atmete tief aus, wie eine Dampfmaschine ließ er die Luft frei.

»Meine arme Giorgia.«

VOCALS

Never Let Me Go

… dunkel dunkel wie im Grab dunkel wie in der dunkelsten Nacht dunkel so dunkel wie es noch nie zuvor dunkel war und laut und laut war es und ich habe dagesessen und dem Streit zugehört und gelächelt und nichts gehört und dunkel war es und laut und kalt und die Straße eng dann eine Kurve dann eng dann eine Kurve dann eng dann fliegen wir wir fliegen gegen einen Baum der erste Baum des Todes in meinem jungen Leben und es ist dunkel und ich sage nichts ich wundere mich nicht über das Fliegen auch nicht über den Baum ich höre die Stimmen die Stimmen die ich kenne seitdem ich mich selbst kenne seit Ewigkeiten kenne ich diese Stimmen und die Dunkelheit kann sie nicht verschlingen sie kann mich verschlingen die Dunkelheit frisst mich auf ich bin ein böses böses böses Mädchen niemand weiß wie böse ich bin böse bin ich und jetzt wird geflogen es wird geflogen durch die Nacht dem Baum entgegen wir fliegen und ich bin ein böses Mädchen alles ist ein Abenteuer und recht geschieht es euch das habt ihr davon zu Hause zu Hause wollte es bleiben das böse Mädchen zu Hause mit Freunden zu Hause tanzen nicht fliegen wollte das böse Mädchen tanzen lasst mich bitte tanzen gehen bitte bitte bitte aber jetzt jetzt wird geflogen und das böse Mädchen sieht das Blut nicht gleich aber das Blut ist überall am Ende ist da nur

Blut was geschieht kann niemand verstehen wenn du fliegst dann fliegst du und ich liebe fliegen fliegen könnte ich ohne eine einzige Landung immer in der Luft bleiben dem Himmel nahe über den Wolken würde ich sie dann alle sehen meine Toten und weiter fliegt das böse Mädchen es versteht nicht was passiert es ist dunkel und es ist Nacht und überall sind Bäume und Bäume sind schön und groß und hart und es tut weh wenn man gegen sie prallt man soll nicht gegen sie prallen das tut weh es tut weh durch die Scheibe zu fliegen mit dem Kopf nach vorne durch die Scheibe zu fliegen das tut weh tu das nicht schreit die Mutter die Mutter schreit und versucht das böse Mädchen zu retten aufzuhalten die Mutter streckt die Arme aus aber sie fliegt schon fliegt durch die Luft und nein tu das nicht schreit jemand schreien hilft auch nicht mehr es hilft nicht das Fliegen endet nie das Fliegen kann ewig dauern wenn man Glück hat wenn man kein böses Mädchen ist die Mutter streckt die Arme nach dem bösen Mädchen aus die Mutter weiß nicht dass das böse Mädchen böse ist die Mutter liebt es und will es beschützen das Schlimmste verhindern aber ich fliege schon wir fliegen schon und da ist er da ist der Baum und er umarmt uns er hält uns alle fest in seinem Totengriff ich fliege und alle fliegen weiter und ich bleibe stehen und falle man kann nicht stehen bleiben wenn man fliegt fliegen muss man ohne Pause nur so hat man eine Chance ich höre auf ich bin abgelenkt ich bin das böse Mädchen und ich werde bestraft ich bleibe stehen und ich falle und falle und falle und endlos ist der Fall und ich falle allein ich allein falle alle fliegen weiter ich falle und da ist der Baum und er fängt mich auf er fängt mich auf und zerkratzt mir das Gesicht die Arme die Beine die Hände den Bauch die Brüste die Füße zerkratzt mir das Leben zerkratzt mir das Leben in ganz kleine Teile winzig kleine Teile so winzig so winzig klein ich kann sie nicht mehr finden nie mehr werde ich sie finden können meine zerbrochenen Teile werde immer zerteilt zerkratzt zerschnitten zerstückelt bleiben da liege ich da liegt das böse Mädchen und niemand weiß es niemand weiß dass das alles seine Schuld ist immer wird es seine Schuld bleiben immer immer nichts wird helfen können nichts wird vergessen nichts wird verziehen Schuld ist Schuld ist Schuld ist Schuld nur Schuldige können nicht fliegen können nicht tot sein können nicht vergessen können nicht weitergehen können nicht das kleine Mädchen behalten mein kleines Mädchen *Mami* kann ich nicht behalten denn wer schuldig ist ist schuldig und kann keinen kleinen Jungen bekommen keinen kleinen Jungen bekommen und behalten das Leben vergisst nie nie vergisst das Leben deine Schuld und nie kannst du schuldig fliegen nie nur die Reinen fliegen die reinen Seelen fliegen und ich falle ich höre auf zu fliegen ich falle und sie sind weg und mein kleines Mädchen ist weg und mein kleiner Junge ist weg so ist das Leben wenn du schuldig bist kannst du nur fallen es gibt immer einen Baum in der Nähe einen Baum des Todes in deiner Nähe er wird dich schon finden der Baum wird dich finden und gegen dich fahren und dann fängst du an zu fliegen aber fliegen kann nicht jeder also hast du Angst immer hast du Angst dass du nicht diejenige bist die fliegen kann immer lebst du in Angst und immer starrst du die Bäume um dich herum an die Bäume sind überall dein Baum wird dich finden und dann werden alle sehen alle werden sehen ob du fliegen kannst dass du nicht fliegen kannst und dass du schuldig bist alle werden es erfahren die Mutter wird es erfahren der Vater wird es erfahren das kleine Mädchen weiß es aber schon der kleine Junge weiß es auch schon fliegen fliegen muss man dürfen darf ich jetzt darf ich jetzt bitte fliegen …

Piano

Good Morning Heartache

Einschlafen werde ich wohl nicht mehr können, also stehe ich auf und schaue aus dem Fenster, beobachte, wie der Tag erscheint.

Ins Krankenhaus, ich könnte ins Krankenhaus gehen. Aber so sehen will ich sie auch nicht. So viele Erinnerungen, Bilder und Worte, an die ich seit acht Jahren nicht mehr gedacht habe. Alles bekommt plötzlich eine andere Bedeutung, eine zusätzliche Bedeutung. Wie kann ich jetzt sicher sein, dass sie damals die Wahrheit gesagt hat, dass es tatsächlich nur um uns gegangen ist und ihr Unglücklichsein und ihre Angst vor dem Älterwerden mit mir, mit mir allein. Ohne Sarah. Es hat mit Sarah angefangen. Ich muss etwas trinken, aber es ist kein Bier mehr im Kühlschrank, und das ist vielleicht auch besser so. Ich habe genug getrunken. So oft habe ich mehr als genug getrunken, und es hat nie geholfen. Nie habe ich etwas vergessen können, und der Schmerz hat nie aufgehört. Also Wasser, Wasser wäre gut jetzt. Sie hat gesagt, sie liebt mich noch, aber hat keine Kraft mehr, kann nicht mehr um mich, unsere Liebe kämpfen, und jetzt, wo es Sarah nicht mehr gibt, jetzt kann sie gehen, jetzt muss sie gehen. Das hat sie gesagt, sie muss gehen. Ich habe geschwiegen. Ich war im Schockzustand. Zuerst Sarah. Jetzt auch noch sie. Ich habe nichts verstanden. Ich habe sie lediglich angesehen. Warum?, habe ich dann gefragt. Und ihre Antwort war das Nicht-mehr-Können und die Angst-vor-dem-Alleinsein-mit-mir und dann natürlich auch das Ohne-Sarah-hat-nichts-mehr-einen-Sinn.

Als Sarah weg war, habe ich sie innerlich auch verlassen. Natürlich, so bin ich. Ich kann mit nichts dergleichen klarkommen, vor allem nicht mit Gefühlen. Den eigenen und denen der anderen. Ich habe mich in mein Arbeitszimmer eingeschlossen und gearbeitet. Ich habe in vier Monaten ein neues Buch geschrieben, von der ersten bis zur letzten Seite. Ich habe gegessen, getrunken und geschrieben. Getrunken habe ich nur Bier. Um vier Uhr nachmittags habe ich angefangen und irgendwann nachts aufgehört, aber geschlafen habe ich dennoch nicht. Weder wollte ich, noch konnte ich. Sie hat an meine Tür geklopft, zuerst geklopft, dann gehämmert, mit beiden Fäusten. Sie hat nach mir gerufen, sie hat geschrien und geweint. Sie hat sich auf den Teppich vor meiner Tür gesetzt und mit mir geredet, zu mir geredet. Am Anfang. Danach, nach meinem unbeugsamen Schweigen, meiner persistenten Abwesenheit, da hat sie nur noch mit mir geschimpft und geheult, wie ein verletztes Tier hat sie geheult, und ich habe Kopfhörer aufgesetzt und nichts gehört, keine Musik, nichts. Und immer noch ist ihr Winseln zu mir gedrungen, ich habe alles vernommen, alles ungehört verstanden, aber tun konnte ich nichts. Sie dürfte nicht überrascht gewesen sein. Sie hat mich gekannt, kein Mensch auf diesem Planeten kennt mich so gut wie sie.

Sie dürfte nicht überrascht gewesen sein. Manchmal, als ich mein Zimmer verlassen musste, hat sie dagelegen und geschlafen oder war ohnmächtig oder in Trance, ich weiß es nicht, ich habe nicht nach ihr gesehen, ich habe einen großen Schritt über sie hinweg gemacht, als wäre sie gar nicht da.

Ich muss etwas trinken, ich muss hier raus. Ich öffne das Fenster, und die kalte Luft schlägt mir ins Gesicht, haut mich um, das ist gut. Ich werde wach. Ich atme, so tief ich kann, was nicht sehr tief ist. Ich kann nicht in den Bauch atmen. Giorgia hat versucht, mir das beizubringen, aber vergebens, ich konnte nicht, es war, als hätte ich eine Betonwand unter dem Brustkorb, und nichts konnte durchdringen, weder von unten noch von oben – nur die Angst vor dem Leben. Das kann doch nicht sein, hat sie immer gesagt, da stimmt was nicht. Und sie hatte recht. Etwas, vieles stimmt nicht mit mir. Ich kann nicht mehr, hat sie gesagt, und sie hat so entschlossen, so sicher geklungen, dass ich nichts geantwortet habe. Ich hatte nicht das Gefühl, es würde irgendeinen Sinn machen, etwas zu sagen, dagegen, gegen ihre Entscheidung zu kämpfen, um sie zu kämpfen. Ich habe gesagt: Ich liebe dich, und sie gehen lassen. Ich habe gesagt: Keiner wird dich so lieben wie ich, und sie hat mich mitleidig angesehen, sie hat mir ins Gesicht gelacht, herzhaft, mit einer Offenheit, Ehrlichkeit, und ich habe es verstanden.

Jetzt weiß ich nicht mehr, ob ich es richtig verstanden habe. Jetzt sieht es so aus, als hätte es damals doch jemand anderen gegeben, der sie mehr als ich geliebt hat. So sieht es jetzt aus.

Ich bin damals, nach ihrer Entscheidung, nachts zu ihr ins Bett gekommen, wir haben uns ganz fest umarmt, wie zwei Waisenkinder, und wir haben gemeinsam geweint, um uns, um Sarah, um all die Jahre, die hinter uns lagen, in denen wir es nicht geschafft haben, eine Welt nur für uns zu bauen, eine Welt, die unzerstörbar wäre. Sie hat um die Familie geweint, die sie nie hatte, nicht so, wie sie es wünschte. Es hat der Sinn gefehlt. Ich werde krank, wenn ich bleibe, hat sie gesagt. Ich habe es verstanden, und doch habe ich gesagt: Bleib bitte. Ich will nicht, dass du gehst, das habe ich auch gesagt. Aber davor, die Tage, die Monate davor, habe ich sie nicht in mein Zimmer gelassen, bin über sie hinweggegangen wie über ein totes Tier, also ist sie gegangen. Sie hat mich umarmt. Ich habe dich lieb, hat sie gesagt. Aber du liebst mich nicht, habe ich geantwortet. Sie hat mich ernst angesehen, sie hat etwas in meinem Gesicht, meinen Augen gesucht und es nicht gefunden, und so hat sie gelächelt und mich umarmt. Werde glücklich, habe ich ihr gesagt, mich so von ihr verabschiedet, sie so gehen lassen.

Diese kalte Luft, dunkel, aber nicht mehr so undurchdringlich wie noch vor einer halben Stunde. Der Tag kommt. Der Tag kommt immer, unausweichlich. Ich weiß nicht, was er mir bringt. Ich wünsche mir, er würde mir Giorgia zurückbringen. Ich wünsche mir, Giorgia würde aufwachen, mich ansehen, anlächeln, mir die Hand entgegenstrecken, »da bist du ja« sagen und mit mir gehen. Ich wünsche mir, Giorgia würde aufwachen und mit mir nach Hause gehen. Und ich würde, ich verspreche es, ich würde mit ihr zu ihren Konzerten gehen oder wie immer das heißt, Gigs oder so. Ich würde in der ersten Reihe sitzen, ihr applaudieren, sie feiern, mit anderen zusammen, stolz auf sie sein, jedem erzählen, dass sie zu mir gehört. Ich verspreche es. Das alles werde ich tun. Nur aufwachen soll sie und mich ansehen und mit mir nach Hause gehen.

Damals aber bin ich hinter ihrem Wagen, der dem Umzugswagen folgte, hergelaufen. Sie hat angehalten und mich verwundert angesehen. Wenn Sarah nicht gestorben wäre, wäre alles anders. Sie hat angefangen zu weinen. Es waren dreizehn Monate seit ihrem Tod vergangen, und immer noch musste sie weinen. Ja, hat sie gesagt durch Tränen hindurch, aber ich habe sie verstehen können, ich war daran gewöhnt, sie weinend reden zu hören. Ja, hat sie gesagt, dann wäre ich geblieben, aber nichts wäre anders gewesen, absolut gar nichts, alles wäre gleich geblieben, und ich wäre womöglich daran gestorben. Das hat sie gesagt. Ich konnte plötzlich den Schmerz nicht mehr ertragen. Sie hat vor mir gestanden und war bereit zu gehen, war schon gegangen, eigentlich, und ich konnte es nicht ertragen. Ich hatte das Gefühl, dass mich diesmal nicht einmal mein Arbeitszimmer, ein neues Buch, retten würde. Also habe ich es gesagt, ganz ruhig, aber doch boshaft. Es ist deine Schuld, habe ich gesagt. Sie wusste gleich, was ich meine. Ich musste nicht weiterreden. Und doch habe ich es getan. Du hast meine Tochter umgebracht, habe ich gesagt, und sie hat mir ins Gesicht geschlagen, und ich habe mich nicht gewehrt. Der Schmerz hat geholfen, der eine Schmerz hat den anderen ersetzt, und das war gut.

Ich habe mich umgedreht und bin ins Haus gegangen.

Sie ist weggefahren.

Wir haben uns nie mehr gesehen. Aber ich habe nicht gelogen, als ich gesagt habe, ich bin ihr Ehemann, gestern, erst gestern war das?, im Krankenhaus. Wir haben uns nicht scheiden lassen. Warum, weiß ich nicht. Aber das lässt mich hoffen, dass wenn sie heute oder morgen aufwacht, mich ansieht, anlächelt, dass sie mir die Hand reichen und mit mir nach Hause gehen wird.

»Wer ist da?«

Die Band

I'm In The Mood For Love

»Kann ich reinkommen?«, fragte Césco und wartete Konrads Antwort nicht ab, drehte am Türknauf und lugte ins Zimmer. »Hast du geschlafen?« Als Konrad den Kopf schüttelte, sagte Césco: »Wir wollen ins Krankenhaus, kommst du mit?«

Konrad fühlte sich wie erschlagen, zu viele wache Stunden, zu viel Bier.

»Ja, natürlich. Aber ist es nicht zu früh?«

»Wir gehen einfach hin und sehen dann, was passiert«, sagte Césco und zuckte mit den Schultern. Auch er war übernächtigt.

»Kommt, lasst uns gehen!«, rief Ben aus dem Wohnzimmer.

»Wir haben es doch nicht eilig, die lassen uns sowieso noch nicht rein, es ist zu früh.«

»Du, Professor, kannst ja dableiben, wenn du willst. Leider ist das Bier alle.«

Alle drei standen jetzt im Flur, zogen sich die dicken Jacken und Schuhe an. Césco schulterte seinen Rucksack. Konrad beobachtete ihn zerstreut.

»Ich verstehe nicht, wie ein erwachsener Mann mit einem Rucksack herumlaufen kann. Erstens: Wozu brauchst du überhaupt eine Tasche? Und zweitens: Wenn du schon eine brauchst, wieso nimmst du dann keine Aktentasche?«

»Das ist praktischer und leichter zu tragen. Und ich brauche immer so viele Sachen.«

Konrad schüttelte den Kopf. Ben vergrub seine gesunde Hand in der Jackentasche, die Mütze hatte er tief über die Augen geschoben, sodass man das Gefühl hatte, er würde nichts sehen.

»Was für Sachen denn?«

»Ich weiß es, Mann, hast deine Frau da drinnen versteckt, gib's zu!« Ben lachte einsam.

Césco schwieg natürlich.

»Wo ist sie überhaupt? Weiß sie, dass du hier bist? Bei Giorgia?«

Césco nickte lediglich.

»Und sie hat's dir erlaubt? Wow, die Alte scheint sich ihrer Sache aber sicher zu sein, oder ist sie doch hier drinnen, hält ihren Knüppel bereit, wenn du dich vergessen solltest, was, Gondoliere?«

Césco schüttelte den Kopf.

»Komm, sag es uns!«

»Ben, du bist kindisch. Das wird allmählich unerträglich.«

Konrad hätte sich nicht gewundert, wenn Ben ihm die Zunge herausgestreckt hätte. Aber Ben beachtete Konrad gar nicht.

»Ich habe mich von ihr getrennt.«

»Das sind ja ganz neue Töne, Prez! Wir gratulieren zur Unabhängigkeit, Mann.«

»Wann denn?«

»Vor zwei Tagen. Oder drei? Als ich die Nachricht vom Krankenhaus bekommen habe.«

Ben und Konrad sahen sich unsicher an.

»Also hast du alles weggeschmissen und bist hergekommen? Wie der Ritter auf dem weißen Pferd?«

Césco nickte und flüsterte: »Sie braucht mich. Sie will mich hierhaben.«

»Du bist ein Scheißidiot, mutig, aber ein Idiot, Gondoliere!«

»Und siehst noch dazu aus wie ein zurückgebliebener Schüler, mit diesem Ding.«

»Lass ihn doch in Ruhe, Mann, soll er machen und tragen, was er will. Was juckt dich das, Professor?« Ben schnaubte. »Und wo ist deine ach so wunderbare extraexklusive Scheißaktentasche?«

»Ich habe keine hier, brauche ich nicht.« Konrad tätschelte seine Brust. »Alles hier, in den Sakkoinnentaschen, da ist es am sichersten. Und mehr als Portemonnaie und Pass brauche ich doch nicht.«

»Jedem das Seine«, meinte Césco und strich sich über den kahlen Kopf. »Wenn das okay ist für dich, natürlich.«

»Ha, unser Gondoliere lernt Sarkasmus! Wer hätte das gedacht. Also kannst du auch anders als lieb, was, Prez? Und jetzt, wo du wieder frei und unabhängig bist, jetzt kannst du auch wieder spielen, das wird was, Mann, wir werden spielen wie die Götter, Prez, verlass dich auf mich, ich zeig dir, wie wir das machen, wie wir gleichzeitig den Ton treffen, ohne Absprache, du wirst sehen, das ist besser als ein Orgasmus, na ja, fast«, fügte Ben hinzu und versteckte das grinsende Gesicht in seinem Jackenkragen.

Césco erwiderte nichts, sah die beiden anderen an, als wollte er sagen: Ich bin bereit, auf alles vorbereitet.

»Aber dass dein Hirn erfrieren wird, das darf ich schon sagen, oder?« Konrad verzog den Mund, freute sich über sein noch dichtes Haar, noch eher blond als grau. Überhaupt wurde er plötzlich euphorisch, konnte es nicht abwarten, hinauszugehen, in die Kälte, ins Krankenhaus, er freute sich sogar auf den

Fußweg. Er schob die Brille hoch und klatschte in die Hände. »Los geht's, Freunde!«

Ben und Césco sahen ihn misstrauisch an.

»Was ist bloß los mit dir, Professor? Als wärst du auf Drogen, bist du aber nicht, oder?«

Konrad lächelte rätselhaft und zog die Augenbrauen hoch.

»Wie dem auch sei, ich habe ein Auge auf dich, du Spinner«, sagte Ben und wandte sich dann an Césco. »Und dir kann ich eine Mütze leihen, es ist tatsächlich verdammt kalt.«

Und schon öffnete er die zweite Schublade der Kommode im Flur und reichte Césco eine dunkelblaue Wollmütze mit Bommel.

Konrad lachte auf. »Das passt wunderbar zu deinem Schulranzen.« Er konnte nicht aufhören zu lachen.

»Beachte ihn nicht, Gondoliere, alles bestens, Mann, du siehst groovig aus, ohne Scheiß. Das ist eine echte Saxmütze, die gehört dem Saxofonisten hier.«

»Wo sind denn deine Freunde überhaupt? Und wissen die von uns?«

Konrad öffnete die Tür, die kalte Dunkelheit warf ihn einen Schritt zurück.

»Die sind in der City, im Tonstudio, die werden sicher eine Woche weg sein. Mach dir keine Gedanken, das sind meine Freunde, Mann, da passiert nichts.«

Sie machten das Licht aus und betraten die Welt.

»Hast du Freunde, Professor? Ich wette, nicht viele.«

Konrad ging als Erster die Straße hinauf: Er wusste genau, wo sie waren, er fühlte sich fähig, sie anzuführen.

»Was geht dich das an, du Trommeljunge.«

»Hey, nicht beleidigen, klar?«

»Aber du darfst uns nennen, wie es dir eben passt, was?«

»Da hat er recht, Ben, du hast angefangen. Und meistens sind deine Kosenamen gar nicht so kosig.«

Ben sah Césco an.

»Also du auch, Gondoliere? Ich dachte, wir sind Freunde, Mann. Oder erzählst du jedem x-Beliebigen eine Geschichte. So eine Geschichte, verdammt noch mal!«

Sie liefen zügig und schwiegen.

»Was für eine Geschichte?« Konrad drehte sich schließlich um und beäugte die beiden skeptisch.

»Ein Märchen. Nichts für superkluge Intellektuelle wie dich, Professor.«

Konrad sah Césco an, aber Césco schaute zu Boden, beobachtete seine gestiefelten Füße im Schreiten.

»Schade. Ich mag gute Geschichten.«

»Tatsächlich? Siehst aber nicht so aus, lieber Professor.«

Sie gingen schnell, der Tag wurde sichtbarer, die Luft grauer. Und da oben, nicht mehr so weit weg, wartete das Krankenhaus auf sie.

»Das heißt, wir können dich ›Trommeljunge‹ nennen? Ja? Damit jeder einen Kosenamen hat.«

Ben schnaubte lediglich.

»Also, ja. Wunderbar.«

»Was bist du plötzlich so guter Laune, Professor? Was ist passiert? Hat dich die Scheißphilosophiemuse geküsst, während du in deinem Zimmer warst? Oder hast du dir einen runtergeholt, Mann?«

Ben lachte laut auf und zog Konrad am Ärmel. Césco lachte auch, als wüsste er Bescheid. Konrad ließ sich nicht provozieren, grinste nur geheimnisvoll.

»Was lachst du, Gondoliere? Weißt du was, was ich nicht weiß? Hah, ihr beide, habt ihr Geheimnisse vor mir, verdammt noch mal? Und wie lief's mit dir und deiner Frau? Lief da überhaupt noch was? Und hast du dir dann vorgestellt …«

Dann war Schluss. Dann stellte sich plötzlich jeder etwas vor, womöglich das Gleiche.

Als sie das Krankenhausgebäude betraten, mussten sie blinzeln, zu grell das Licht. Sehr auffällig vermieden sie den Augenkontakt untereinander.

Das leere Bett ließ sie erstarren. Sie blieben an der Tür stehen und hielten die Luft an. So verharrten sie, bis eine tiefe Männerstimme hinter ihnen sagte: »Sie ist bei einer Untersuchung, es wird noch eine Weile dauern.«

Giorgias Männer drehten sich erschrocken und gleichzeitig erleichtert um.

»Ist was passiert? Gab es Zwischenfälle?«

»Ist sie aufgewacht?«

»Hat sie nach mir gefragt, Chef?«

Alle sahen Ben an, der lediglich mit den Achseln zuckte und sich für seine Prioritäten nicht im Geringsten schämte.

»Nichts ist passiert, sie ist nicht aufgewacht und hat nicht nach Ihnen gefragt, nach niemandem hat sie gefragt«, fasste der Arzt kurz zusammen. »Sie können hier warten, wenn Sie wollen, aber es wird noch dauern.«

»Gibt es denn gar keine Veränderungen? Können Sie uns gar nichts sagen?« Konrad machte einen Schritt auf den Arzt zu.

»Nein, es gibt nichts Neues.«

»Was nichts Schlimmes bedeuten muss, oder?« Césco sprach ohne Augenkontakt, er ließ seinen Blick herumwandern.

»Das stimmt. Ihr Zustand ist stabil. Es gibt keine Blutungen und keine Anschwellungen, sodass wir hoffentlich nicht einen Teil des Schädels …«

»Stopp stopp, das will ich nicht hören, nein, Mann, alles soll bleiben, wo es ist.« Ben lief ganz rot an, er begann zu zittern.

»Das ist nicht gefährlich, das ist ein Routineeingriff bei solchen …«

Ben fing an, laut zu summen, Töne von sich zu geben, als

würde er trommeln, sein ganzer Körper bewegte sich mit. Er schloss die Augen.

»Erzählen Sie weiter, Doktor.«

»Es gibt nicht viel zu sagen. Wie Sie wissen, hat sie ein gedecktes SHT, wir wiederholen heute das EEG, die MRT und die CT, um sicherzugehen, dass weder Blutungen noch Ödeme aufgetreten sind. Sie hat eine schwere Gehirnquetschung erlitten, aber hatte viel Glück dabei. Es grenzt an ein Wunder, dass keine anderen Organe verletzt wurden«, der Arzt lächelte sie müde an. »Da meine Schicht vorbei ist und ich nicht mehr nur der Mediziner sein muss, kann ich Ihnen sagen, dass Ihre Frau einen flinken, erfahrenen Schutzengel an ihrer Seite gehabt haben muss.«

Giorgias Männer sahen sich lächelnd an, peinlich berührt, als hätte jemand sie beim Schlagerhören erwischt. Ben hörte sogar auf luftzutrommeln. Césco wischte sich über die Augen. Konrads Blick ging zur Decke, blieb da haften.

»So, meine Herrschaften, dann gehe ich. Wie gesagt, Sie können gerne …«

»Warum wacht sie dann aber nicht auf?«

Alle wurden wieder ernst, fühlten sich in ihrem Glück sogar ein wenig betrogen. Der Arzt atmete tief aus. Er sah sie mitleidig an.

»Das wissen wir nicht.«

»Scheiße, so eine verdammte Scheiße.«

Césco legte eine beruhigende Hand auf Bens Schulter, der aber entzog sich, schlug mit der Faust gegen die Wand, biss den Schmerz hinunter.

»Es tut mir leid. Wir tun, was wir können. Leider können wir hier nur wenig tun. Jetzt liegt es an der Patientin selbst, wie es sich entwickelt.« Der Arzt zog seinen weißen Kittel aus und fügte dann mit einem schüchternen Lächeln hinzu: »Ich bin ein großer Bewunderer von ihr. Ich habe alle ihre CDs. Es ist mir mehr als eine Ehre … sie ist …«

Er sah sie an, einen nach dem anderen, als würde er auf ihre Zustimmung warten, aber keiner sagte etwas, also ging er, ohne sich zu verabschieden, ließ die drei da stehen wie abgegebene und vergessene Taschen in der Gepäckaufbewahrung.

»So ein Scheiß! Das hat jetzt noch gefehlt, ein vierter Mann!« Plötzlich kam wieder Leben in Bens erschöpftes Wesen. »Und ihr könnt mich alle mal mit euren Untersuchungen und dem ganzen Mist. Scheiße.«

Ben verschwand im Zimmer, Konrad und Césco folgten ihm nachdenklichen Schrittes.

»Sie sollen sie einfach aufwecken, irgendwie, heutzutage sollte alles möglich sein, verdammt noch mal, einfach irgendwas geben, irgendeinen Scheiß, und sie aus dem Koma holen, verdammt.« Ben trommelte herum, von der Tür bis zum Bett, weiter zum Fenster und zurück. »Die können dich doch ins Koma versetzen, oder nicht? Dann müssen sie dich auch da rausholen können, würde man denken, die Scheißkerle, aber nein, das ist denen zu viel, lassen wir sie da allein rauskommen, und wir verfaulen einfach weiter auf unseren dicken Ärschen, ihr verdammten Hurensöhne!«

Césco stellte dem Crescendo schlagenden Ben ein Bein, und Ben fiel auf die Nase, buchstäblich auf die Nase. Und auf den verletzten Arm. Er schrie auf. Mehrmals schrie er auf, er weinte vor Schmerz und Angst und Wut, und Césco half ihm hoch.

»Du bist ein Arschloch, Gondoliere«, jammerte er kraftlos.

»Du solltest einen Arzt aufsuchen, dich untersuchen lassen. Deine Nase blutet. Und beruhigen solltest du dich auch.«

»Komm, ich gehe mit«, sagte Konrad, immer noch überrascht von Céscos Aktion.

»Nein, ich gehe allein, ich will mit euch nichts mehr zu tun haben, ihr Scheißkerle, ihr lasst meine Giorgia glatt hier verrotten, ihr seid einfach neidisch auf uns, auf mich, weil sie mich ausgewählt hat, mich und nicht euch, ihr Lahmärsche, ihr hattet eure Chance, ihr habt sie verspielt, ihr verdammten Angsthasen …«

Und schon stürmte er aus dem Zimmer, man konnte ihn aber weiter vor sich hin brummen hören.

Konrad und Césco setzten sich aufs Bett.

»Der Arzt. Meinst du wirklich?«

»Nein. Die Drei ist doch die Glückszahl.«

»Aber. Ben …«

»Ach Ben, was weiß der schon.« Konrad seufzte leicht, Seufzen war nicht seine Sache. »Das bedeutet aber, dass es auch einen vierten Weg geben könnte.«

Danach warteten sie wortlos und gedankenvoll.

Den Arzt erwähnten sie nicht mehr.

Schlagzeug

Speak Low

Was nutzen mir die Hände, die Arme, die Nase, wenn es dich nicht gibt! Wie werde ich ohne dich spielen können, leben wollen! Ich muss eine tolle Erscheinung sein, alle starren mich an. Sollen sie ruhig, was juckt mich das.

Ich klopfe an, ein entschlossenes »Herein« ist zu hören, ich trete ein und sehe am Gesichtsausdruck des Arztes, dass das nicht gut aussieht, dass ich nicht gut aussehe. Na und!

»Was ist passiert?«, fragt er mich.

»Zuerst hatte ich einen Autounfall, dann bin ich gestürzt, vielleicht ist meine Nase gebrochen.«

Er sieht mich besorgt und ein wenig verwirrt an. Ist mir doch egal. Alles ist mir egal. Ich setze mich auf die Liege, und er ruft eine Schwester herein, sie kümmern sich um mich und meine Wunden. Die sichtbaren. Was drinnen ist, wie zerrissen und halbtot und verängstigt ich in mir drinnen bin, das sehen die verdammten Ärzte nicht, für sie zählt immer nur die Oberfläche. Ich höre sie reden, ich höre nicht zu, ich bin abwesend, ich versuche meine zerfetzten Teile zusammenzukratzen, zu kitten, darindim ditamtam. Ich bin normalerweise gut darin, weißt du noch, ich habe deinen Schuh mal repariert, erinnerst du dich? Du hast mich gerettet, hast du gesagt. Das hast du oft zu mir gesagt. Was bedeutet das noch. Einmal hast du den

Text vergessen, und ich habe es in deinen Augen gesehen, du hast dich noch singend zu mir gedreht, du hast mir kein Zeichen gegeben oder so, und dennoch habe ich es gleich gewusst, ich habe einen Break gespielt, die Jungs haben sich gewundert, aber das sind meine Jungs, die stellen keine Fragen, die spielen mit, einfach weiter, sie gehen mit dem Strom, sie fügen Phrasen rein, sie suchen sich, erfinden sich neu, Mann. Das ist der Sinn unserer Musik, darindim ditamtam. Ich erfinde mich jedes Mal neu. Aber ohne dich will ich nicht mehr sein, verstehst du?

Also komm zurück zu mir. Alles ist noch möglich. Und jetzt verstehe ich einiges viel besser. Obwohl das nie eine Rolle gespielt hat. Du warst einfach immer du, und ich ich, und wir lebten in der Musik, in dem Beat. Und dann bist du schwanger geworden. Wir haben gefeiert. Du hast gelacht, und wenn du nicht mehr lachen konntest, hast du gegrinst. Pausenlos. Wir waren die glücklichsten Menschen auf der Welt. Verdammt, Giorgia. Du hättest besser auf dich aufpassen sollen. Ich hätte besser auf dich aufpassen sollen. Ein Baby für uns. Ein Junge war es. Ein Junge für uns. Kein Alkohol mehr. Keine Zigaretten, keine späten Auftritte, wir sind langsamer getreten, und alle haben sich gefreut, die Jungs haben uns gefeiert. Frischer Saft am Morgen, im Bett. Nur Gesundes. Nur das Beste für dich. Du hast die Hände auf deinen Bauch gelegt und sie nicht mehr bewegt. Mein Junge, mein kleiner Junge, hast du gesagt, hast mich angeschaut, geweint hast du vor Glück. Danke, hast du zu mir gesagt. Danke.

Und ich habe nicht verstanden, ich wusste es noch nicht. Nichts wusste ich. Wie konnte ich es auch wissen, verdammt. Verdammt, Giorgia. Ein Kind tot, schon ein Kind tot. Du hättest es mir sagen müssen. Du hättest es mir sagen sollen, verdammt, verdammt, verdammt, verdammt. Leise, meinetwegen ganz leise – aber sagen, sagen, so oder so oder so. Hättest. Du. Müssen.

»Alles klar? Haben Sie Schmerzen?«

Ich sehe den Arzt nicht mal an. Als könnte er mir helfen. Ja, sicher. Wetten, er denkt auch, Billie ist ein Mann. Ich wette es. Diese Arschlöcher, keine Ahnung haben die. Die wissen nicht, dass ich dich brauche, darindim ditamtam, ohne dich läuft nichts. Einen Schutzengel, hat er gesagt, hörst du. Einen Schutzengel hast du. Ist es Sarah? Ist es unser kleiner Junge? Wer ist es, Giorgia? Du sollst zurückkommen, du gehörst hier nicht hin, verdammt. Du gehörst zu mir, zu uns, zu deiner Musik. Wer wird singen wie du, wenn es dich nicht mehr gibt? Bei mir sollst du bleiben.

Wir werden ein Kind adoptieren. Wir beide, Giorgia. Das machen wir. Und wir werden mit ihm – es kann ein Junge sein, oder? Oder ein Mädchen, mir ist es egal – wir werden mit ihm in den Park gehen, und nichts wird passieren. Wir werden im Park mit ihm spazieren gehen, und er wird nur Spaß haben, du wirst keine Schmerzen bekommen, nichts wird dich durchbohren, weder der Schmerz noch eine Erinnerung, du wirst nicht anfangen zu bluten, nein, verdammt, auf gar keinen Fall, nicht dieses Mal, nein. Nichts wird verloren gehen, nichts, nicht mehr. Es hat angefangen zu regnen, und ich hab dich unter dem Baum gelassen, ich hab gesagt, ich komme gleich, ich hol uns den Regenschirm aus dem Auto. Warte hier auf mich, habe ich gesagt und bin gelaufen wie ein Verrückter. Ich bin ein Verrückter, Giorgia. Das bin ich. Ein Irrer. Das bin ich. Ich bin so schnell gelaufen, wie ich spielen kann, das weißt du, du weißt, wie schnell ich spielen kann, ich bin der Schnellste überhaupt. Und als ich zurückkam, da hattest du dich auf der Bank unter dem Baum ausgestreckt, du hattest die Augen geschlossen und hast geweint, leise. Ich hab es nicht gehört, ich hab nur die Tränen gesehen. Steh auf, mein Schatz, steh auf, lass uns gehen, du sollst nicht nass werden, habe ich gesagt, und du hast den Kopf geschüttelt, und deine Tränen sind andere Wege gerollt. Deine Hände auf deinem Bauch, verkrampft, ich hab's nicht gleich verstanden, verdammt, verdammt, ich hab's nicht verstanden. Es ist vorbei, Ben, hast du gesagt. So hast du es gesagt. Es ist vorbei. Und eine Blutspur. An der Innenseite deiner Schenkel. Du blutest, habe ich gesagt. So dumm war ich, du blutest, habe ich gesagt. Du hast genickt. Es ist vorbei, hast du gesagt.

Wir sind ins Krankenhaus gefahren. Es ist vorbei, hast du gesagt. Der Arzt hat genickt, und ich bin, darindim ditamtam, ausgerastet bin ich. Ich hab geschrien. Und dann hab ich dich angesehen und bin verstummt und habe Angst bekommen, Panik hab ich gekriegt, du wirst auch weggehen, mich verlassen. Das macht nichts, das macht nichts, wir können noch ein Baby kriegen, einen neuen kleinen Jungen, hab ich dir zugeflüstert. Du hast mich nicht mal angeschaut. Du wusstest es. Du wusstest es, und ich wusste es nicht. Ich hatte keine Ahnung, darindim ditamtam, ich hatte keine verdammte, verflixte, verfluchte Ahnung. Ich wusste nichts von Sarah. Du hast mir nie was gesagt. Es ist vorbei, hast du gesagt, das hast du gesagt, aber Sarah hast du nicht erwähnt, nie. Davor und danach nicht. In keinem einzigen Moment der Hölle, in die du uns beide danach geschickt hast. Verdammt. Hätte ich es gewusst.

Du hast mich gerettet, hast du gesagt. Aber das ist nicht wahr. Das ist nicht wahr, verdammt. Das. Ist. Nicht. Wahr. Du hast mich an der Nase herumgeführt. Und jetzt ist sie gebrochen. Jetzt ist alles gebrochen. Das ganze Leben wie ein falsch gespielter Ton, er verschwindet nicht, du kannst ihn nicht einfach so verbessern, nein, er bleibt für immer da in der Aufnahme, im

Lied, in deinem Spiel, du kannst nicht einfach sagen »es tut mir leid«, nein, das geht nicht, es ist gebrochen, der Ton ist gebrochen, die Melodie, der Rhythmus, alles gebrochen, alles weg, da kannst du noch so oft über die Snare streicheln, die Hi-Hat aufeinanderschlagen lassen, leise oder laut, wütend oder verliebt, mit so viel Feingefühl, darindim ditamtam, das nützt nichts mehr. Nur der Blues bleibt, der bleibt, aber er genügt nicht, darindim ditamtam.

Ich, ich kann nicht. Ich hab auch einen kleinen Jungen verloren, verdammt. Weißt du? Ich auch. Ich. Auch.

»Sie müssen gut auf sich aufpassen, Sie brauchen viel Ruhe. Haben Sie verstanden?«

Der Arzt hat eine große Nase und eine große Brille und eine große Glatze. Er sieht mich an mit großer Sorge.

»Haben Sie verstanden? Haben Sie jemanden, der sich um Sie kümmern kann?«

Plötzlich muss ich lächeln, und der Schmerz haut mich fast um. Oh Mann.

»Ja, habe ich.«

Ja, habe ich, habe ich tatsächlich, darindim ditamtam.

DIE BAND

The Very Thought Of You

Konrad und Césco standen gleichzeitig auf, als Ben, frisch verarztet und verbunden, das Behandlungszimmer verließ.

»Wir dachten, wir holen dich ab.«

»Ja. Giorgia ist noch nicht da.«

Sie sahen sich alle verlegen an.

»Putzig siehst du aus.« Konrad grinste. Und dann als Nachgedanke: »Trommeljunge.«

»Ja, ich wäre eine Sensation auf der Bühne. Fast wie der Elefantenmensch, was?« Ben wollte lächeln, seinen guten Willen zeigen, es tat aber zu sehr weh. Alles tat weh.

»Es tut mir leid, Ben. Wirklich. Ich weiß nicht, was in mich gefahren ist, entschuldige, es tut mir leid. Ich verstehe mich selbst nicht.«

»Halt mal die Luft an, Prez, alles bestens. Ich verstehe es. Manchmal ist einem alles zu viel, oder?«

Césco nickte. Alle nickten nachdenklich und schauten zu Boden, auf ihre Schuhspitzen.

»Was hat der Arzt gesagt? Sicher, dass du ruhen sollst, oder?«

»Ach was, bin gesund wie ein neugeborenes Baby! Unzerstörbar bin ich, könnte sofort einen Gig spielen, den ganzen Abend lang, ohne Pause.« Es war Ben, es hörte sich wie Ben an, aber dennoch.

»Wie gut, dass es erst früh am Morgen ist.« Konrad sah ihn argwöhnisch an. »Ich bin mir sicher, du sollst dich ausruhen.«

»Das denke ich auch. Der Unfall, der Schock, die Sorge um … Jetzt noch die Nase. Also, ich denke …«

»Ihr seid unmöglich!« Aber es war deutlich zu sehen, wie gerührt, peinlich berührt Ben von so viel Fürsorge war. Ob er auch rot geworden war, war unmöglich zu sagen bei seinem Gesichtszustand.

»Wir machen Folgendes: Wir gehen zurück zu Giorgias Zimmer, da warten wir zusammen, und du legst dich einfach auf das zweite Bett, das steht ja sowieso leer, da wird keiner kommen.« Konrad wurde unternehmungslustig. Und als wäre es ihm erst jetzt eingefallen: »Trommeljunge.«

Césco lachte laut, legte die Hand vor den Mund, als würde er sich um die Ästhetik seines offenen Mundes kümmern.

»Du solltest das mit dem Trommeljungen ganz lassen, Konrad, es kommt nicht natürlich rüber, du machst dich lächerlich.«

»Ich bin sicher, dass der Professor nur ein wenig Übung braucht, noch ein paar Tage und …« Die Worte kamen heraus wie durch Kaugummi verbunden, brauchten unmessbar viel Zeit, um ausgesprochen zu werden. Eine bestimmte Stelle in Bens Körper schmerzte so sehr, dass Ben den ganzen Körper losließ, loslassen musste, um dableiben zu können.

Es wurde still. Sie standen immer noch vor dem Behandlungszimmer, aber plötzlich war alles still. Sie wurden still. Etwas, das Ben gesagt hatte, erreichte sie mit unerwarteter Klarheit, und sie mussten nachdenken, darüber nachdenken, was das bedeutete, was das für sie – jeden Einzelnen und sie alle drei – bedeutete.

»Lasst uns hochgehen.«

»Nein!« Ben schrie, er schrie tatsächlich.

»Was, was ist? Hast du Schmerzen?«

Ben schüttelte den Kopf.

»Was ist dann? Musst du dich hinsetzen? Kannst du nicht laufen?«

Ben schüttelte den Kopf.

»Sag endlich! Was ist los?«

Ben setzte sich und ließ den Kopf hängen. Césco und Konrad sahen sich ratlos an. Dann nahm einer links einer rechts neben Ben Platz.

»Rede mit uns.«

»Uns kannst du alles sagen.«

Ben sah sie verwirrt an – er konnte es nicht einmal sich selbst richtig sagen. Was er dachte, was er fühlte, war unvorstellbar. Und er war zu schwach für solche Gefühle, solche Wandlungen, er konnte gar nicht klar denken. Oder war das der erste klare Gedanke seit dem Unfall? Auch das Unerwartete braucht Zeit, nichts kommt über Nacht, nichts. Man muss nur an diese Klarheit glauben. Oder auch nicht. Wenn der Bauch schweigt, wem soll man vertrauen? Wieder ließ Ben den Kopf hängen.

Lange saßen sie so, die drei Männer, jeder mit seinen eigenen Gedanken, die womöglich gar nicht so verschieden waren, die aber ganz sicher bei einer Person endeten.

»Wenn sie das alles so … dann sollte ich vielleicht …«, murmelte Ben vor sich hin, und Konrad und Césco hörten ihn, verstanden es aber nicht.

»Was sagst du?«

»Vielleicht bedeutet das, dass …«

»Was? Sag es.«

Ben sah die beiden an, erst den einen, dann den anderen, schloss die Augen und schüttelte leicht den Kopf.

»Ist es Giorgia? Redest du von Giorgia?«

»Was willst du uns sagen?« In Konrads Stimme war ein Zittern zu hören.

»Ich … Giorgia …« Und die Klarheit war sich plötzlich ganz sicher, dass sie tatsächlich die Klarheit war. »Lasst uns zu Giorgia gehen.«

Und sie gingen, schweigsam, ein wenig überrumpelt von den Verwirrungen und den Wahrheiten und dem Leben. Im Aufzug sahen sie sich nicht an. Vor dem immer noch leeren Zimmer der Intensivstation angekommen, sagte Konrad: »Da sind wir.« Dass er sich als Erster wieder zu Wort melden würde, war allen klar gewesen. Und als hätten sie nur darauf gewartet, ging der Gesprächsstrom weiter, genau da, wo sie verstummt waren, all die unterschiedlichen Stimmen und Betonungen und Höhen und Tiefen und Melodien so harmonisch vereint in einem großen Sorgenlied. Vor allem Ben fühlte sich glücklich, wenn auch anders, plötzlich glücklich und entspannt und zuversichtlich, denn er hatte ihn gehört, den Ton, den Swing. Sein Herz hatte den Beat vernommen, nur sein Herz, und das war genug, mehr konnte niemand erwarten. Mehr war auch nicht nötig. Vielleicht bedeutet Klarheit Glück.

»Du legst dich jetzt brav hier hin und ruhst dich aus.«

»Ja, Mutter.«

»Er hat recht, leg dich hin.«

»Zieh die Schuhe aus.«

»Warte, ich helfe dir.«

»Lass das, bin doch kein Baby.«

»Doch, aber natürlich bist du das.«

»Ihr spinnt beide.«

Sie holten alle tief Luft, sahen einander mit Nachdruck an. Dann ließ sich Ben mit einem lauten Seufzer in die Kissen fallen, schloss die Augen.

»Hast du Schmerzen?«

»Ja. Aber eigentlich denke ich mir, wie schade, dass unser Professor kein Instrument spielt, keine Ahnung von Musik hat, wo er doch aussieht wie Bill Evans, findest du nicht, Prez? Sieh dir nur bitte diese Brille und die Frisur an? Klar, die Haare sind viel heller, aber das macht nichts. Wenn du, Professor, das Piano spielen könntest … das wäre fantastisch.« Ben wurde immer euphorischer.

»Jetzt nur nicht aufregen. Vielleicht lerne ich es noch, wer weiß.«

Ben und Césco wechselten Blicke, zwinkerten sich zu.

»Klar, aber klar doch.«

»Haben deine Finger je was anderes gehalten als einen Stift, sag mal?«

»Ja, Gartenschere.«

Alle lachten laut los, konnten nicht aufhören, wurden immer hysterischer.

»Dann müssen wir uns keine Sorgen machen, dann ist das gebongt, oder Prez? Wir drei verdammten Mistkerle gehen auf Tour …«

»Und Giorgia singt.«

Schon schwiegen sie wieder, so viele Gedanken, so viele Sätze, die sie gleichzeitig erschlugen und am Leben erhielten.

»Ja.« Konrad sprach das Ja wie einen großen Punkt. Als könnte danach nichts mehr kommen, als gäbe es danach nichts mehr. Der Schlusspunkt.

Und Ben dachte, nie mehr Giorgia und wie schwer es war, als Einziger die Zukunft zu kennen und es nicht teilen zu können, noch nicht.

Vom Flur hörte man Stimmen, eine Frau lachte. Die drei Männer sahen sich an. Nein, nicht möglich. Ein Wagen rollte.

Etwas klapperte, womöglich das Geschirr. Es bewegte sich an ihnen vorbei. Konrad und Césco setzten sich auf Giorgias Bett. So schwiegen sie wieder eine Weile.

Bis plötzlich Ben fragte, seine Stimme ganz leise, wie verschlafen und ohne Spott: »Das mit deiner Frau, wie war das?«

Césco schielte zu Konrad, der lediglich mit den Schultern zuckte.

»Was meinst du?«

»Ihr habt euch schließlich doch getrennt, oder? Das hast du doch gesagt.«

Konrad nickte. Césco räusperte sich.

»Ich mag nicht darüber reden. Über sie, Fremden gegenüber.« Und noch bevor ihn die zwei Blicke wie zwei Messerstiche trafen: »Entschuldigung, Entschuldigung, natürlich nicht, natürlich seid ihr keine Fremden, es tut mir leid, ich weiß nicht, was mit mir los ist, bin völlig daneben, wahrscheinlich der Schlafmangel und das hier und …«

»… und die Trennung von deiner Frau.«

»Ja, das auch, natürlich das auch.«

»Also erzähl! So wie neulich, die andere Geschichte.«

»Ach. Ich weiß nicht.«

»Doch doch, ich will das auch hören. Komm, mach doch nicht so einen …«

»Ja genau, lass uns doch nicht betteln, Prez, spiel es einfach, spiel uns das Lied von der Trennung.«

»Komm, erzähl jetzt.«

Césco ließ sich Zeit. Konrad und Ben warteten mit der Zuversicht, das zu bekommen, was sie wollten.

»Es war einmal ein armer Stalljunge.«

»Oh Mann!«

Konrad sah Ben mahnend an.

»Es war einmal ein armer Stalljunge, der verliebte sich in ein Stallmädchen. Er schenkte ihm eine weiße Rose, und sie heirateten.«

»Das ging aber schnell!«

»Dann erzähle ich halt nicht mehr weiter. So.«

»Lass ihn doch, das machst du wunderbar.« Konrad drehte sich zu Ben um. »Und du hältst die Klappe, Trommeljunge. Klar?«

Dann ließen sie Césco Zeit, sich zu fangen, den richtigen Ton wiederzufinden.

»Sie heirateten und bekamen zwei wunderbare Kinder. Sie lebten glücklich und zufrieden, und so hätten sie bis ans Ende ihrer Tage leben können, hätte der Fürst den Stalljungen nicht in die große Stadt geschickt, um Besorgungen zu machen. Der Stalljunge war sehr aufgeregt und freute sich darauf, endlich einmal die große Stadt zu besuchen. Er gab seiner Frau einen Kuss, den Kindern legte er die Hand auf die kleinen Köpfe, und so ging er.« Césco atmete tief ein und aus. Seine Augen wurden feucht.

»Ich verstehe diese Geschichte nicht, die hat doch nichts mit dir …«

»Lass ihn reden und unterbrich nicht ständig.« Konrad sprach sehr entschlossen, rückte dabei die Brille wieder zurecht. »Weiter geht's.«

»In der Stadt erledigte der arme Stalljunge alles, was der Fürst ihm aufgetragen hatte, und drehte dann noch eine Runde auf dem Markt. Vor einer Gaststätte hörte er eine Frau singen, und er lenkte seine Schritte dorthin. Sie hatte ein rotes Kleid an und sang wie eine Nachtigall. Ihre Blicke trafen sich. Der arme Stalljunge verliebte sich auf der Stelle in die schöne Sängerin. Da er aber auch seine Frau liebte, tat er nichts, kehrte nach

Hause zurück und verlor nie ein Wort darüber. Dann starb seine Frau, und der arme Stalljunge, der nicht mehr so jung war, suchte und fand die schöne Sängerin.« Césco seufzte. »So, das war es.«

Konrad war noch am Überlegen, was er dazu sagen sollte, als Ben sich im Bett aufsetzte und protestierte, wie ein Splash-Becken rief er hell und spritzig: »Das ist Mist!« Aber dabei blieb Ben nicht. »Das stimmt nicht, nichts stimmt an deiner Geschichte, und dann hast du noch alles gekürzt und das Wichtigste überhaupt übersprungen! Und deine Frau ist nicht gestorben, oder? Ach Prez, du hast diesmal alles vermasselt, das ist keine gute Geschichte, Mann, da musst du noch lange üben. So ein …« Ben schnaubte unzufrieden. »Woher kriege ich jetzt meine Story? Mit dieser Missgeburt von Lied können wir aber nicht auftreten, das ist dir wohl klar, Prez, oder?«

Konrads Blick ging von einem zum anderen. Césco schaute stoisch zum Boden, Ben lamentierte, steigerte sich in die eigene Frustration hinein – aber irgendwie halbherzig. Als wollte er sich zu etwas zwingen, zu einem Ben zwingen, der er nicht mehr war. Konrad sah ihn interessiert an.

»Es tut mir leid. Aber anders kann ich heute nicht. Entschuldige.«

»Du musst dich doch nicht entschuldigen.« Konrad überlegte. »Wie wäre es, du erzählst einfach, was passiert ist, ohne diesen Märchen-Unsinn?« Er sah beide an. »Na, wie wäre es damit?«

»Ich weiß nicht.«

»Das ist das Mindeste, was du jetzt tun kannst!«

Césco glühte, seine Augen brannten, er war sich sicher, er bekäme Fieber und würde sehr krank, was er vielleicht ertragen konnte, aber sterben, nein, sterben wollte er nicht.

»Tu es für uns, wir müssen doch zusammenhalten.«

Césco schaukelte den Kopf in alle Richtungen, sein ganzer Oberkörper folgte einer Musik, die die anderen zwei nicht hören konnten.

»Ich habe dagestanden wie ein echter Baum. Es hat geklingelt, ich bin rangegangen. Wie ein Baum. So habe ich dagestanden und zugehört und gesagt, ja, ich bin Césco Manin, und ja, ich kenne eine Giorgia Bellini, und ja, ich werde so schnell wie möglich kommen, mit dem ersten Flieger. Meine Frau hat neben mir gestanden, ich weiß nicht, wann sie dazugekommen ist, aber als ich auflegen wollte, war sie da und hat mich angesehen. Ich werde gehen, habe ich gesagt, ich werde auf jeden Fall gehen.«

»Gut für dich, Prez. Und sie?«

»Sie hat mich nur angesehen, etwas Kaltes war da, und ich musste wegschauen. Aber bewegen konnte ich mich nicht. Wie ein Baum mit kilometerlangen Wurzeln. Dann hat sie gesagt, ohne mich anzufassen. Sie hat gesagt: Wenn du gehst, ist es aus zwischen uns. Wenn du gehst, lasse ich mich scheiden. Und ich habe angefangen zu weinen, und sie hat mich umarmt, sie hat wahrscheinlich gedacht, ich habe es mir anders überlegt. Aber nein, ich habe einfach geweint, denn plötzlich war alles klar. Und traurig und unerträglich zu spät.«

Konrad legte Césco eine Hand auf die Schulter, und Césco zuckte zusammen.

»Jahre zu spät war es, Jahre zu spät. Aber ich habe das nicht gesagt, ich habe nur gesagt: Ich werde hinfliegen. Sie hat sich ein paar Schritte von mir entfernt und gesagt, dann musst du ausziehen. Ich habe ihr zugenickt, ich war einverstanden. Ich bin in mein Zimmer gegangen. In unser Zimmer, ich habe gepackt, nur eine Tasche. Alles andere habe ich dagelassen. Ein neues Leben, habe ich gedacht. Alles neu. So soll es sein.« Césco nickte ununterbrochen.

»Recht so, recht so. Der hast du es aber gezeigt …«

Césco hob den Blick.

»Soll ich dir noch einmal die Nase brechen? Das mache ich. Gerne mache ich das. Willst du?« Er stand auf. »Willst du? Das mache ich sofort, wenn du willst. Willst du?«

Konrad stellte sich zwischen Césco und Bens Bett, breitete die Arme aus wie ein Schiedsrichter im Boxring.

»Was hab ich denn gesagt? Was hab ich gemacht? Professor, sag du es, was ist los? Sieh mal, wie er mich anschaut! Was hab ich denn gesagt?«

»Du sollst nichts gegen meine Frau sagen, du sollst nicht so über sie sprechen, du sollst …«

»Césco, du kennst ihn doch, immer große Klappe, immer bereit für ein nettes Wort, du weißt doch, wie er ist.« Konrad drehte sich mit dem ganzen Körper zu Césco. »Beachte ihn einfach nicht.«

»Was hab ich denn gesagt, ich hab doch nur …«

»Klappe, Trommeljunge. Schluss jetzt. Du weißt nichts von der Welt. Nichts.«

Jeder für sich dachten sie über die Welt nach, die Welt, so wie sie sie kannten, jeder für sich. Vieles fanden sie da, vieles, einiges ziemlich unerwartet. Unter sich fanden sie die ganze Welt, die von Schmerz und Liebe zusammengehalten wurde.

»Da sind sie ja, Ihre drei Männer«, sagte die Krankenschwester, während sie das Krankenbett mit der bewusstlosen Giorgia hereinrollte. »Ich habe Ihnen doch gesagt, dass die auf Sie warten werden. Was sollen sie auch sonst tun?«

Césco sah die anderen zwei an und verließ das Zimmer.

Saxofon

All The Things You Are

Ich ertrage den Schmerz nicht mehr, den alten, den neuen, den dazwischen. Der Schmerz – ein bösartiges Karzinom, das schon überall Metastasen gestreut hat. Der Schmerz – ein Riesenoktopus, der sich in alle Richtungen ausbreitet, verfressen.

Ich kann dich nicht sehen in diesem Bett, ich halte das nicht aus, deine Augen geschlossen, kein Lächeln, keine Stimme, auch dein Haar ohne Bewegung, ohne Leben, *batuffolo mio*, wer kann das ertragen? Das ist, wie wenn ich mich vom Meer entferne, ich kann es mir vorstellen, ich mache die Augen zu und spüre es, ich kann die kleinen Wellen an der Hand fühlen, ich kann sie an meinem ganzen Körper fühlen, es hinterlässt sogar Spuren, in meinem Kopf hinterlässt es Spuren. Und dennoch. Es ist nicht das Gleiche. So kann ich mir deine Stimme, dein Lachen, deinen Blick, alles kann ich mir vorstellen, *tesoro*, aber das bist nicht du. Ich will dich. Ich will alles, was wir haben wollten, was wir noch haben können, oder? Natürlich können wir das. Dass du mich nicht mehr haben willst, dass du mich nicht mehr liebst, das kann ich mir nicht vorstellen, davor habe ich zu große Angst. Du und ich, du und ich und niemand sonst, und denk an unsere Träume und an alles, was jetzt endlich möglich ist, was wir jetzt endlich erleben können.

Wenn du mir verzeihen kannst.

Ich habe sie verlassen, ich habe sie tatsächlich verlassen. Es war nicht einfach, es war nicht vorstellbar, noch am Tag davor war es nicht vorstellbar. Aber dann. Dann bist du wiedergekommen, du bist gekommen und hast alles in Ordnung gebracht. Ich habe gesagt, ich werde fliegen, sie hat gesagt, wenn du hinfliegst, sind wir geschieden, und ich habe an dich gedacht, *batuffolo mio*, an dich in diesem Krankenhaus, das ich nicht kannte, damals noch nicht, weder das Krankenhaus noch diese Stadt, Hudson, Hudson am Hudson River, der Fluss wie ein Kanal in Venedig, in unserem Venedig.

So ist das Leben, alles dreht sich, und es ist immer ein Kreis, das Leben ist ein Kreis. Ich baue auch meine Brücken so, dass sie einen Kreis bilden, sie führen alle zu dir, zu meinem Leben mit dir. Und ich füge immer einen Baum in meine Brücken ein, das ist meine Signatur, das bin ich. Dein Baum. Des Lebens. Andere Bäume, die Bäume, die du nicht magst, vor denen du Angst hast, die gibt es nicht mehr. Wenn wir zusammen sind, gibt es nur das Leben. Sie und ich, wir haben uns angesehen, und wir wussten, was passieren wird. Sie hat es gewusst, sie hat gewusst. Dass ich sie verlassen werde, dass ich mich diesmal für dich entscheiden werde. Sie hat es gewusst. Ich habe es in ihren Handbewegungen gesehen. Ihre Finger haben kleine zuckende Töne von sich gegeben, ich kann das nicht anders sagen, es hat sich für mich wie eine Melodie angehört. Diese abgehackten Bewegungen. Ich liebe sie. Du weißt, ich liebe sie. Das weiß sie auch. Aber diesmal war ich so weit.

Batuffolo mio, es ist nicht zu spät, oder? Sag mir, *tesoro*, dass es nicht zu spät ist. Sie hat nicht geweint. Ich habe sie nicht weinen sehen. Dich auch nicht. Damals. Ich wollte sterben. Ich bin Hunderte Male gestorben. Jede Ecke und jede Gasse und jede Brücke hat mich an dich erinnert, auch wenn wir da nie gemeinsam entlanggegangen sind. Aber ich habe dich immer in mir getragen. Du warst immer dabei. Ich habe sie nicht weinen sehen. Vielleicht hat sie auch nicht geweint. Vielleicht hatte sie keine Tränen mehr.

Und du, *tesoro*. Wie ist es dir ergangen damals? Hast du mich gehasst? Oder hast du es gewusst? Dass ich nur dein sein kann, egal, wo ich bin. Auch wenn ich keine Musik mehr gemacht habe, keine Lieder geschrieben, keinen Jazz mehr gehört habe. Ich bin gestorben. Ich glaube, ich bin gestorben und war die ganze Zeit tot. Oder ich war zwei Menschen. Ein Toter und ein Liebevoller. Ich weiß nicht. Ich glaube es. Ich habe sie doch glücklich gemacht, auch danach! Ich habe mir Mühe gegeben – denn sonst wäre alles umsonst gewesen. Aber der Tote, der tote Teil von mir, hat sich immer wieder gemeldet, regelmäßig. Ich weiß nicht. Ich glaube, meine Kinder waren zufrieden. Aber Kinder gehen weg. Das liegt in ihrer Natur. Das sollen sie auch. Und dann weißt du nicht mehr, ob du das Richtige getan hast.

Ich bin am Meer spazieren gegangen. Jeden Tag. Ich musste ihm so nahe sein wie nur möglich. Die Meeresluft roch nach dir, nach deinem Lächeln, ich hörte deine Stimme in der Brandung. Das Meer, das warst du. Du hast dich in einer, in jeder Welle versteckt und zu mir gesungen. Deine Stimme wie die Möwe, die auf den Wind wartet. Aber jetzt ist alles in Ordnung. Ich bin gekommen, ich bin geflogen, und ich lasse mich scheiden. Ich habe alles dagelassen, ich brauche nichts – außer dir. Dich brauche ich, dich und das Meer, und dann baue ich die wundervollsten Brücken der Welt. So viel Zeit, so viel Zeit vergeudet. Und so viel Zeit vor uns, *tesoro*. Es ist nicht zu spät. Es darf nicht zu spät sein. Sag es mir, sag mir, dass es nicht zu spät ist, dass du mir verziehen hast, dass du mich verstehst, dass du weißt, dass ich nichts anderes tun konnte.

Ich habe sie nicht weinen hören. So viele Jahre. Und dann keine Träne. Ist doch seltsam, oder? Das Ende legte sich wie ein durchsichtiges Seidentuch über uns. Ich bin in mein Zimmer gegangen, habe meine Tasche gepackt, so wenig wie nur möglich mitgenommen und bin ins Hotel gezogen. Ich habe mir vorgestellt … wir sind zusammen im Hotel, ich habe ein Zimmer für uns beide genommen, für dich und für mich, ich habe alles für uns vorbereitet. Ich habe mich von ihr gar nicht verabschiedet. Stell dir das vor. Von dir damals auch nicht. Was stimmt nicht mit mir! Vielleicht hat dein Ben recht. Ich bin ein Versager. Ich weiß nicht. Dein Ben. Ich will nicht, dass er dein Ben ist. Ich bin deiner, nur ich. Dein Césco. Wie du meinen Namen geschrieben hast, Césco, nur einmal und ohne Ausrufezeichen, geschrieben wie ausgesprochen, wie geschrien.

Wie du gezittert hast. Wie du vor meinen Augen gezittert hast und vor meinem virtuellen Blick mich geliebt hast, mich dich hast lieben lassen. *Batuffolo mio*, das können nur wir beide. Deswegen musst du mir verzeihen, du musst an alles das denken, was ich bin. Was ich schon immer war, von Anfang an, bevor du *ma dove sei* geschrieben hast, alles hat schon damals angefangen, ganz am Anfang, mit der ersten Mail. Und jetzt bin ich da. Und du wirst deine Augen, deine wunderschönen tiefen, schwarzen Augen aufmachen, mich ansehen, alles verstehen, alles verzeihen. Das wirst du tun, oder, *batuffolo mio*? Und am siebten Oktober werden wir dann heiraten, du und ich. Es wird alles so sein, wie wir es uns erträumt haben. Und ich werde mein Saxofon, mein Saxofon aus dem Versteck holen, alle deine Geschenke, deine Bilder, deine CDs, deine Kleidungsstücke, die du mir geschickt hast, die noch nach dir riechen. Alles hole ich aus der Verbannung zurück. Ich werde neue Lieder für dich schreiben, die mehr als nur eine endlose

Sehnsucht sein werden. *Could be mine.* Alles. Ein paar Töne, ein paar Tasten und Klappen – und eine ganze Ewigkeit passt hinein. Deine Akkorde, die Akkorde deines Herzens, *tesoro,* das bin ich. Ich spiele auf dir, du bist mein Instrument, und ich bin dankbar. Ich danke dem Universum für dich und alles, was du bist, mir bist, für mich bist.

Ich liebe dich. Ich liebe dich, so wie ich atme, ich liebe dich mit meiner Musik, mit meinen Fingern, mit meinem Atmen. So liebe ich dich, und ich glaube nicht, ich will nicht glauben, dass du mich nicht mehr willst. Dass du diese Liebe nicht mehr brauchst. *Tesoro.* Ich liebe dich, wie ich meine Brücken baue, mit meinem ganzen Herzen, der Seele und dem Körper, und wenn du das Lied erkennst, dann weiß ich, dass du weißt, dass ich dich liebe und …

»Césco, geht es dir gut?«

Schlagzeug

Alright, Okay, You Win

Giorgia, gut, dass du da bist, gut, dass wir allein sind, ich muss dir etwas sagen. Wie schön du bist, auch so bist du schön. Aber das wollte ich dir nicht sagen, diram dadim. Ich will nicht mehr. Ich kann nicht, das ist zu viel, zu viele Geheimnisse, zu viele Wunden. Giorgia, meine Giorgia, ich will dir sagen, dass es vorbei ist. Du bist so schön, du schläfst so ruhig hier, du wanderst herum, was weiß ich, im Himmel oder so, und hast mit uns hier nichts zu tun, mit mir hast du nichts zu tun. Deine Haare, deine schönen Haare. Ich verlasse dich, ich warte nicht darauf, dass du mich verlässt, ich gehe. Ich kann nicht mehr, diram dadim. All die Lügen. Ich verlasse dich, hörst du mich, hörst du mich, was sagst du, kommst du jetzt zurück, willst du um mich kämpfen, wirst du das? Giorgia, Giorgia. Wie schön du bist. Deine Hände, deine magischen Hände. Ich spüre sie noch, ich kann sie noch spüren. Aber verlassen werde ich dich trotzdem, denk ja nicht, dass du mich umstimmen kannst. Irgendwann ist es einfach zu viel, Giorgia, zu tief sind die Wunden. Du denkst, nur du hast eine Ahnung von Wunden und vom Sterben, aber da irrst du dich, diram dadim. Du irrst dich.

Ich werde dich verlassen, ich gehe, sieh ruhig zu. Wie schön du bist. Ich habe dich so geliebt, so sehr geliebt. Du kannst ruhig zusehen, wie ich weggehe, siehst du? Ich bin schon aufgestanden, schon stehe ich, schon mache ich den ersten Schritt, siehst du? Wie dünn du bist, wie zerbrechlich, meine Giorgia, wie aus Glas. Den zweiten, hast du den zweiten Schritt auch gesehen? Ich gehe tatsächlich, ich rede nicht nur so herum. Wie blass du bist! Wo bist du, Giorgia? Bist du noch bei mir? Ich bin noch da, aber gleich bin ich weg. Ich habe mich entschieden, ich verlasse dich. Es hat keinen Sinn. Es war alles nur eine Lüge, oder? Nichts als eine riesengroße Lüge, die größte Lüge aller Zeiten. Ich gehe, diram dadim. Einen Funken Stolz besitze ich noch, nicht viel davon ist übrig geblieben, aber genug, genug, um zu gehen, dich zu verlassen. Wie schön du bist. Und noch ein Schritt und noch einer, und schon bin ich … Wie schön du bist. Aber alles Lüge und alles eine einzige Komödie. Hast du manchmal über mich gelacht, mich ausgelacht? Hast du? Gedacht, wie dumm ich bin, wie ahnungslos? Hast du mich angeschaut und den Kopf geschüttelt und es nicht fassen können, wie dumm ich bin?

Noch ein Schritt. Nur noch wenige Schritte, Giorgia, und ich bin weg. Ich werde nicht hier sein, wenn du aufwachst, denn das wirst du, ich weiß es, ich kenne dich. Jetzt kenne ich dich. Durch dein Lügen kenne ich dich. Wenn du singst, ich weiß, wie du aussiehst, wenn du singst, das ist keine Lüge. Wie du mich küsst, das war auch keine Lüge, dein Mund. Keine Lüge. Ich gehe. Ich will nicht mehr. Ich will ein richtiges Leben. Noch ein Schritt, und ich bin … Wie schön du bist. Sing, Giorgia, sing. Wie kalt du bist. Noch ein Schritt und … Wie weich deine Haut ist, deine Lippen, weich und trocken. Lass mich sie wärmen, Giorgia, ist es besser so? Schon besser? Ich werde dich … Ich verlasse dich. Ich … Wie schön du bist. Du bist so mein. Du passt perfekt in meine Arme, weißt du das? Spürst du es? Ich werde jetzt … Ich kann es. Ich habe mich entschlossen. Du kannst mich nicht … Wie sanft, deine Finger. Ich gehe. Wie schön es ist, bei dir, an deiner Seite, an deinem Körper. Lass mich ihn wärmen. Jetzt ist es so weit. Jetzt gehe ich. Spürst du, wie ich dich … Nur noch ein wenig. Das macht doch nichts. Es ist egal, ich werde dich … Es ist entschieden. Aber ein wenig noch, nur eine Minute noch, wie schön du bist, gleich gehe ich, wie ich das vermisst habe in diesen Tagen, nur noch einen Augenblick, gleich bin ich weg. Spürst du mich? Nur noch … So, jetzt! Dein Mund, so mein. Ich liebe … Nein. Ich gehe. Ich liebe dich nicht … Ich … Giorgia … Ich … Wie? Nur noch eine Weile, ganz kurz noch. Dein Körper, so mein. Ich … Was machst du mit mir? Was machst du nur mit mir? Das war schon alles. Ich … kann nicht. Ich kann nicht. Giorgia. Ich liebe dich. Verzeih mir. Wie wahr es ist. Bei dir. Du und ich, Giorgia, du und ich, so warm, so weich, so sicher, so geborgen, so, so müde, so …

Piano & Saxofon

I Want To Talk About You

»Warum weinst du?«

Konrad setzte sich zu Césco auf die Bank am Ende des Flurs, durch das Fenster konnten sie die nackten, farblosen Bäume sehen.

»Es ist nichts.«

Césco wusste, dass er nicht glaubwürdig klang, aber Konrad beließ es dabei, schaute aus dem Fenster. Grau in grau. Oder: Grau ist grau ist grau. Oder: Das Leben stinkt. Oder …

»Giorgia schläft noch, und Ben ist eingeschlafen. Endlich, würde ich sagen.«

»Armer Junge, was er alles durchgemacht hat.«

»Ja, stimmt.« Konrad fing an, das Grau zu mögen: Es war anspruchslos und selbstgenügsam, es war da und bot alle Wege an, selbstlos und unbefangen. »Ich finde es interessant, dass wir beide ihn offensichtlich als einen Jungen erleben, wobei er schon achtunddreißig ist.«

»Achtunddreißig?! Nicht doch! Ich dachte …«

»Ja, ich auch. Er behauptet, die Musik und sein Vokabular halten ihn so jung.«

Césco lachte.

»Dann eher das Vokabular, denn bei mir hat die Musik keine solchen Wunder bewirkt.«

»Vielleicht, vielleicht auch nicht. Hast du nicht gesagt, dass du in den letzten Jahren, seit dem Ende mit Giorgia, nicht mehr gespielt hast? Habe ich das richtig verstanden?«

»Ja, da hast du recht. Also, wer weiß, wenn ich jetzt wieder anfange und mein Saxofon erneut schwinge, werden die Jahre und die Falten und die Altersflecken einfach so verschwinden, mir nichts, dir nichts.«

»Und die Haare werden wachsen.«

»Das eher nicht, glaube ich, die haben sich schon vor langer Zeit verabschiedet.«

»Giorgia liebt dichtes, dickes Haar.«

»Danke sehr.«

»Entschuldige, war nicht so gemeint.« Konrad dachte kurz nach. »Oder doch. Es gibt noch so vieles, was wehtut.« Er widmete sich wieder dem Grau. »Aber eigentlich habe ich an Ben gedacht, er hat solche Haare. Ich kann mir vorstellen ...«

»Ich will mir nichts vorstellen. Gar nichts.«

So stellte sich jeder etwas vor, etwas anderes womöglich – aber dennoch.

»Glaubst du, sie wird mir verzeihen? Mich wieder lieben? Mich heiraten?«

»Césco«, sagte Konrad leise und streng und mit einem Zweifel in der Stimme. »Wirklich?«

»Entschuldige, ich weiß, es ist nicht. Ich sollte das wahrscheinlich nicht dich fragen, aber wen sonst? Du und Ben, nur ihr kennt sie so wie ich, anders vielleicht, aber du weißt ... was ich meine.« Césco weinte wieder. »Ich kann nicht ohne sie leben.«

Konrad sah ihn kurz an, dann aus dem Fenster, dann legte er einen Arm um Céscos Schulter.

»Ich weiß, was du meinst. Aber sieh mal. Du hast es dein Leben lang ohne sie geschafft, ich schaffe es seit acht Jahren.

Es geht. Man stirbt nicht so einfach. Meistens.« Konrad unterbrach sich schlagartig. »Und dann manchmal doch, in einem Wimpernschlag.« Seine Stimme kaum vernehmbar.

»Mensch, Konrad.«

Konrad nickte zustimmend. Er entfernte den Arm von Céscos Schulter, starrte zu Boden.

»Als sie geboren wurde, was für ein Gefühl. Ich dachte, das ist es jetzt. Jetzt wird alles gut. Sie war perfekt. Giorgia war auch perfekt. Mein Leben war mit einem Male perfekt.«

Konrad verstummte, als wäre dies das Ende der Geschichte.

»Und dann? Was ist dann passiert?«

Konrad zuckte mit den Achseln.

»Ich weiß nicht. Ich glaube, ich habe Angst bekommen, Panik hat mich in ihren vernichtenden Strudel hineingezogen.«

»Warum Angst?«

»Angst vor dem vollkommenen Leben. Angst vorm Glücklichsein, davor, dass ich tatsächlich glücklich sein konnte. Dass sich alles, alles, was ich mir je gewünscht habe, verwirklicht. Und dass es mich enttäuscht. Oder mich umbringt. Die ganz normale Angst halt.«

Konrad versuchte zu lächeln, die Tragik herunterzuspielen, aber Césco ließ es nicht zu.

»Mensch, Konrad, ich habe das Gefühl, ich würde dich kennen, besser als mich selbst vielleicht.«

Konrad sah ihn fragend an.

»Giorgia. Giorgia hat mir davon erzählt.«

»Nein, hat sie nicht. Das will ich nicht glauben.«

»Anfangs, bevor sie jene Zauberworte ausgesprochen hat, da hat sie sich manchmal beschwert, wenn sie traurig oder enttäuscht oder wütend auf dich war. Wenn du wieder mal dies oder jenes nicht gemacht hast.« Césco schielte zu Konrad hinüber, der unentwegt den Kopf schüttelte. »Und dann später. Da war ich derjenige, der nicht verstehen konnte, was sie noch bei dir will, also verteidigte sie dich. Hat für alles eine Erklärung gefunden, die Mutter, der Vater, die beruflichen Neider. Hat alle deine Schokoladenseiten aufgezählt – nicht dass es viele davon gab, aber es war ihr wichtig, sie hat es nicht zugelassen. Dass ich etwas gegen dich sage.« Césco seufzte laut, in dem Versuch, Erleichterung zu finden. »Sie hat dich geliebt, Konrad. Sie hat dich sehr geliebt.«

»Ja.«

»Sie wollte eigentlich nie etwas anderes als dich und Sarah, eure kleine Familie. Vielleicht noch ein Kind, aber …«

»Ich weiß.«

Sie schwiegen, dachten nach, was alles schiefgelaufen war.

»Ich habe ihr das alles geben können. Alles. Ich wollte es so.«

»Césco, hör auf zu weinen. Ich kann das nicht.«

»Entschuldige. Ich bin so müde, so erschöpft, und ich habe Angst.« Césco wischte sich über die Augen, die Wangen. »Du nicht?«

»Ich sterbe vor Angst.«

Césco legte die Hand auf Konrads Knie. Sie sahen sich an, zu lächeln wäre völlig fehl am Platz gewesen, also wurde nicht gelächelt.

»Als Sarah geboren wurde, hatte ich keine Angst, in dem Moment hatte ich keine Angst. Ich war glücklich. Sie war vollkommen, sie hatte blonde Haare, die sind alle in die Höhe gestanden, wie ein kleiner blonder Igel hat sie ausgesehen. Sie war gesund, sie war immer gesund. Sie war perfekt.« Konrads Stimme fing an zu zittern. »Oh, Césco.«

»Ich weiß.«

»Ich habe sie im Stich gelassen. Jeden geliebten Menschen habe ich im Stich gelassen.«

»Ich weiß.«

Konrad sah ihn rasch an.

»Ich aber auch. Weißt du. Ich auch«, beeilte Césco sich hinzuzufügen.

»Als wir sie nach Hause gebracht haben, da hatte ich sie im Arm, ich hatte keine Angst, obwohl sie so winzig war. Sie passte genau auf meinen Arm. Ich bin mit ihr durch die Wohnung spazieren gegangen. In einer Hand sie, in der anderen eine Flasche Bier. Giorgia lachte. Sie ist hinter uns hergelaufen und hat gelacht.« Konrads Blick verschleierte sich leicht. »Könnte man im Leben nur eine zweite Chance bekommen. Eine hundertste.«

»Ich glaube daran. Ich glaube entschieden daran.« Césco stand plötzlich auf. »Es muss so sein. Es muss … sie geben. Es muss.«

Césco weinte laut, Konrad eher für sich selbst. Es lag etwas in der Luft der Intensivstation. In dieser Stadt. Am Fluss. In diesem kalten, grauen Wintermorgen, obwohl es offiziell noch Herbst war.

»Was für ein Anblick, ihr beiden.«

Die Band

Smoke Gets In Your Eyes

»Wieso bist du schon wach?«

»Ihr wart nicht da. Keiner von euch. Ihr habt mich allein gelassen.« Aber Ben schmunzelte dabei, als wäre das das Beste, was ihm je passieren konnte. Die Entscheidung, ihnen nichts von seinem Nickerchen in Giorgias Bett, neben Giorgia, von dem Kuss, von der Umarmung zu sagen, war schon längst gefallen. Er wollte auch Geheimnisse haben.

»Sei kein Baby«, sagte Césco. Aber Konrad musterte ihn argwöhnisch.

»Und warum heult ihr? Ist was mit Giorgia?«

»Nein. Nicht dass wir wüssten.«

»Also, was dann?« Bens Blick trug einen Schleier.

Konrad und Césco sahen sich flüchtig an.

»Es ist nichts. Wir haben uns ein wenig erinnert.«

»Ja, wie es war und wie es hätte sein können.«

»Und wie es sein könnte.«

Ben schaute von einem zum anderen.

»Ihr spinnt.«

»Was regst du dich auf? Ist doch in Ordnung.«

»Ja, warum sollten wir uns nicht erinnern oder Pläne schmieden?«

»Weil, Prez, dein Plan sicher nicht beinhaltet, dass Giorgia mit mir in den Sonnenuntergang reitet, oder?«

Césco sah Ben verwundert an, aber nicht nur wegen der Worte an sich – wie er das sagte, nicht nur der Blick, war seltsam. Seltsam, aber entschlossen. Alles merkwürdig.

»Natürlich nicht.« Césco sprach vorsichtig, ließ Ben nicht aus den Augen. »Sie wird aufwachen und mir verzeihen und … mit mir dann das Leben führen, das sie immer haben wollte. Mit mir.«

Ben hob die Faust, eher zum Himmel als in Céscos Richtung – Césco beugte sich trotzdem vorsichtshalber nach hinten, berührte mit dem Rücken die Fensterscheibe.

»Ben, irgendetwas ist mit dir! Irgendetwas ist anders«, sagte Konrad leise, aber mit Nachdruck.

Ben senkte den Kopf. »Ich weiß nicht, was du meinst.«

»Du fluchst nicht mehr. Zum Beispiel.«

»Ja, jetzt, wo du es sagst. Habe ich auch bemerkt.«

»Uns kannst du es doch sagen.«

Für einen kurzen Augenblick sah es tatsächlich so aus, als würde Ben etwas sagen wollen, seine Lippen bewegten sich schon. Aber dann doch: nichts. Nur ein Kopfschütteln.

»Es ist nichts. Verdammt noch mal.«

»Das war nicht glaubwürdig.«

»Genau, es kam nicht von Herzen«, meinte Césco und rutschte auf der Bank, kam Ben näher.

»Soll ich dir dann doch noch eine verpassen? Bist du dann zufrieden?« Ben erhob angestrengt die Stimme.

»Alles klar, wie du meinst, dann ist eben nichts.«

»Wir machen uns nur Sorgen. Du musst jetzt kein Theater machen.«

Erst herrschte Stille, und alles schien in Ordnung zu sein.

»Ach ja, der Herr Professor, immer alles unter Kontrolle«, sagte Ben dann doch, plötzlich gereizt.

Konrad sah Césco an, beide prusteten los.

»Was?«

»Nichts, Trommeljunge, nichts.«

»Du hast keine Ahnung.«

»Aber ihr.«

»Was das betrifft, eindeutig ja.« Césco setzte sich wieder. »Denn im Unterschied zu dir … hat Giorgia mir alles erzählt, Trost und Mitgefühl bei mir gesucht und bekommen, sie hat mir vertraut, im Unterschied zu …«

Bens Faust traf Césco unter dem linken Ohr, wenn auch sanft und ohne Überzeugung. Césco kippte um und breitete sich auf der Bank aus. Konrad und Ben beobachteten ihn neugierig, überrascht sogar.

»Was soll das! Ich habe dich kaum berührt, ich habe … hast du's gesehen, Professor, ich habe ihn kaum berührt!«

Konrad beugte sich über Césco, der plötzlich die Augen aufmachte und dadurch den Tränen freie Bahn ließ. Konrad half ihm, sich aufzurichten.

»Hat es wehgetan? Wirklich? Er hat dich kaum … Er hat doch gar keine Kraft, sieh mal?« Und Konrad schubste Ben leicht von der Seite, Ben fiel fast um. »Siehst du? Er ist blass wie eine weiße Wand. Da wo er nicht blau und grün und gelb und lila ist. Natürlich.«

Ben nickte eifrig. Alle sahen einander besorgt an. Zu viel war zu viel. Zu viele Baustellen. Schon das Wachsein, das Wachbleiben. Die Kontrolle über den eigenen Körper. Alles eine Herausforderung. Und darüber, über diesem alles verschluckenden Grau – Giorgias Abwesenheit.

»Césco, du musst aufhören zu weinen. Sonst …« Konrad sah Césco streng an. »Sonst wird das hier nichts.«

»Ich kann nicht aufhören, daran zu denken, wie …« Wieder weinte Césco.

Ben sah hilfesuchend Konrad an. Konrad hob machtlos die Schulter, war aber gerührt, dass jemand eine Lösung von ihm erwartete – in emotionalen Angelegenheiten. Vielleicht war noch alles möglich. Eben wollte er etwas sagen, da sprach schon Ben – abwarten war nicht sein Ding, Lösungen zu finden schon eher.

»Sonst werden wir alle nur noch heulen, Prez, reiß dich zusammen, denk an was anderes, an etwas Positives, erzähl uns wieder eine Geschichte, ja genau. Eine Geschichte wäre jetzt genau das Richtige. Oder, Professor?«

Konrad schüttelte den Kopf, gab Ben ein Zeichen mit den Augen. Ben verstand die Botschaft nicht, setzte sich zu Césco, teilweise wegen Césco, teilweise wegen des eigenen Schwindelgefühls.

»Ich weiß, was wir machen! Wir erzählen uns alle, wie wir Giorgia zum ersten Mal begegnet sind. Was meint ihr?«

Césco starrte vor sich hin, als würde er überlegen, als würde er abwägen, ob das Weinen vorbei war oder nicht, ob seine erste Begegnung ein Grund zum Glücklich- oder Traurigsein war. Konrad lächelte schwach.

»Ich sehe, Professor, dir gefällt mein Vorschlag. So ist es immer, Leute lieben meine Einsätze. Ich bin gut, ich bin der Beste! Deswegen bin ich der Leader.«

»Jaja, klar doch. Immer nur ich, ich, ich, Mensch. Das nimmt kein Ende.«

»Soll ich lieber heulen, so wie der hier, soll ich? Wäre dir das lieber, zwei verdammte Heulsusen. Na, was sagst du? Soll ich auch jammern und …«

»Du könntest einfach die Klappe halten, einfach nichts sagen. Das könntest du.«

Ben lächelte liebevoll, und Konrad dachte, Ben wäre wieder Ben, und er hätte sich lediglich eingebildet, etwas wäre mit Ben passiert, Ben wäre abwesend. Konrad atmete erleichtert aus, er mochte keine Veränderungen.

»Ich sehe, du magst mich, Professor. Du musst es nicht sagen, ich seh es.« Ben zwinkerte Konrad zu, und Konrad musste lächeln.

»Weißt du, Ben, einen Augenblick habe ich gedacht, du hättest uns verlassen.« Konrad flüsterte. »Ich hatte das Gefühl, du hast dich gegen das Warten entschieden.« Erst jetzt sah Konrad Ben direkt in die Augen. Ben lächelte, und kein weiteres Wort war nötig. Konrad nickte, und alles war vergessen, vergeben und vergessen.

»Also, los geht's. Wer fängt an? Am besten du, Professor, du bist der Älteste, und du hast sie als Erster getroffen.« Ben dachte kurz nach. »Eigentlich schade, du hast sie für uns alle verdorben, alles vermasselt. Ohne dich wäre sie nicht zu so einem Wrack geworden, das ich bergen musste, ich habe es gerne getan, versteht mich nicht falsch, Jungs, aber eine ganze, gesunde Giorgia wäre mir noch lieber gewesen.«

»Da hat unser Trommeljunge recht.« Césco schnäuzte sich leise.

»Das ist so ein Mist, was ihr beide da erzählt. Wenn ich sie nicht getroffen hätte, wenn wir nicht zusammen gewesen wären, hätte sie euch nie getroffen, sie hätte euch nicht gebraucht – wäre sie so glücklich gewesen, wie sie hätte sein sollen, wie sie es verdient hat. So. Alles klar jetzt?«

Césco und Ben berührten sich gegenseitig kurz mit den Knien, verschwörerisch, so als wüssten sie es besser.

»Aber klar doch. Fang jetzt endlich an!«

Konrad machte schon den Mund auf.

»Aber keine Schwindeleien, wir werden alles überprüfen, wenn Giorgia wieder da ist. Verstanden, Professor? Das ist keine deiner Vorlesungen, wo du erzählen kannst, was du willst, wir sind nicht so blöd wie deine Studenten, wir sind Männer von Welt, oder, Prez?«

»Klar. Wir sind Weltmusiker.«

»Ja. Wir sind Jazzweltmusiker.«

»Genau!«

Ben und Césco hatten offensichtlich viel Spaß. Konrad beobachtete sie, als wären sie zwei kleine ungezogene Kinder, die zwar im Augenblick das Spiel bestimmten, aber am Ende doch den Eltern würden gehorchen müssen.

»Seid ihr fertig?«

Césco und Ben sahen sich vergnügt an und nickten sich zu.

»Ja«, kam es zweistimmig. Ben klatschte in die Hände. »Ist doch genial, Prez, wir haben schon wieder geswingt, Mann!«

»Um Gottes willen. Hör auf damit, wir wissen alle, dass du ein Musiker bist, du brauchst dieses …« Konrad wedelte mit dem Arm, auf der Suche. Dann ließ er ihn fallen. »Also, wollen wir jetzt oder nicht?«

»Siehst du, wie neidisch der Herr Professor ist? Soll er ruhig sein, wir sind das Dreamteam, Prez, es ist entschieden, du kommst zur Band.«

Konrad verdrehte die Augen.

»Komm, lass uns jetzt erzählen. Komm, Konrad, du fängst an.« Césco wollte alles ein wenig herunterfahren, vor allem Bens momentane Begeisterung, denn sollte Giorgia ihm verzeihen, was er sich erhoffte, dann würde alles anders.

»Ja, los geht's.«

Konrad sah sie an wie ein erfahrener Redner, fing ihre Blicke ein, band sie an sich.

»Am Anfang waren meine Schuhe.«

»Willst du uns verarschen, Mann?«

»Lass ihn doch erzählen, es ist seine Story.«

Ben rollte mit den Augen.

»Also. Alles fängt an mit meinen Schuhen. Sie hat sie gesehen und wollte mich haben. Ende der Geschichte.«

Césco und Ben waren zunächst so überrascht, dass sie nicht einmal protestieren konnten. Aber dann. Eine Krankenschwester erschien auf dem Flur und hob den Finger. Die drei Männer nickten schuldbewusst.

»Das geht nicht. Du musst doch alles erzählen.«

»Genau, die ganze Geschichte.«

Konrad lächelte überlegen.

»Also. Alles fängt an mit meinen Schuhen.«

»Ach, Mann, das haben wir jetzt schon tausendmal gehört, erzähl weiter, Professor.« Und zu Césco sagte Ben: »Man sieht sofort, dass er kein Jazzmusiker ist, kein Gefühl für die Melodie, hat nie Jazz gehört. Klarer Fall.«

»Also. Ich bin eingeladen, in Venedig einen Vortrag zu halten, ich sage zu, ich war noch nie in der Lagunenstadt ...« Césco verdrehte die Augen. »... also habe ich mir gesagt: warum nicht? Ich habe das teuerste Hotel für mich buchen lassen, oder eines der teuersten, ich bin am Tag vor der Veranstaltung angekommen, ich bin herumgelaufen – und ich muss sagen, Césco, ihr habt da eine schöne Stadt, das muss man schon zugeben.«

»Was war das für ein Vortrag?«

»Ich erinnere mich nicht mehr. Giorgia würde es wissen, sie erinnert sich an alles. Das ist unglaublich.« Alle nickten zustimmend. »Diese Geschichte, ich weiß selbst nicht, ob ich mich tatsächlich daran erinnere, oder ob ich sie von ihr so oft erzählt bekommen habe, dass ich lediglich denke, ich würde mich erinnern.«

»Und da geht er wieder, der Professor philosophiert und denkt noch, er wird dafür bezahlt.«

»Nein, ich meine nur ... ich will lediglich aufrichtig sein, das ist alles.«

»Ja, erzähl weiter.«

»Venedig war also wunderschön.«

»Warst du auch in Cannaregio? Da wohne ich.« Césco dachte kurz nach. »Da habe ich gewohnt.«

»Nein, ich weiß nicht. Das war vor so langer Zeit.«

»Ist doch egal, wo er war. Erzähl weiter, sonst werden wir nie fertig, Professor.«

»Als hätten wir es eilig«, murmelte Césco.

»Ich habe dich gehört, Prez, so leise kannst du nicht spielen, dass ich dich nicht höre, verstanden?«

»Also, ich habe langsam keine Lust mehr. Ständig werde ich unterbrochen.«

»Lass den Trommeljungen, erzähl weiter.« Césco hob die Hand, als Ben protestieren wollte. »Ruhe.«

»Und dann war der Vortrag dran, ich kann mich, wie gesagt, nicht mehr genau erinnern, aber es ging um Musik, zwar nicht um Jazzmusik, aber um Musik und das Leben. Nach dem Vortrag ist sie zu mir gekommen, hat sich vorgestellt, hat alle zum Schweigen gebracht und mich zur Seite gezogen, sie müsse mich etwas Wichtiges fragen. Wir sind etwas trinken gegangen. Daran erinnere ich mich sehr gut. Es gab auf dem Empfang kein Bier, und wir sind weggegangen, sie hat mich in eine Bar geführt.«

»Welche? Wo?«

»Ich weiß es nicht mehr. Es war dunkel, und alle Straßen waren eng und verwinkelt, und für mich hat alles gleich ausgesehen. Aber sie hat mich sicher dorthingebracht, sie war da zu Hause.«

»Es gibt ein Buch, *Venedig ist ein Fisch* von Tiziano Scarpa, es ist wunderschön, es …«

»Wen juckt das, Prez, das spielt doch hier keine Rolle.« Das sagte Ben, dachte aber, dass er alles über Venedig erfahren wollte, musste, einfach alles.

Césco machte eine entschuldigende Bewegung und legte den Zeigefinger auf den Mund.

»Wir redeten und tranken und redeten, und ich mochte sie, aber das war es schon. Sie hat mich zu meinem Hotel begleitet …«

»Das wollen wir nicht hören!«

»… mir einen Kuss auf die Wange gegeben, nach meiner Adresse gefragt, und das war es.«

»Warum wollte sie deine Adresse?«

»Sie wollte mir schreiben. Sie hat gemeint, sie könne sich nicht vorstellen, keinen Kontakt mit mir zu haben, mich nie wiederzusehen. So etwas.«

»Und du hast sie nicht auf dein Zimmer eingeladen, auf ein Gläschen noch? Wirklich nicht, Professor?«

»Ich weiß nicht mehr. Ich glaube, ich hatte das Gefühl, sie hätte Nein gesagt. Ich weiß nicht.«

Césco nickte eifrig, als würde er Konrads Meinung teilen. Oder er war einfach glücklich, dass Giorgia nicht gleich mit Konrad ins Bett gegangen war. Nicht in Venedig.

»Aber das mit dem Schreiben und den Briefen, das verstehe ich nicht.«

Ben lehnte sich ein wenig zurück und stöhnte dabei, sein Körper, ein einziger blauer Fleck, entdeckte immer wieder neue Verletzungen. Und dann kamen auch diese neuen Gefühle dazu, etwas Unklares streifte durch seine Gedanken, er verstand es nicht, war aber seltsamerweise nicht verunsichert und tat sein Bestes, alles weiterhin so zu machen wie vorher. Doch es kostete ihn so viel Kraft. Konrad hatte recht. Césco hatte recht. Etwas war mit ihm. Er wehrte sich dagegen. Vielleicht war Entschlossenheit das Glück. Klarheit und Entschlossenheit.

»Klar verstehst du das nicht, das ist romantisch, das kann ich mir bei Giorgia sehr gut vorstellen. Eine echte Billie.«

»Du enttäuschst mich, Prez. Ich bin Jazzmusiker, ich bin der romantischste Mensch der Welt, ich spiele die romantischsten Lieder der Welt, ich komponiere sie, Prez. Sag mir nicht, ich wüsste nicht, was romantisch ist.« Ein tiefes Stöhnen. »Und sag du mir nichts über Billie, ich kenne Billie, diese und jene.«

Ben stöhnte wieder, diesmal noch lauter. Konrad und Césco sahen sich besorgt an.

»Wie wäre es, wenn wir in Giorgias Zimmer gehen und du dich wieder hinlegst und wir da weitererzählen? Was sagst du? Das ist doch ein Vorschlag?«

Ben sah Konrad an, als hätte er Schwierigkeiten, die ausgesprochenen Worte zu verstehen. Er konnte nur daran denken, wie er neben Giorgia gelegen und geschlafen hatte. Schlechtes Gewissen, Geheimnisse und Angriff liegen immer eng beieinander.

»Wie du das sagst, Professor! Giorgias Zimmer. Als wären wir in einem deiner Luxushotels, und sie hätte ein Zimmer dort. Oder als würdest du von ihrem Arbeitszimmer sprechen. Merkwürdig.«

»Aber es ist ihr Zimmer.« Konrad blickte aus dem Fenster, das tröstliche Grau in Grau. »Und ich bin froh, dass sie noch ein Zimmer hat, unter diesen Umständen.« Dabei sah er Ben direkt und offen an. »Verstehst du?«

Konrad wartete nicht auf Bens Antwort. Er ging los Richtung Giorgias Zimmer, ohne sich umzudrehen, ohne sich zu vergewissern, dass die anderen zwei ihm folgten.

»Hey, Professor, halt! Aber was war das mit den Schuhen, das checke ich nicht.« Ben wandte sich an Césco. »Hast du das verstanden? Was haben denn die verdammten Schuhe damit zu tun?«

»Schön, dass du wieder ›verdammt‹ sagst.«

Vocals

I've Been Loving You Too Long

… die Liebe die Liebe die nie vergeht nicht wirklich die immer bleibt irgendwie irgendwo in mir für ihn der nicht zu lieben wusste die Liebe die ein ganzes Leben ist ein ganzes Leben erfüllt von so einer Liebe erzähle ich die Liebe die keine Erklärung hat keine Erklärung braucht die ein Geschenk ist *Mami* ein Geschenk bringt mitbringt ein Geschenk mit blonden Locken einem Engelslächeln *Mami* Engelslächeln so ein Geschenk so eine Liebe für die Ewigkeit gedacht für die Ewigkeit und dann ist es aus dann ist das Leben vorbei das Leben ist vorbei unterbrochen ist das Leben und es gibt nichts mehr es ist vorbei und der Mann steht da und sieht dich nicht diese Liebe die ist blind die ist blind geworden der Mann steht da und sieht dich nicht schreitet über dich hinweg du liegst auf dem Boden und stirbst vor so viel Schuld vor so viel Schmerz ohne zu sterben du stirbst und er macht einen Schritt über dich hinweg so ist diese Liebe so endet die Liebe und endet doch nie nie kann sie völlig aus dir herausgerissen werden der Tod *Mami* der Tod ist mächtig ist der Tod und die Liebe die sich tot stellt die sich tot stellen muss wenn sie überleben will so ist die Liebe klug schlau sie stellt sich tot und du gehst du gehst und bist tot und stirbst nicht niemand stirbt niemals *Mami* und alles ist zu alt zu alt ist die Liebe das denkst du all die Jahre das denkst du jetzt ist es genug jetzt ist es genug jetzt gehe ich jetzt kann ich nicht mehr jetzt bist du ein Loch ein Loch bist du aber ist ein Loch voller Schmerz immer noch ein Loch das denkst du aber du du weißt nichts du weißt nicht dass du nichts weißt du denkst es reicht jetzt und ein Loch ist immer ein Loch ob voll oder leer und jetzt reicht es tatsächlich und dann auch nicht denn die Liebe ja die Liebe *Mami* die Liebe hält alles in sich hat keine Grenzen nichts kann sie einengen nichts kann sie verhindern die Liebe hat keine nein keine Grenzen hat die Liebe ich bin die Liebe und wenn ich auf dem Boden vor der Tür liege vor seiner Tür liege bin ich die Liebe und wenn ich tot auf dem Boden liege und er über mich hinwegschreitet bin ich die Liebe und das Leben und das volle Loch und das Leben und der Schmerz und das Leben das vergangen ist das verschwunden ist ewig ist die Liebe in mir und nichts stirbt niemand stirbt ich liege auf dem Boden und sterbe nicht und dann bin ich weg auf Nimmerwiedersehen und bin gegangen bin verschwunden da liege ich und bin nicht tot und bin ausgezogen aus dem Leben ausgezogen aus dem Totenreich verabschiedet und er sagt du hast sie umgebracht er sagt ich habe sie umgebracht also verschwinde ich noch schneller ich habe sie umgebracht und da helfen keine Tränen und keine Erklärungen und keine Rechtfertigungen da helfen keine Tränen du hast sie umgebracht das schießt durch dich hindurch das erschießt dich du bist tot immer bist du tot ohne zu sterben *Mami* du hast sie umgebracht ich höre es ich habe es gehört du hast sie umgebracht das sagt er er sagt das und ich höre es und ich habe sie umgebracht was wahr ist ist wahr da helfen keine Nächte voller Umarmungen und Tränen denn da hilft nichts und was ich höre kann ich nicht hören *Mami* hörst du du hast sie umgebracht hat er gesagt und ich schweige ich schweige ich habe sie geliebt und umgebracht aber zuerst habe ich sie geboren zuerst habe ich sie geliebt dann habe ich sie geboren und dann habe ich sie umgebracht so geht das so ist die Liebe die stirbt nie die kann sich verstecken sie ist gut im Verstecken sie versteckt sich aber sterben kann sie nicht die Liebe liegt auf dem Boden aber tot ist sie nicht *Mami* das Leben verschwindet aber stirbt nicht ich kann nicht mehr wenn ich nicht mehr kann dann kann ich nicht mehr und dann muss ich los nach dem Leben suchen das Leben finden das Leben einatmen die Liebe neu entdecken und wenn die Liebe die alte und die neue ist wenn die Liebe keine Zeit und kein Alter kennt und ewig lebt sie legt sich nur auf den Boden das macht sie manchmal die Liebe legt sich auf den Boden und sie wird mit einem Schritt überwältigt so geht das so kann das gehen du hast sie umgebracht *Mami* und dann ist alles vorbei vorbei und vergessen und vorbei und versteckt gut versteckt so gut versteckt dass niemand sie finden kann die Liebe sie ist tot sagt man sie ist tot wer es glaubt leidet wer leidet geht steigt in den Wagen und fährt weg fährt los wer leidet rettet sich verschwindet und ich stelle mir vor in einigen Jahren in hundert Jahren Millionen Jahren wird es mir gut gehen wieder gut gehen das stelle ich mir vor wie ich dann an die Zeit zurückdenke in hundert Millionen Jahren ich werde über meinen Schmerz lächeln liebevoll lächeln über mein Gefühl ich muss sterben so ein Gefühl so ein Leid ein unerträgliches Leid dann in Millionen Millionen Jahren aber jetzt jetzt ist die Zeit des Sterbens du hast sie umgebracht sagt er und hält den Wagen an und der Wagen hält an du kannst nichts machen der Wagen hält an und die Tür geht auf und du steigst aus und noch immer denkst du du denkst es geht es könnte noch gehen es ist noch machbar es ist noch lebbar und liebbar und du denkst und während du denkst wird geschossen die Worte fliegen schneller als Kugeln schneller und tödlicher es wird geschossen und du wirst getroffen die Worte durchbohren dich und du lächelst du denkst es ist noch machbar und dann kommt der Schuss du hast sie umgebracht und du bist weg und alles ist vorbei du denkst es ist vorbei und so ist das und du hörst es *Mami* hörst du das du hörst es du kannst es nicht hören und du hörst es doch so ist das Leben und jetzt musst du es verstehen und entscheiden Mami jetzt müssen Entscheidungen getroffen werden du hast sie umgebracht ich liebe dich nicht ich habe dich nie geliebt ich liebe dich dazwischen muss man sich entscheiden *Mami* jetzt muss man sich entscheiden jetzt …

Die Band

Love Letters

»Konrad, sei nicht so. Wir wollen alle das Gleiche.«

Césco legte vorsichtig eine Hand auf Konrads Schulter. Sie standen wieder zusammen um Giorgias Bett herum. Ben schwieg, sah sich verlegen um. Dann legte er sich auf das andere Bett, schloss die Augen. Die Müdigkeit überfiel ihn in Wellen, grenzte an Ohnmacht. Giorgia sah ständig von einem zum anderen, als könnte sie nicht genug von ihnen bekommen. Dann blieb sie bei Ben, einen Augenblick nur, aber voller Dankbarkeit, und plötzlich war ihr warm ums Herz, als wären Entscheidungen getroffen worden. Ben, rief sie.

»Sie sieht so … ich weiß nicht. Was denkst du?«

Was immer Césco dachte, er sagte nichts. Er zuckte mit den Achseln. Dann sah er Ben an.

»Er schläft«, flüsterte er.

»Nein, Prez, er schläft nicht, er wartet, dass deine Geschichte losgeht, du bist dran.«

Césco schielte zu Konrad hinüber. Aber Konrad hatte Augen nur für Giorgias schlafende, abwesende und doch so vertraute Gesichtszüge. Konrad, flüsterte Giorgia.

»Ich habe sie euch schon erzählt, ihr kennt schon alles.«

»Nein, jetzt alles auf einmal und richtig, du darfst nicht schummeln und nichts verschweigen, wir können das schon ertragen, oder, Professor?« Außer Bens Lippen bewegte sich nichts an ihm.

»Klar, kann ich machen, aber. Ich will euch nicht langweilen, das ist alles.«

»Jetzt fang schon an!«

»Na gut.«

Wer aber dann sprach, war Konrad.

»Die beiden sehen so ähnlich aus. So, als wäre Ben auch im Koma oder als würde Giorgia sich auch nur ausruhen.« Er sprach immer leiser, als hätte er die anderen vergessen. »Das ist unheimlich. Und erfreulich zugleich.«

Césco machte ein paar Schritte in die Mitte des Raumes, sodass er jetzt zwischen den beiden Betten stand, und ließ seinen Blick zwischen den beiden Liegenden hin und her wandern. Bis Ben die Augen öffnete und sich halb aufrichtete.

»Ich will es auch sehen.«

Giorgia lachte, voller Zärtlichkeit. Vielleicht war es noch nicht zu spät, vielleicht konnte sie es noch gutmachen, für alle – wenn sie es wollte. Wollte sie es? Was wollte sie?

»Du bist so dumm.«

»Ich bin nicht dumm, mach ein Foto. Verdammt.«

Konrad und Césco sahen sich an. Ben reichte Césco, der näher bei ihm stand, sein Handy.

»›Verdammt‹ ist schon mal gut, du bist eindeutig auf dem Weg der Besserung, mein Junge.« Konrad hielt den Daumen hoch. Ben winkte ab.

»Hier, mach ein Foto, Prez. Ist einfach, nur das Kamerazeichen hier berühren, antippen, ganz leicht, klar?«

Césco nahm das Handy entgegen und sah Konrad von der Seite an. Konrad rührte sich nicht. Ben legte sich wieder hin, schloss die Augen. Césco ging einige Schritte zurück, um beide aufs Bild zu bekommen. Das Handy gab sausende Geräusche von sich, Ben sah Césco an, schüttelte den Kopf.

»Jetzt hast du den Finger draufgelassen und Tausende von Bildern gemacht. Was stimmt nicht mit dir, Prez? Kannst nicht mal ein Foto machen. Gib her, lass sehen.« Ben fummelte an seinem Handy herum. »Hier. Wie gesagt, tausend Bilder. Aber gut gelungen, Mann. Der Professor hat recht, Wahnsinn.« Er setzte sich auf. »Vielleicht schläft sie tatsächlich. Vielleicht schläft sie nur.«

»Ich habe schon immer gesagt, sie kann uns hören.«

»Prez, du bist ein Genie! Und jetzt kannst du auch mit einem Handy Fotos schießen, wer hätte das gedacht. Willkommen im einundzwanzigsten Jahrhundert.«

»Ihr spinnt beide.«

»Oh, der Herr Professor weiß es besser, natürlich.«

»Ich weiß nur, dass man das nicht sagen kann, man weiß es nicht.«

»Man, man, welches ›man‹, verdammt? Wir wissen es, wer soll es besser wissen als wir, wer kennt sie besser als wir? Das ist eine Frage des Gefühls, des Daranglaubens, Professor.« Ben sah ihn mit einem feinen Lächeln an. »Und wir wissen, dass du da kein großer Experte bist. Bedaure.«

»Ich habe ein Buch über den Glauben geschrieben, über die emotionale Komponente …«

»Bla, bla, bla, will keiner wissen. Alles große Gedanken, da bin ich mir sicher, Herr Professor, aber die haben mit dem verdammten Leben, mit diesem Augenblick hier, sicher nichts zu tun.« Ben stand auf. »Schau, Professor, da sind nur wir drei und sie. Nur das zählt. Nur was wir glauben, zählt, was wir fühlen, verstehst du. Nur die Entscheidungen zählen. Das ist wie in der Musik, oder, Prez? Prez hier kennt sich damit aus, oder, Prez?«

Und Giorgia freute sich, ihn so reden zu hören, beruhigte sich, spürte, dass alles noch offen war, das spürte sie. Wenn …

Während Césco schwach nickte, die Lippen bewegte. Aber kein Wort verließ sie. Konrad blieb unberührt, als wäre er in einer anderen Welt. Giorgia streckte die Arme nach ihm aus, sie wusste nicht, warum, ob sie ihn trösten oder ihm einfach zeigen wollte, dass sie tatsächlich da war. Sie strich über seine Wange. Und dann plötzlich, so unerwartet plötzlich, kam ihr der Gedanke: Wenn ich jetzt aufstehen, wegfahren und nie zurückkommen würde, würde keiner mich vermissen oder nach mir fragen. Wenn ich jetzt im Auto, das ich nicht habe, nie gehabt habe, nie haben werde, sitzen würde, der Koffer im Gepäckraum und keine Straßenkarte auf dem Beifahrersitz, würde niemand mich aufhalten. So unsinnig und so richtig ist der Gedanke. Diese Überzeugung brachte Giorgia ein wenig Ruhe. Und wenn sie mich alle vergessen, ist das in Ordnung, dachte sie und fand Frieden für einen kurzen Augenblick.

»Und jetzt genug herumgespielt, erzähl uns die Geschichte, Prez.«

Césco räusperte sich, er kam näher an Giorgias Bett heran, unsicher, als wüsste er nicht, ob er sie berühren dürfte oder nicht, ob sie es wollte oder nicht. Bitte, bitte, flüsterte sie.

»Ich habe ihre CD im Laden gesehen, sie sprach zu mir. Ich bin in Venedig geboren, das Meer ist für mich wie die Luft, ich brauche es zum Überleben. Und da war ihre CD. Das Meer und ihr rotes Kleid. Die ganze Luft.«

»Das kennen wir doch schon alles.«

»Ich habe gesagt, es ist nichts Neues.«

»Dann erzähl was, das wir nicht wissen, Prez.«

»Aber das ist … meine erste Begegnung mit ihr.«

»Das ist doch gar keine Begegnung, Mann, entschuldige, aber das muss ich dir sagen. Du hast eine CD von ihr gekauft. Wie Hunderte von anderen, verstehst du, Prez?«

»Aber ich habe ihr sofort geschrieben.«

»Wie viele andere auch.«

»Aber wir sind E-Mail-Freunde geblieben, die ganze Zeit.«

»Das ist langweilig, das erklärt nichts, absolut gar nichts. So ein Mist.«

Giorgia erinnerte sich auch jetzt noch an die E-Mail, an die Worte, die sie kaum verstanden hatte, so chaotisch waren sie gewesen, voller Bilder und unvollendeter Sätze mit Brücken und Bäumen. An die Bäume erinnerte sie sich besonders gut. Etwas verengte sich in ihrer Brust.

»Da gibt es nichts zu erklären.«

»Du bist doch ein Musiker, oder etwa nicht? Du spielst Saxofon, du weißt, wie das geht, wie man aus einer Phrase eine ganz neue Geschichte erfinden kann. Stell dir einfach vor, du würdest spielen, Prez, kannst du das tun, kannst du das, für mich?« Ben sprach ungeduldig.

»Ich weiß nicht.«

»Sag uns, wie es dazu gekommen ist, dass ihr mehr geworden seid als nur Freunde.«

»Ja, Professor, das ist gut, gut gedacht. Erzähl, Prez!«

Césco sah Konrad unsicher an.

Giorgia dachte, dass das keine schöne Geschichte für Konrad sein würde.

»Das wird für dich keine schöne Geschichte, Konrad.«

Konrad zuckte mit den Schultern.

»Es spielt keine Rolle. Jetzt nicht mehr.«

»Wenn du meinst.«

»Ja, das meint er, du hast ihn doch gehört, und jetzt fang schon an, das ist wie auf Eiern laufen mit euch beiden.«

Césco war nicht überzeugt, das war deutlich zu sehen.

»Also. Sie war verreist. Sie hat mir eine Nachricht geschickt, und ich habe nicht sofort geantwortet, ich war mit meinen Jazzfreunden unterwegs. Dann schrieb sie mir: *Ma dove sei.* Mit fünf Ausrufezeichen. Das war es.«

Stille herrschte, man hätte den Fluss in der Ferne rauschen hören können. Giorgia erinnerte sich gut daran, an diese drei Worte, aber sie hatte nie gedacht, dass das tatsächlich eine Entscheidung, welche auch immer, bedeutete – nur Césco behauptete das. Sie dachte, es hatten eine Flasche Rotwein und Einsamkeit aus ihr gesprochen. Sie konnte es auch jetzt noch spüren, als wäre keine Zeit vergangen. In einer sternenvollen Nacht erscheint alles greifbar nahe. Möglich sogar. Unter einem blinkenden Sommernachtshimmel atmet man mit einem Zug das ganze Leben ein. Damals. Als sie verreist war.

»Oh Mann, Prez, das ist noch schlimmer als der verdammte Schuhtick des Professors! ›Es fing alles mit meinen Schuhen an.‹« Ben äffte Konrads Stimme nach. Dann Céscos. »Fünf Ausrufezeichen. Was soll das?«

»Aber so … war es tatsächlich! So etwas schreibt eine Frau, und noch dazu mit fünf Ausrufezeichen, nur wenn sie verliebt ist. Ob sie es weiß oder nicht.« Césco mied Konrads Blick.

Aber Konrad sah ihn gar nicht an, Konrads Augen waren bei Giorgia, so, als würde er feststellen wollen, ob sie tatsächlich nur schliefe. Mein Konrad, flüsterte Giorgia.

»So was Dummes habe ich noch nie gehört, Prez, du bist eine verdammte Enttäuschung, muss ich dir leider sagen.«

»Weißt du überhaupt, was das bedeutet?«

»Neeeeeeiiiiin, aber was immer es ist, kann es nicht das heißen, was du behauptest, dass es heißt, lieber Prez. Es sei denn, es bedeutet ›ich liebe dich‹ oder ›ich bin in dich verliebt‹, was sicher nicht der Scheißfall ist, denn das kann sogar ich auf Italienisch sagen, *amore mio.*« Ben grinste breit, setzte sich wieder aufs Bett, streckte sich gemächlich aus. »Na, was sagst du, bin auch ich jetzt in dich verliebt, mein Gondoliere?« Ben schnitt Grimassen und schickte Küsse in Céscos Richtung.

»Du hast keine Ahnung, gar nichts verstehst du.« Césco winkte ungeduldig ab. »Ich weiß es, das ist wichtig. Und Giorgia … wusste es auch, auch wenn sie es noch nicht wusste.« Lieber Césco, lächelte Giorgia.

»Oh. Mein. Gott.« Konrad war ganz leise, und dennoch erschrak Césco. »Wie kannst du das wissen? Man schreibt so etwas auch mal einfach so.«

»Was bedeutet es noch mal, Professor?«

»Das haben wir dir schon gesagt.«

»Na und, dann habe ich es vergessen, vielleicht habe ich eine Gehirnerschütterung, vielleicht leide ich unter Scheißamnesie, was weiß ich, sag es einfach noch mal, verdammt, sollte doch nicht so schwer sein, oder?« Ben zitterte am ganzen Körper. Giorgia dachte, das sei das Fieber. Sie dachte, er liebte sie noch, natürlich. Natürlich. Es war so schön, in seinen Armen zu liegen, ihn beim Schlafen zu beobachten.

»›Wo bist du denn‹«, sagte Konrad beruhigend. »Das bedeutet es. ›Wo bist du denn!‹ Das ist natürlich weltbewegend, keine Frage. Ich wundere mich, dass du nicht gleich angeflogen gekommen bist, zu ihr, wo auch immer sie war, und ihr einen Antrag gemacht hast. Also wirklich.« Konrad ging langen Schrittes zum Fenster, schüttelte die ganze Zeit den Kopf. »Sag einfach, was du denkst. Sie war todunglücklich mit mir, und du hast ihr alles gegeben, was sie sich je gewünscht hat. Oder? Denkst du das nicht, mein Freund? Und natürlich ohne sie je persönlich getroffen zu haben. Selbstverständlich.« Konrad wurde immer wütender und blasser und leiser. »Sag es. Es ist alles meine Schuld. Ich habe sie ins Unglück getrieben. Ich habe sie an den Rand des Wahnsinns gebracht. Ich habe sie fast zerstört. Sag. Es.« Konrad schaute aus dem Fenster, er konnte Césco nicht ins Gesicht sehen. Er hatte Angst vor der eigenen Erbitterung und Entrüstung.

Dann schwiegen alle. Ben sah Césco an, verwirrt und verängstigt. Césco setzte sich auf Bens Bett, ließ den Kopf hängen. Giorgia fühlte mit ihm, wusste, dass es manchmal schwierig war, genau zu wissen, was wahr war und was nicht, welchen Gefühlen man trauen konnte, welchen nicht.

»Wie ist es dann weitergegangen, Prez?«, flüsterte Ben Césco zu, den Blick auf Konrad gerichtet. »Was ist passiert?«

»Nichts. Was sollte schon passieren? Mir war sofort klar, dass da zwischen uns … etwas entstanden ist, etwas Großes und Mächtiges, etwas, das wir nicht unterdrücken konnten, nicht auf Dauer.« Céscos Stimme fing an zu zittern. »Und dann … dann passierte das mit Sarah, und sie wollte gleich zu mir, sie wollte … dass wir sofort … und ich … ich ließ sie fallen.« Césco weinte. Seine Tränen wie unausgesprochene Worte.

»Aber erst, nachdem ich sie habe fallen lassen.« Konrad sprach zum Fenster, kaum konnten Ben und Césco ihn verstehen.

»Aber ich … ich habe zuerst Ja gesagt, wir haben schon Pläne gemacht, wir wussten schon alles: wie und wann und wo. Und dann … ist alles durcheinandergeraten. Und meine Frau, die ist aus Rom, sie hat das Meer nie verstanden, nicht mein Meer, nicht so wie Giorgia. Giorgia. Aber ich bin bei meiner Frau geblieben, und bei meinen Kindern, es ist anders … wenn du Kinder hast. Ich hatte solche Angst und Schuldgefühle.« Césco weinte, Césco weinte und fühlte eine so unvorstellbare Erleichterung dabei, dass er lächeln musste. »Ich habe ihr eine E-Mail geschrieben.« Césco schluchzte. »Wenn ich etwas im Leben zurücknehmen wollte – dann diese E-Mail.«

Giorgia sah Césco weinen. Sie sah ihn weinen und empfand eine große Genugtuung. Sie dachte nicht, dass es ihm recht geschah. Aber es tat ihr gut, ihn leiden zu sehen. Denn sie wusste noch, wie er verschwunden war. Buchstäblich über Nacht. Und das Licht mitgenommen hatte. Und so hatte sie im Tunnel gestanden. Aussichtslos.

»Was hast du ihr geschrieben? Verdammt, was hast du ihr geschrieben?« Ben wusste nicht, ob er sich über sein »verdammt« freuen sollte oder nicht, und was das alles zu bedeuten hatte.

»Dass ich sie nicht liebe. Dass ich sie nie geliebt habe. Dass ich nie mehr etwas von ihr hören will. Dass sie mich in Ruhe lassen soll. Dass ich meine Frau liebe, und nur meine Frau. Dass alles andere gelogen war«, presste Césco hervor, wie die Luft aus einem Ballon schossen die Worte aus ihm heraus, direkt aus dem Bauch kommend. Durch Tränen. Durch Stöhnen. Durch Jahre des Verschweigens und der Heuchelei.

Ben legte einen Arm um ihn. Konrad kam auch näher, setzte sich auf Giorgias Bett, Césco gegenüber. Nur Giorgias Auge blieb trocken.

»Oh Mann, Prez. Das kann man nicht vergessen. So ein Lied brennt sich dir ins Scheißhirn, direkt. Da ist kein Entkommen, Mann. Verdammt.«

Césco nickte ununterbrochen, er wusste genau, was Ben meinte. Nie konnten diese Worte verschwinden. Nie.

»Und dann ist sie nach New York gegangen?«

»Und dann ist sie nach New York gegangen.«

Vocals

Now Is The Time

… nicht mehr sie ist nicht mehr da sie ist tot und ich bin schuld und sie ist tot und ich liege auf dem Boden und er beachtet mich nicht und ich habe sie umgebracht und ich weiß ich weiß ich muss hier weg ich muss hier weg aber umbringen kann ich mich nicht noch einmal ich bin auch tot ich bin auch schon tot und so sind wir für immer und ewig vereint vereint sie und ich mein Baby und ich *Mami* ich auf dem Boden und er geht durch mich durch durch mich durch ich spüre seine Füße seine Füße in den Schuhen und so schließt sich der Kreis und ich ich habe seine Schuhe gesehen und habe gleich gewusst ich lasse ihn nicht verschwinden in den Norden ich will mehr Zeit und jetzt sind seine Schuhe wieder da wieder in mir das Erste und das Letzte was ich von ihm sehe er sieht mich nicht mein Baby ist weg also sterbe ich unzählige kleine und große Tode und der andere ist aber da für mich er ist da er schreibt er ruft an ich sterbe vor dem Bildschirm vor seinen Augen auf dem Bildschirm und er weint mit mir und er ist da und er sieht mich er stellt keine Fragen er ist nie über mich hinweggegangen er sieht mich er weiß wer ich bin er weiß es und nichts mehr hat einen Sinn aber er ist immer noch da er lächelt mich an vom Bildschirm er hält meine Hand und ich spüre Leben ich bin tot aber ich spüre sein Leben und ich spüre dass da noch etwas möglich ist möglich wäre wenn ich wieder lebendig sein sollte wollte er ist da er schreibt und schreibt und ich heule und sterbe und er schreibt nie wird er müde zu schreiben ich liebe dich ich liebe dich ich liebe dich er wird nicht müde nie wird er müde und er haucht mir Leben ein er lebt für mich eine Ewigkeit lang lebt er für mich sieht und hört und spürt und redet für mich und ich denke es könnte noch möglich sein das denke ich tatsächlich in einem Moment denke ich das in diesem einen Moment sage ich es ihm ich sage es ihm ich könnte noch leben und er weint er weint vor Freude ich liebe dich ich liebe dich sagt er aber ich weiß nicht ich bin tot ich bin tot mal mehr mal weniger mal mehr mal so geht das ich habe sie umgebracht mein Baby *Mami* ich halte sie in meinen Armen *Mami* sie sieht mich an sie lächelt *Mami* so lächelt sie tot wie sie immer lächelt und ich höre was ich nicht hören kann ich höre es ständig höre ich es *Mami* und ich suche sie ständig suche ich sie *Mami* und ich kann sie nicht fassen sie ist überall *Mami* es wäre noch möglich ich liebe dich sagt er alles ist vereinbart alles ist klar alles steht schon fest und ich habe schon gepackt ich gehe habe ich schon gesagt das habe ich schon gesagt und die Nächte sind lang und ohne Schlaf und es wird geredet und geweint und gebettelt und ich gehe sage ich ich muss mich retten und dann kommt der Samstag dieser Samstag ich hasse Samstage Samstage sind meine verhasstesten Tage Samstage ich gehe jetzt duschen sagt er und ich lächle lebendig lebendig bin ich in diesem Augenblick er geht duschen und ich bin lebendig und er verspricht mich mitzunehmen unter die Dusche und ich lächle in diesem Augenblick und komm schnell zurück sage ich und er sagt ich liebe dich und bald sind wir zusammen *batuffolo mio* sagt er wie er es immer sagt und dann ist das Ende der Welt da das Ende der Welt kann mehrmals kommen das Ende der Welt hat keine Grenzen kein Verfallsdatum und kommt immer wieder kann immer wieder kommen man geht duschen und schon ist das Ende der Welt da man fährt ruhig auf der Straße und da kommt schon das Ende der Welt ein Bus kommt rasch rasch ausweichen rasch nach rechts lenken rasch rasch und schon ist das Ende der Welt da ein Baum der Baum fängt dich nie wieder Licht da kommt einem ein Baum entgegen und schon ist das Ende der Welt gekommen und ich habe sie umgebracht und sie lächelte in meinen Armen *Mami* und ich höre es ich höre es ständig sie wohnt in meinem Ohr *Mami* und ich höre sie und da geht man duschen und schon ist das Ende der Welt wieder da ich bin schon wieder tot nicht mal richtig lebendig und schon wieder tot und das Duschen nimmt kein Ende es dauert Tage und Tage und Nächte auch und die Nächte sind am schlimmsten am schlimmsten ist es wenn du nicht schlafen kannst und ihre Stimme hörst und alles dreht sich um dich *Mami* und der Baum rast dir wieder entgegen und sie liegt in deinen Armen *Mami* und er ist unter der Dusche nie wieder Licht aber schreiben wird er mir noch einmal schreiben das darf er schreiben das kann er noch einmal einmal ist schlimmer als keinmal einmal schreiben einmal sagen ich liebe dich nicht einmal schreiben ich habe dich nie geliebt einmal einmal kann ich noch sterben das ist in Ordnung einmal noch das schaffe ich lass mich in Ruhe das kann ich auch die Koffer sind gepackt ich bin bereit ich will dich nie sehen das geht auch klar natürlich das verstehe ich alles klar alles kann man umbuchen und noch einmal sterben das ist nicht schwer ich habe dich nie geliebt das geht klar die Koffer sind gepackt ich bin tot einmal mehr oder weniger das macht doch nichts ich habe dich nie geliebt das verstehe ich das geht klar und schon sind meine Sachen im Auto und schon weiß ich nicht wohin und ständig höre ich *Mami* einmal oder zehnmal das spielt doch keine Rolle *Mami* tot ist tot ist tot du hast sie umgebracht das geht auch noch du hast sie umgebracht alles geht noch und dann fahre ich los *Mami* und auch wenn ich tot bin bin ich nicht blind und ich sehe sie ich sehe die Stadt die nie schläft sie ist wie ich ich schlafe auch nicht mehr die Toten tun das nicht das brauchen sie nicht und die Stadt und ich wir mögen uns vom ersten Augenblick an die ewige Nacht so sind wir die Stadt und ich und mein Zimmer ist klein da ist nur Platz für mein Baby und mich und den Baum des Todes und wir leben da glücklich und zufrieden und die Kakerlaken stören mich nicht wenn ich tot bin immer wenn ich tot bin stören die mich nicht *Mami* nein ich sitze im Baum ich sitze im Baum und halte mein Baby in den Armen *Mami* und die Stadt hält mich in den Armen *Mami* und so schließen sich die Kreise immer schließen sich die Kreise und da bin ich jetzt in dieser Stadt so viele Brücken und *Mami* sagt mein Baby *Mami* ich sage in Ordnung ich versuche es und ich singe ich singe tatsächlich nach all der Zeit singe ich wieder und wir freuen uns es gibt nur noch uns und wir freuen uns und ich gehe raus ich gehe in die Stadt raus über die Brücke und noch eine und noch eine so viele Brücken und eine Bar ist wie die andere und der Wein schmeckt gleich überall und ich komme nach Hause ich komme in mein Zimmer und habe die Kraft nicht auf den Baum zu klettern und die Kakerlaken sind überall und *Mami* ruft mein Baby *Mami* und ich schreie ich schreie und niemand hört mich und das Krankenhaus ist weiß und ich muss da weg das halte ich nicht aus ich muss zu meinem Baby sie ist tot sagen sie sie ist tot ihre Tochter ist gestorben und ich weiß nicht ich weiß nicht wie sie das wissen und warum sie das sagen wo mein Baby mein Baby im Baum auf mich wartet und meine Eltern mein

Baby und meine Eltern alle sind da und warten ich komme ich komme der Baum lockt mich führt mich verführt mich immer wieder der Baum und dann singe ich vor und dann bin ich angekommen und der Baum ist weg und *Mami* ich habe eine Chance eine kleine winzige geringe Chance ich singe und ich höre sie meine Sarah so schließt sich der Kreis jeder Kreis muss sich schließen jeder Kreis …

Die Band

How My Heart Sings

»Jetzt bin ich dran, Leute.« Ben freute sich offensichtlich.

»Ich kann auch darauf verzichten.«

Giorgia schüttelte den Kopf, typisch Konrad.

»Typisch Herr Professor, typisch Spielverderber. Prez, sag was, willst du die Geschichte hören?«

Césco zuckte mit den Achseln. Es war alles zu viel für ihn, er brauchte Ruhe, Ruhe und Stille und Giorgia.

»Ihr seid die Letzten, ich hab gedacht, wir machen das zusammen, wir müssen zusammenhalten, ihr seid solche verdammten Egoisten!«

Ben regte sich so auf, dass er sich wieder hinlegen musste, er schloss die Augen, seufzte tief. Giorgia nahm seine Hand und drückte sie leicht. Ben öffnete ruckartig die Augen.

»Was, was ist?«

»Nichts. Was soll sein?«

»Was?« Ben sah die beiden verwirrt an.

»Bist du eingeschlafen? Was ist los mit dir?«

»Ich … ich dachte, ich hatte das Gefühl … ich verstehe das nicht.«

»Sollen wir den Arzt holen?« Konrad drehte sich zu Césco. »Schau, wieder kein ›Scheiß‹ und kein ›verdammt‹ und kein ›Mist‹.«

»Du hast recht, da stimmt etwas nicht mit ihm.«

Césco und Konrad redeten über Bens Kopf hinweg. Ben gefiel das überhaupt nicht, er setzte sich im Bett auf, wollte schon protestieren, da streifte sein Blick Giorgias Gesicht, und er machte den Mund wieder zu. Langsam, fast schlafwandlerisch stand er auf, ging auf Giorgia zu, beugte sich ganz nahe zu ihrem Mund, ihrer Nase. Konrad und Césco beobachteten ihn wie zwei Theaterzuschauer.

»Habt ihr das gesehen? Sie hat gelächelt. Sie hat gelächelt.« Dann sah er die beiden an und sagte herausfordernd: »Mann, verdammt.«

Konrad und Césco kamen näher, noch näher. Alle starrten Giorgias Gesicht an. Giorgia freute sich, alle so vor sich zu sehen, sie berührte einen nach dem anderen. All die Möglichkeiten und keine Entscheidung, alles hing in der Luft, am Baum, im Himmel.

»Nein, da ist nichts. Oder sie hat nur gezuckt, das sind reflexartige Bewegungen, die bedeuten nichts.«

»Ja, sicher, der Herr Professor ist jetzt auch der Experte für Komazustände, was! Da haben sogar die Ärzte keine Ahnung, aber unser Herr Professor, ja, der weiß alles, hat keinen Ring, denkt, Billie wäre ein Mann, aber ein Komaexperte, das ja.«

Dann schwiegen alle und starrten Giorgia an. Sie starrte zurück, und plötzlich sagte sie »Buh«! Aber keiner erschrak.

»Sage ich doch. Nichts.«

»Ich hab's gesehen, ich weiß, was ich gesehen habe, Mann, sie hat mich angelächelt.«

»Dich, ausgerechnet dich?« Konrad schüttelte den Kopf. »Das heißt, dass sie dich auch angeschaut hat, sonst könntest du es nicht wissen, oder?«

»Ich weiß, was ich weiß, ist mir doch egal, was du glaubst oder nicht. Verdammt.«

Césco sah die beiden an, dann Giorgia, dann wieder Ben.

»Und wie wäre es jetzt mit deiner Geschichte, Ben?«

Ben legte sich wieder aufs Bett, beleidigt, immer wieder schielte er zu Giorgia hinüber.

»Kann ich machen, klar. Aber keiner soll mich unterbrechen, verstanden?«

»So wie du uns nicht unterbrochen hast? Klar, das können wir auch.«

»Noch ein Wort von dir, und ich sage gar nichts.«

Konrad ging zum Fenster. Grau in grau. Keine Veränderungen im Himmel. Césco setzte sich auf Bens Bett. Ben wartete noch einen Augenblick, aber die Spannung stieg nicht, die Müdigkeit und die Verwirrung schon.

»Also ...«

»Das fängt ja vielversprechend an.«

Césco warf Konrad einen warnenden Blick zu. Konrad verzog den Mund und widmete sich wieder dem Himmel, wo ein heller Streifen erschien, ganz langsam und unsicher, als wollte das Licht kommen, aber nicht stören.

»Also, es ist das Jahr zweitausendacht, ich bin mit meinen Jungs in New York, wir suchen nach einer Sängerin, einer überdurchschnittlich guten Sängerin natürlich. Wir haben schon seit Monaten gesucht, niemanden gefunden.« Ben räusperte sich, entspannte sich auf den Kissen. »Dann ist sie erschienen, sie war so dunkel, ihr ganzes Wesen, sie war so mager, dass ich Angst hatte, sie würde zusammenbrechen. Verdammt. Ich wollte sie schon wegschicken, sie konnte kaum sprechen, Leute, aber sie hat sich bemüht, na klar hab ich das bemerkt.«

»War sie krank?«

»Vielleicht. Das war eine traurige Geschichte, jetzt ist es natürlich viel klarer, aber damals wusste ich von nichts.«

Ben verzog den Mund. Céscos Augen wurden feucht.

»Dann hat sie gesungen, ich hab's zugelassen, und sie ist bei uns geblieben. Das war ein Feuerwerk, wir dachten, meine Jungs und ich, wir dachten tatsächlich, die Lady ist auferstanden, versteht ihr!«

»Und die Lady ist Billie, der kein Mann ist, richtig?« Konrad bemühte sich um einen seriösen Ton.

»Du bist ein Scheißkerl, Professor, weißt du das. Verdammt, wenn du sie gesehen und dann gehört hättest, das war Wahnsinn. Das war außerirdisch.«

»Also ist sie geblieben. Und?«

Ben hob die Schultern. All die Gefühle wieder präsent. Wie hatte er nur denken können, dass er fähig wäre, dass es möglich wäre, sie nicht zu lieben?

»Nichts. Sie ist geblieben.«

»Wie ist es dann weitergegangen? Was ist mit ihr passiert? Wie ist es ihr ergangen?«

Césco stand auf, unruhig schaute er sich um, und immer wieder sah er Giorgia an.

»Sie wohnte damals, als sie zu uns gekommen ist, in einem Scheißloch in Queens. Das war nicht zu ertragen, so ein Mist. Buchstäblich. Und das war nicht das erste Loch, in dem sie gewohnt hat, nein, Dutzende davon standen auf ihrer Liste. Wie sie das überlebt hat, fast zwei Jahre, das weiß ich nicht, ich hab sie einmal gefragt, sie hat sich sofort zurückgezogen, hat geschwiegen, so getan, als hätte ich nichts gesagt, also hab ich nicht mehr gefragt.«

Konrad entfernte sich vom Fenster. Der Schmerz konnte nicht einmal mehr das Grau ertragen, zu hell, zu stechend.

»Verdammt.«

»Was haben wir nur getan.«

Giorgia beobachtete sie alle drei, sie wollte nicht ein Teil des Schmerzes sein, sie wollte sich auch nicht erinnern, sie wollte singen. Und das war seltsam, denn singen bedeutete das Leben. Und das Leben stand in diesen Tagen nicht an der Spitze ihrer Prioritätenliste. In diesen Jahren, in den letzten zehn Jahren.

»Ich muss das Ganze verstehen, ich will all die Zusammenhänge begreifen, sonst werde ich wahnsinnig«, sagte Konrad und schlug mit der Hand auf den Bettrahmen am Fußende.

»Hey, lass das, das könnte ihr wehtun, verdammt, pass auf!« Ben schob Konrads Hand zur Seite.

»Wir müssen beim Unfall anfangen, was meint ihr?«

»Warum beim Unfall, Prez, denkst du, es ist meine Schuld, das denkst du doch, oder?«

»Nein, es ist nur … wir müssen irgendwo anfangen, wenn wir …«

»In diesem Raum ist so viel Schuld, wer wird das alles verzeihen können, den Menschen gibt es nicht.«

Alle dachten über die Schuld nach, die eigene und die der anderen, und der Körper wurde schwerer, dunkler.

»Der Unfall war am ersten Dezember, wir sind kurz vor Mitternacht aus Montreal weggefahren, und der Unfall ist hier in der Nähe von Hudson passiert, wir sind gegen einen Baum gerast.« Sachlich sprach Ben, sachlich wie vom Leben getrennt.

»Der erste Dezember.«

»Ja, der erste Dezember«, bestätigte Ben, auch wenn Konrad nicht gefragt hatte, und sah schulterzuckend zu Césco hinüber.

»Oh. Mein. Gott. Das ist kein Zufall. Wieso habe ich nicht früher daran gedacht. Ich habe nicht auf das Datum geachtet. Das kann kein Zufall sein.« Konrads Stimme war leise, aber fest, sogar ein wenig holzig, als hätten der Schmerz und die Schuld ihn verhärtet.

»Du hast recht. Wie konnten wir das übersehen!« Césco bedeckte das Gesicht mit beiden Händen.

»Sagt mir jetzt endlich jemand, was hier los ist? Verdammt sollt ihr alle beide sein!« Aber Ben war sogar zu schwach zum Aufstehen.

»Am ersten Dezember ist Sarah gestorben«, sagte Konrad leise, während Giorgia schrie. »Am späten Abend des ersten Dezember war der Unfall, und Sarah ist sofort gestorben, in Giorgias Armen.«

»Verdammte Scheiße.«

»Und ich habe ihr gesagt, es wäre ihre Schuld. Als sie mich verlassen hat, habe ich ihr gesagt, es wäre ihre Schuld.«

Ben und Césco sahen sich verlegen an.

»War es ihre Schuld?«

Konrad schüttelte den Kopf.

»Warum hast du es dann gesagt?«

»Ja, warum, du Scheißprofessor, Scheißehemann!«

»Ich wollte sie verletzen. Der Mensch ist einfach gestrickt. Ich wollte ihr wehtun. Mich rächen.«

»Ich bring dich um, du Arschloch.« Aber die Kraft reichte nicht.

Césco wischte sich die Augen. Er murmelte etwas. Giorgia schien es, als hörte sie *batuffolo mio*. Aber sie blieb stark.

»Ich konnte es nicht ertragen, dass sie mich verlässt. Ich konnte nicht auch noch sie verlieren. Ich habe schon meine Tochter verloren.« Und als Nachgedanke: »Ich bin auch nur ein Mensch.«

»Du bist kein verfluchter Mensch, du bist ein Stück Dreck, das bist du, ich bring dich um, ich schwör es, wenn es mir wieder gut geht, bring ich dich um.« Ben streckte sich stöhnend auf dem Bett aus.

Césco neigte sich zu Giorgia, küsste ihre Stirn, und keiner sagte etwas, keiner protestierte. Die Zeiten waren vorbei. Die Stille umhüllte sie sanft, als wollte sie Erleichterung bringen. Auch wenn Giorgia nicht daran glaubte, an die Erleichterung. Nicht hier, nicht in diesem Raum mit diesen Menschen. Plötzlich sprang Ben vom Bett auf, fiel fast um.

»Aber Moment mal, warte mal, wieso saß Giorgia überhaupt am Steuer? Wir wissen alle, dass sie es hasste zu fahren. Wieso ist sie gefahren, und wieso war Sarah bei ihr, verflucht?« Ben sah Konrad verwirrt an.

»Ja, das ist eine gute Frage. Wie ist es dazu gekommen?« Césco richtete sich auf, blieb aber an Giorgias Seite.

Konrad starrte Giorgias blasses Antlitz an, als würde er in sie, in ihre geschlossenen Augen, in ihre sprachlosen Gedanken eindringen wollen.

»Konrad.«

»Ja.«

Aber mehr sagte er nicht. Césco und Ben tauschten Blicke.

»Konrad!«, schrie Ben schließlich, wollte eigentlich schreien, aber laut wurde er nicht.

»Sie hatte einen Auftritt. Sie bat mich, sie hinzufahren, es war nicht weit weg. Ich hatte Kopfschmerzen. Sarah wollte mit Giorgia fahren. Ich habe sie nicht daran gehindert. Ich hatte nichts dagegen. Es war mir sehr recht so. Giorgia …« Konrad starrte Giorgias Gesicht an. »Sie hat sich mit Sarah gestritten. Giorgia wollte nicht, dass sie mitfährt. Sie bekam tatsächlich Angst. Sarah lachte. Sarah sagte: Unsinn. Sarah sagte: Es geht mir gut. Sarah war vierzehn Jahre alt. Giorgia …« Konrads Kampf um den Sauerstoff. »Sie flehte mich an. Ich sagte: Sei nicht so. Das wird schon alles. Ich lächelte sie an. Sie fuhren los. Sarah kam nicht zurück.«

Es gibt ein Schweigen, das kein Zeitgefühl hat, das keine zeitlichen Grenzen kennt. Manchmal vergehen ganze Leben so. So ein Schweigen herrschte in diesem Zimmer auf der Intensivstation des Columbia Memorial Hospital in Hudson, NY.

Bis Giorgia aufstand, auf Konrad losging, auf ihn einschlug, ihn anschrie: Es ist deine Schuld, es ist deine Schuld, du hast sie umgebracht, du, nicht ich, du hast sie umgebracht, und du weißt es. Erschöpft fiel sie zu Boden und blieb da liegen, Konrads Schuhe neben dem Gesicht. Jeder Kreis musste sich schließen. So sind Kreise eben.

»Warte mal. Eigentlich. Eigentlich ist es dann deine Schuld. Es ist deine Schuld. Alles ist deine Schuld, du verdammtes …«

Césco schlug Konrad ins Gesicht. Konrad stolperte rückwärts, fing sich an der Wand ab.

»Ja, mach ihn fertig, Prez, mach ihn fertig.«

Aber Césco hatte schon genug, schaute seine Faust an, seine Knöchel taten weh und wurden rot. Sein ganzer Kopf wurde rot. Dann plötzlich blass, und Césco musste sich auf Giorgias Bett setzen.

Konrads Wange blutete, seine Nase blutete, war aber nicht gebrochen. Konrad sagte nichts. Er blieb an die Wand gelehnt stehen.

Dann fing Césco wieder an zu weinen.

»Und mir hat sie nichts davon erzählt. Sie hat nur gesagt, Sarah ist tot, meine Sarah ist tot. Sie hat mir die Wahrheit … die ganze Geschichte nicht anvertraut. Wieso hat sie mir nicht getraut?«

»Dir? Dir hätte sie vertrauen sollen? So wie du sie dann abserviert hast …« Man konnte die Schadenfreude in Konrads Stimme hören, ganz fein und leise, aber dennoch.

»Dir? Und was ist mit mir?! Verdammt. Mir hat sie gar nichts gesagt, weder das mit den Eltern noch das mit Sarah, so ein Mist, als wäre sie erst geboren, kurz bevor sie mich getroffen hat, als hätte sie keine Vergangenheit. Wieso? Warum hat sie mir nichts von sich erzählt, von ihrem Leben in Europa, bevor sie mich getroffen hat … Warum nicht, verdammtes Scheißleben, warum nicht …«

Giorgia sah sie alle weinen, leise oder laut, alle drei Männer weinten, und Giorgia spürte plötzlich, dass noch ein wenig Leben da war, in ihr, noch war nicht alles vergangen, alles tot. Sie erhob sich mit Mühe vom Boden, weg von Konrads Schuhen, mit großer Mühe, aber sie schaffte es. Sie stützte sich am Bett ab und machte ein paar Schritte. Dann legte sie sich hin, schloss die Augen, wartete.

»Mein Kopf zerplatzt gleich. Kein Mensch kann das ertragen.«

»Sie hat es auch nicht ertragen, verdammt, hört ihr mir nicht zu? Sie war ein Wrack. Als sie zu mir gekommen ist, oh Mann …«

»Meine Giorgia, meine Giorgia.«

»Die Eltern, die Tochter, unser kleiner Junge, verdammt, das passt nicht mal in Hunderte von Leben.«

»Sag nicht, sie hatte einen Unfall mit eurem Baby, bitte nicht. Sie saß nicht am Steuer eines Autos, oder? Bitte.«

»Nein, natürlich nicht, sie ist hier nie gefahren, seitdem ich sie kenne, war das vor ein paar Tagen das erste Mal, nein, natürlich nicht, sie konnte nichts dafür, es ist einfach passiert, im Park, sie saß auf der verdammten Bank, sie hat nichts Falsches getan, gar nichts.«

»Sie denkt es aber. Sie hat es sicher gedacht. Auch wenn es nicht der Fall war.« Konrad glitt an der Wand entlang zum Fenster. Da blieb er stehen, angelehnt, wünschte sich, er wäre tot.

»So ein Leben. In Schuld. Das kann nicht gut gehen. Erst die Eltern.«

»Was war mit den Eltern? Warum sollte sie sich da schuldig fühlen?«

»Weißt du das nicht?« Césco sah Konrad überrascht an. »Sie war im Auto, sie war dabei.«

»Nein.« Konrad schlug mit dem Kopf gegen die Wand. »Nein! Aber sie saß nicht am Steuer, sie war doch erst fünfzehn Jahre alt. Was erzählst du da?«

»Sie wollte nicht mitfahren, hat sich mit den Eltern gestritten, so lange, bis auch die miteinander gestritten haben.« Césco war kaum zu verstehen, er schluchzte und wischte sich hektisch mit der Hand über das Gesicht. »Sie haben sich gestritten, wegen nichts und wieder nichts, und sie flogen in den Abgrund, gegen einen Baum.«

»Nein. Das darf nicht sein. Nein, sag so was nicht.« Konrad schlug immer wieder mit dem Kopf gegen die Wand. Ben hielt sich die Ohren zu. Giorgia atmete. »Wie mit Sarah. Ein Bus drängte sie von der Straße. Sie sind gegen einen Baum gefahren. Einen Baum. Verstehst du?«

»Ein Baum, ein verflixter verdammter Scheißbaum!«, schrie Ben.

»Ein Baum und zehn Jahre seit Sarahs Tod.«

Césco und Ben sahen Konrad, dann alle Giorgia an.

»Nein, das will ich nicht glauben, Mann, nie im Leben. Nein. Verdammt noch mal, nein.«

Irgendwann saßen sie alle drei auf dem Boden, gegenüber von Giorgias Bett, sie berührten sich an der Schulter, am Knie, am Fuß. Giorgia war die ganze Zeit still gewesen. So, als wäre sie tatsächlich abwesend.

»Aber wenn das wahr ist, Leute, warum wollte sie mich dabeihaben?«

Vocals

All Of Me

… rede mit mir rede mit mir sag es mir ich höre dir zu du bist immer in meinem Kopf in meinem Ohr immer ich höre dir immer zu warte immer auf deine Stimme mein Engel rede mit mir ich bin zu dir gekommen hier bin ich ich will hierbleiben dich wachsen sehen erwachsen werden sehen hier bin ich verzeih mir bitte verzeih mir ich bin zu dir gekommen jetzt können wir zusammen sein für immer und ewig so wie es gedacht war so wie es sein sollte du und ich mein Engel mein Schutzengel warst du hast mein Leben beschützt ich will aber nicht mein Schatz ich will dich ich will zu dir mein Engel mein Mädchen mein Baby genug ist genug zehn Jahre sind mehr als genug zehn Jahre sind schon zehn zu viel alles ist zu viel jede Sekunde ist zu viel ohne dich der Baum des Todes hat mich gerufen dieser eine Baum und ich bin gekommen hier bin ich unser Baum war das unser Baum er hat mich gerufen und ich habe gedacht ich sehe was passiert ich habe gedacht ich sehe was passiert wenn der Baum kommt mein goldiges Mädchen verzeih mir bitte verzeih mir bitte bitte verzeih ich habe nicht aufgepasst ich habe dich nicht beschützt wo bist du ich kann dich nicht sehen ich sehe nichts ich sehe nur diese drei Männer hier diese drei Männer mein Engel was soll ich machen ich war für alles offen und der Baum hat mich gerufen aber dich habe ich nicht gehört wo bist du rede mit mir mein Engel was soll ich machen ich habe gedacht ich fahre los und was passiert wird passieren der Baum hat mich gerufen oder war das nur der Schnee war das der Schnee mein Engel hilf mir ich habe keine Entscheidung getroffen ich will ohne dich keine Entscheidung treffen wo bist du *Mami* da da bist du ich höre dich *Mami* da bist du danke mein Engel danke danke …

… aber ich höre auch andere Stimmen wer ist da wer ist da oh Mama oh Mama wie schön es ist dich zu sehen oh Mama wie ich dich vermisse jeden Tag vermisse ich dich Mama verzeih mir bitte verzeih mir ich wollte das nicht ich wollte nicht dass das passiert verzeih mir ich war so dumm und jung und habe nur an mich gedacht nur an mich und meine Party oh Mama Mama all die Jahre keinen einzigen Augenblick habe ich dich und Papa vergessen es war alles meine Schuld verzeih mir das Leben ohne dich Mama ohne Papa das war kein Leben Mama schau ich komme schau ich bin gekommen siehst du mich ich bin da halt mich fest Mama halt mich fest ich wollte es nicht und oh Papa danke dir Papa danke dir verzeih mir das wollte ich nicht ich wollte es nicht euch nicht ablenken nicht verletzen nicht ärgern das wollte ich nicht wie schön ist es euch zu sehen euch lächeln zu sehen ich hatte solche Angst ohne euch was war das für ein Leben ohne euch die Schuld immer nur die Schuld mein ganzes Leben lang danach immer nur schuldig sein so eine Last Mama so eine Last ich bin zusammengebrochen so eine Last Papa zusammengebrochen das Schweigen dieses Schweigen niemandem habe ich es sagen können mit niemandem diese untragbare Last teilen ein Geheimnis ist ein Geheimnis ist ein Geheimnis ist unerträglich Papa nur einmal nur einem Menschen habe ich es gesagt nur einmal bin ich schwach geworden nur einmal ich habe ihm alles erzählt alles gestanden zugegeben alles zugegeben alles aber Mama es ging mir nicht besser es war keine Erleichterung alles gestanden alles zugegeben und keine Erleichterung keine Absolution Muttermörderin Vatermörderin weiterhin kein Leben alles umsonst alles zugegeben alles umsonst und weiter geht es und weiter geht das Leben aber ohne mich ohne mich Mama Papa ich wollte das nicht ich wollte uns nicht trennen ohne euch wer bin ich wer bin ich ohne euch bin ich niemand bin nichts ohne euch Mama verzeih mir halt mich fest Papa diese Geborgenheit nie wieder diese Geborgenheit was für ein Leben ohne euch was für …

… nein das ist nicht möglich das kann nicht sein so viel Glück so viel Glück er ist auch bei euch er auch mein kleiner Junge ist da mein Junge mein Baby nicht geboren nicht einmal geboren aber immer mein Baby verzeih mir verzeih mir ich habe mich nicht genug um dich gekümmert ich hätte besser aufpassen müssen verzeih mir mein Schatz mein und nur mein und für immer und ewig mein kleiner Junge auch du hast mich verlassen alle verlassen mich Mama siehst du was ist das für ein Leben hier ist das Leben bei euch ich bin gekommen hier will ich bleiben da ist mein Schatz da jetzt ist alles gut mein Sohn mein Marino so habe ich dich genannt nach dir Papa Marino so hast du geheißen mein Sohn auch ungeboren so hast du geheißen nach dir Papa nach deinem *nonno* mein Schatz immer in mir Marino mein kleiner Mann aus dem Meer so solltest du heißen mein Sohn mein Meer mein Venedig mein Zuhause solltest du sein das Meer immer wieder das Meer mein Sohn was für eine Freude du warst jetzt sind wir alle zusammen alle alle zusammen das ist das Leben so will ich leben mit euch allen Mama nichts anderes ist gut genug verzeiht mir alle es ist alles meine Schuld wie schön ihr seid und du mein Sohn was für ein Glück mit euch mit euch ist mein Leben hier will ich bleiben nur wir nur die Liebe nur die Liebe um uns und in uns nur die Liebe und immer zusammen über den Wolken bis zum Mond das nenne ich Leben wir zusammen für alle Ewigkeiten hier bin …

Me, Myself And I

… da ich sehe dich endlich sehe ich dich auch oh wie schön du bist mein Schatz mein Schutzengel mein Leben mein Leben bist du verzeih mir ich habe gedacht ich fahre und was passiert passiert zehn Jahre sind zehn zu viel mein Engel der Baum des Todes hat er mich gerufen habe ich richtig verstanden hast du mich gerufen mein Mädchen hast du gesehen dass nichts einen Sinn hat hast du mich jetzt zu dir geholt was passiert passiert habe ich gedacht zehn Jahre genau zehn Jahre und hier bin ich ihr seid mein Leben es gibt kein anderes Leben für mich alles war falsch alles andere war falsch ohne euch ist alles falsch ich habe alle unglücklich gemacht euch und mich und die anderen und die drei dort alle habe ich unglücklich gemacht es ist meine Schuld und jetzt bin ich hier ich hatte keinen Plan aber in Rot wollte ich euch begegnen rot wie ich wie Blut wie Schuld wie Liebe wie Vergebung wie jetzt bin ich hier und mein armer Drummer der arme arme liebevolle Drummer mit seinen dichten langen Haaren mein Retter er tut alles für mich er steigt in den Todeswagen für mich er ist zu mir ins Auto gestiegen müde und erschöpft und dann ist er eingeschlafen und der Baum hat mich genau in dem Moment gerufen er ist eingeschlafen er hat nicht aufgepasst er hätte mich retten können aufhalten abhalten retten ich habe gesagt willst du mit mir fahren ich habe gehofft er würde mit mir fahren auf mich aufpassen den Baum aus dem Weg räumen du lächelst mein Engel Mama warum siehst du mich so an was wollt ihr mir alle sagen ihm ist doch nichts passiert ich habe ihn nicht umgebracht ihn nicht nein euch alle aber ihn nicht nein er war meine Versicherung er war meine Versicherungspolice und er ist eingeschlafen meine letzte Verbindung zur Welt zum Leben mein Rettungsring und der andere hat den Ring verloren der Ring ist weg wo ist er der Ring ohne Ring ist er nicht mehr mein Mann ohne Ring kein Ehemann und ohne Saxofon kein Liebhaber das Saxofon ist weg verschwunden versteckt gut versteckt gehorsam ohne Saxofon keine Liebe keine Freiheit nein keine Leidenschaft nichts gibt es ohne Saxofon alles ist verloren nichts ist es wert ohne Ring ohne Saxofon ohne Versicherungspolice mein Aufpasser mein Alles war er und der Baum ist gekommen und er eingeschlafen ist er und ich bin dem Ruf gefolgt und er hat mich nicht gerettet und was jetzt was mache ich jetzt und warum lächelt ihr alle so liebevoll ich bin nicht verrückt verrückt bin ich nicht oder warum seht ihr mich so an Papa sag etwas was ist los was wollt ihr mir sagen was nun hier ist der richtige Platz für mich ich habe keine Entscheidung getroffen ich wollte nur sehen was passiert und als er – ja was nun was nun was soll ich jetzt machen was soll das alles bedeuten kein Ring kein Saxofon kein Rettungsring und ich will bei euch bleiben was sagt ihr was nun wo wo ist das Leben mein Leben wo ist mein Leben wo soll ich hin wohin gehöre ich wohin wie ich verstehe nicht in Ordnung in Ordnung ich höre zu sagt es mir ich werde schweigen ich höre zu ja ich mache was ihr wollt in Ordnung ich mache es …

Die Band

Fly Me To The Moon

Stille. Warten auf den nächsten Atemzug. Auf der anderen Seite der großen Fensterscheibe wurde das Dunkelgrau noch dunkler mit ein paar weißen Schattierungen: Der Schnee war im Anmarsch. Die Nacht auch.

»Ich war noch nie im Leben so müde und erschöpft.«

»Ich habe das Gefühl, mein ganzes Leben in zwei Tagen gelebt zu haben.« Césco sah zur Decke. »Wie lange sind wir schon hier? Welches Datum haben wir, welchen Tag?«

Keine Antwort, als würde man auf leichtere Fragen warten.

»Oh Mann, mir tut alles weh. Alles. Ich glaube, ich werde nie mehr spielen können, kann mir nicht vorstellen, je wieder die Sticks zu halten, ist das zu glauben?« Ben versuchte, eine angenehmere Lage zu finden, konnte sich aber nicht bewegen. »Als wäre ich aus Holz.«

Konrad schloss die Augen, lehnte den Kopf an die Wand.

»Energiepegel unter dem kritischen Punkt.« Er wollte lachen, was aber herauskam, war fast ein Wiehern. »Es wäre interessant, in diesem Zustand ein Buch zu schreiben – über das Leben, den Sinn des Lebens. Wie sich alles ändert, die Perspektive und die Prioritäten. Welche Rolle die Zeit spielt, der eigene Körper, die Wahrnehmung des anderen, die Akzeptanz der Umstände, der …«

»Ach du verdammte Scheiße, Professor, wie schaffst du das, ich kann nicht mal sagen, wie ich heiße, Mann!«

»Aber fluchen kannst du wieder.« Césco spürte tatsächlich eine Art Erleichterung. »Willkommen zurück.«

»Das ist die Übung, Ben, die Übung. Ich habe nichts anderes im Leben gemacht.«

»Doch, Professor, hast du, herumgevögelt hast du. Schäm dich.«

»Giorgia hat mir verziehen. Sie hat mich verstanden. Sie wusste, es hatte nie etwas zu bedeuten. Es war einfach die Angst. Es ist immer die Angst.«

»Ja, aber klar doch, du kannst es dir schönphilosophieren, Herr Professor, aber vergessen hat sie es nicht, das vergisst man nicht, das nagt an einem. Verdammt.«

»Das zerstört dein Selbstwertgefühl, ich weiß es. Als ich … na ja, meine Frau war am Boden zerstört, und wir haben uns nicht einmal getroffen, Giorgia und ich, geschweige denn … du weißt, alles nur platonisch und alles nur reine Liebe, mit hundert kleinen zierlichen Brücken zwischen uns. Brücken bauen, das kann ich gut, darin bin ich der Beste, Brücken, immer eine kleine Brücke nach der anderen, das ist das Wunder des Lebens, so schafft man es zu überleben.«

»Ach du liebe Scheiße, hast du jetzt auch die Band gewechselt, Prez? Kein Saxofon mehr, jetzt wird philosophiert, oder was!«

Césco sah Ben an und schüttelte den Kopf, ganz sanft, verträumt sogar oder einfach übernächtigt.

»Mein lieber Ben, mein wunderbares junges Drummergenie, wenn du nicht verstanden hast, dass Jazz die Urphilosophie ist, dass Jazz das ganze Leben bedeutet und alle Leben vereint, umfasst und in seinen Tönen und Beats und Breaks und dem Swing darstellt und deutet, dann bist du nicht der Jazzer, für den ich dich halte – und ich habe dich in den Aufnahmen trommeln hören, du bist der Drummer aller Drummer, mein Lieber. Der Ursprung des Lebens – Jazz.«

Ben starrte Césco an, als hätte er ihn nie zuvor gesehen, sein Mund klappte auf.

»Wenn das kein Meisterstück ist, Césco. Gut gemacht, sehr gut gemacht. Das ist es, was ich meine. Andere Zustände, andere Bedingungen, andere Gedanken, andere Wahrheiten. Sehr gut. Ich bin stolz auf dich.«

Ben glotzte die beiden an, endlich fand er die Kraft, wenigstens den Kopf zu schütteln.

»Ihr spinnt, ihr spinnt beide. Und ich bin zu erledigt und zu kaputt, um euch zu sagen, was Jazz tatsächlich ist, Mann, es euch zu zeigen. Über Jazz redet man nicht, verdammt, das spielt man, und das fühlt man, und alles andere ist Scheiße. Das sage ich, und so ist es, verdammt und noch mal verdammt.« Ben sank in sich zusammen. »Ihr Spinner. So, seid ihr jetzt zufrieden?«

Konrad lächelte schwach, für einen Kommentar fehlte die Kraft. Césco tätschelte Bens Oberschenkel, freundschaftlich und verständnisvoll.

Eine Krankenschwester kam herein, schnell und geschäftig, sah die drei auf dem Boden sitzen und schnaubte kurz. Dann zuckte sie mit den Achseln und erledigte ihre Arbeit. Sie strich Giorgia über die Wange: »Zeig es den Clowns hier«, flüsterte sie laut genug, um gehört zu werden, und Giorgia war dankbar dafür, für ein anderes Gesicht und andere Worte, für die Selbstlosigkeit. Denn bei den Männern, da ging es immer um sie selbst. Auch wenn sie an sie, Giorgia, dachten und um sie trauerten, ging es um sie selbst. Giorgia berührte die raue Hand der Pflegerin und lächelte sie an.

Césco sprang hoch. Er wäre hochgesprungen, wenn er es gekonnt hätte – so war es lediglich der Schatten eines Schattens eines Sprunges geworden.

»Habt ihr das gesehen? Habt ihr gesehen, wie sie gelächelt hat? Habt ihr?« Er fasste die Krankenschwester am Oberarm. »Haben Sie es gesehen? Sie müssen es gesehen haben!« Dann beugte er sich über Giorgia und redete auf sie ein. »Ich habe es gesehen, *batuffolo mio*, ich habe es gesehen, du kommst zu mir, du kommst zu mir zurück, ich habe es gesehen.«

Die Schwester sah Césco besorgt an, dann Giorgia, dann die zwei anderen, die mit viel Mühe und viel Wandkontakt aufgestanden waren.

»Hören Sie nicht auf ihn, er ist erschöpft und erfindet Sachen, die er gern hätte.«

»Er spinnt, Mann, aber es wäre Wahnsinn, wenn er einmal tatsächlich recht hätte, was!«

»*Batuffolo mio, tesoro*, ich bin es, ich bin es, komm zu mir, mach die Augen auf, lächle noch einmal, für mich, *batuffolo mio.*«

Die Krankenschwester überprüfte wiederholt alle Geräte, alle Schläuche. Sie schaute sich um, schüttelte den Kopf. »Ich schicke mal einen Arzt rein.« Und weg war sie.

Giorgia winkte ihr nach. Giorgia verabschiedete sich. Giorgia hatte eine Entscheidung getroffen.

Die drei Männer und ihre Schatten standen jetzt um Giorgias Bett, alle leicht gebeugt, und starrten die geliebte Frau an mit Augen, die nicht mehr viel sehen konnten.

»Ich sage es euch, sie wacht auf. Das tut sie. Versteht ihr das denn nicht? Wir haben mit unseren Geschichten, mit unseren Erinnerungen, eine starke Brücke gebaut, sie ist so stark, dass Giorgia keine Angst mehr haben muss. Sie weiß, sie ist in Sicherheit, versteht ihr? Sie kann zurückkommen, zu uns zurückkommen.« Césco weinte, er weinte vor Glück, vor Erleichterung.

Konrad und Ben wussten nicht, was sie tun, was sie denken oder fühlen sollten. Zu viele Wünsche, zu viel Hoffnung, zu wenig Schlaf, zu viel Schock, zu viel Angst. Die Angst, die alles lahmlegte, den Atem abschnitt. Zu viel Angst.

»Ich muss zur Post, ich brauche ein Telefon, ich muss … ich muss … ich will mein Saxofon mit den roten Anschlagfilzen hier haben, wenn sie wach ist, sie muss es gleich sehen, ich brauche ein Telefon, ich muss es mir gleich zuschicken lassen, sie wird es verstehen, sie wird alles verstehen, ich muss …« Césco setzte sich aufs Bett und rang nach Luft.

Während Giorgia sich verabschiedete. Hier ein Kuss. Hier eine Umarmung.

»Oh. Mein. Gott.« Konrad fasste sich an die Stirn.

»Oh Mann, wie ich es hasse, wenn du so redest, das nervt voll, Professor.«

»Ich weiß, wo mein Ring ist. Ich weiß jetzt wieder, wo mein Ring ist.« Konrad rieb sich das Gesicht mit beiden Händen. »In Sarahs erstem Schuh. Da habe ich ihn hineingelegt. In Sarahs ersten Schuh. Da ist er.« Er sah Césco herausfordernd an. »Ich lasse ihn mir von meiner Haushälterin zuschicken. Dann wird Giorgia sehen, wer ihr Mann ist.«

»Aber klar doch, hat der Herr Professor eine Haushälterin, wie vornehm, wie schick, oh Mann, ich könnte kotzen.« Ben machte Würgegeräusche. »Aber macht ihr beide nur, macht nur, das wird euch nichts helfen, was denkt ihr denn, dass sie aufwacht und nach deinem Ring fragt oder nach deinem verdammten roten Saxofon, das denkt ihr, ihr Scheißversager, was?« Ben lachte, er krächzte eher. »Nichts da, ihr traurigen Gestalten, nichts da, sie wird mich ansehen und mich anlächeln und mir die Hand entgegenstrecken und mich fragen, wo ich war, und mit mir wird sie nach Hause gehen, mit mir, ihr Penner, mit mir, habt ihr verstanden, denn sie weiß, wer immer für sie da war, wer sie gerettet hat, immer gerettet hat …«

»Außer dieses eine …«

»Wage es ja nicht, du Scheißkerl, ich bring dich um, wenn du das noch einmal erwähnst, hast du verstanden, verdammt noch mal.« Und alles wie gehabt. Als wäre der Augenblick des Zweifelns vorbei. Vorbei und vergessen.

Dann verstummten sie erschöpft.

Während Giorgia sich verabschiedete. Hier ein Kuss. Hier eine Umarmung.

Die Nacht nahte, schwarzgrau. Der Schnee kündigte sich von Ferne an, aber vorsichtig noch, wollte keine voreiligen Versprechungen machen.

»Oh Mann, ich bin völlig fertig. Ich glaube, ich falle in Ohnmacht.«

Lautes, ausdrückliches Schweigen von allen Seiten.

Während Giorgia sich verabschiedete. Hier ein Kuss. Hier eine Umarmung.

»Was jetzt?«

»Du könntest zur Abwechslung mal wieder weinen, Gondoliere. Besser du heulst jetzt als später, wenn Giorgia und ich nach Hause fahren.«

Césco tat das Einzige, was er tun konnte, was er im Stande war zu tun. Er tat nichts. Er saß da und dachte nichts.

»Hat jemand Hunger?«

Césco und Ben sahen Konrad überrascht an. Und eben als sie ihn rügen wollten, ausschimpfen wollten, dass er in so einem Augenblick an so etwas denken konnte, spürten sie, dass sie ebenfalls Hunger hatten.

»Und ich hätte gern mein Bier.«

»Klar doch, Herr Alkoholiker.«

Konrad zuckte mit den Schultern.

Während Giorgia sich verabschiedete. Hier ein Kuss. Hier eine Umarmung.

»Wir haben den ganzen Tag nichts gegessen.«

»Jetzt, wo du es sagst. Wir könnten essen gehen, aber nicht hier in der Kantine. Dann lieber gar nichts. Oder was meint ihr? Aber andererseits widerstrebt es mir, Giorgia zu verlassen. Jeden Moment könnte sie …«

»Hör auf damit, Césco, hör auf damit. Das ist nicht hilfreich.«

»Ich muss glauben, ich muss daran glauben, sonst … sonst …«

»Wein doch nicht gleich, Mann, was soll der Scheiß, Gondoliere, dieses ständige Heulen, das geht gar nicht, Mann. Das nervt voll.«

»Leute.«

»Und du lässt ihn einfach mal in Ruhe, Professor, wenn er glaubt, dann glaubt er, verdammt noch …«

»Leute.«

»Lass ihn doch. Soll er machen, was er will.«

»Leute!«

»Was?!«

Césco und Ben starrten Konrad an, der Giorgia anstarrte, sein Gesicht ganz weiß, nicht blass, wirklich weiß.

»Was ist los, Konrad? Was hast du?«

»Sie hat die Augenlider bewegt. Sie hat den Mund bewegt. Seht ihr? Du hast recht, Césco. Du hast recht.«

Ein Wettblicken. Ein Wettschauen. Ein Wettstarren. Weg war die Müdigkeit, verflogen der Hunger und der Durst, verschwunden die Angst und die Angst und die Angst.

»Da! Schaut! Da!«

Ob es geschrien wurde, und wenn ja, wie laut, hätte keiner von ihnen sagen können. Ein Wasserstrudel, ein Luftstrudel. Alles wurde eingesaugt und durchgewirbelt. Man wusste nicht mehr, wer wer war.

»Da, sie spricht!«

Giorgias Lippen zuckten schwach. Ihre Augenlider auch.

»Sie weint, seht ihr, sie weint.«

Und tatsächlich kullerten Tränen Giorgias Wange hinunter, rollten bis zu den Ohren.

»Sie kommt, sie kommt zurück, sie ist da, sie kommt zu mir, *batuffolo mio*, ich habe es gewusst, ich habe es die ganze Zeit gewusst, *tesoro, tesoro*, ich wusste es, du kommst zu mir.«

Konrad konnte nichts sagen. Als wäre seine Stimme weg, operativ entfernt. Er sah die winzigen Bewegungen in Giorgias Gesicht und empfand reine Dankbarkeit. Nie im Leben hatte er solche Dankbarkeit empfunden. Nie. Er streckte die Hand aus, legte einen Finger auf eine Träne, folgte ihr, folgte der Spur auf der trockenen Haut.

Ben setzte sich und schwieg. Er beobachtete nicht Giorgia, er fixierte Césco und wiederholte im Geist die Melodie, den Rhythmus seines Liedes *For You My Love*, immer und immer wieder, als wollte er sich selbst hypnotisieren, einlullen. *For you my love for you my love for you my love …*

»Sie spricht, seht ihr, sie will etwas sagen, was, *batuffolo mio*, was willst du uns sagen, sag mir, was, was?«

Jetzt beugten sich alle ganz nahe an Giorgias Mund, von allen Seiten beugten sie sich hinunter.

Sie horchten. Sie horchten und hörten die Luft zischen.

Und keinem, nicht einmal Konrad, kam in den Sinn, einen Arzt oder wenigstens eine Krankenschwester zu holen.

»Ich höre es, ich höre es, was sagst du, *tesoro*, was sagst du?«

»Halt die Klappe, Gondoliere, sonst können wir nichts verstehen, Mann.«

Sie horchten. Sie sahen sich unschlüssig an. Horchten erneut.

»Ich glaube … ich glaube, sie singt, verdammt, sie will uns was vorsingen, Jungs, sie singt.«

»Ich höre es nicht. Ich kann nichts hören. Wieso höre ich nichts?«, wunderte Konrad sich, blieb aber ganz ruhig.

»Ja, du hast recht, Ben, sie singt, ich kenne dieses Lied, natürlich kenne ich dieses Lied, ich höre es.«

»Nichts hörst du, Prez, nichts, verdammt, du redest zu viel, keiner kann was hören, wenn du ständig plapperst, verdammt.«

Sie horchten. Da war etwas. Da war tatsächlich etwas. Ben schloss die Augen, ließ die Melodie durch, die Töne, einzelne Töne, er fing an mitzusummen. Césco sah ihn an. Konrad staunte und murmelte etwas vor sich hin, aber es war klar, dass es kein Lied war, eher ein Klagen.

»Tim parampampam parampamtimpam pampamram … Ich weiß es, hört ihr es, ich weiß es, ich erkenne es …«

»Was ist es?«

Césco und Ben sahen sich an, und gleichzeitig trafen sie den Swing: »*Fly me to the moon / Let me play among the stars / Let me see what spring is like …*«

Sie umarmten sich, und diesmal musste sogar Ben weinen. Sie fingen an zu singen. Sie sangen aus voller Kehle, vergaßen alles, das Krankenhaus, die späte Abendstunde, alles. Sie sprangen herum, nahmen Konrad mit und sangen, was die Herzen aushielten. Konrad hüpfte mit, lachte, er sang nicht, er konnte nicht singen, und er kannte das Lied nicht, auch wenn es ihm irgendwie bekannt vorkam, aber er konnte lachen, hüpfen und lachen.

Als sie sich trennten und sich erschöpft an der Wand, am Betttischchen, am Stuhl festhielten, öffnete Giorgia die Augen. Für einen Augenblick, nur ganz, ganz kurz. Aber sie sahen es. Sie sahen es und liefen zu ihr, riefen ihren Namen, fassten ihre Hände und Schultern und Wangen an.

Dann war plötzlich alles ruhig. Sie setzten sich auf Giorgias Bett und schwiegen, beobachteten, berührten. Und beäugten sich gegenseitig.

»Jetzt weiß ich es. Ich habe es nicht gleich erkannt. Das war unser Hochzeitslied. Das Lied ist für mich. Jetzt ist alles klar.« Konrads Freude, seine ruhige Freude war bar jeglichen Triumphs.

»Warte mal, das ist doch unser Lied, das ist das erste Lied, das sie mir geschickt hat. Das war ein Zeichen. Sie hat mir ihr Lieblingslied geschickt. Ja, klar, so ist das.« Céscos Wangen brannten. Sein Blick war fiebrig.

»Schön langsam, ihr beide, verdammt, mit dem Lied hat sie mich damals beim Vorsingen umgehauen, Mann, ihr hättet das hören sollen, so ein verdammter Mist, und ich habe es ihr vorgespielt, als ich ihr den Heiratsantrag gemacht habe, Mann, also, alles klar, Männer, bedauere.«

Sie sahen sich an. Es gibt Augenblicke, in denen alles einfach zu viel wird. Plötzlich und unerwartet. Aus. Keiner kann mehr. Es ist vorbei, und die Entscheidung muss jemand anderer treffen. So ein Moment war eingetreten.

Giorgia öffnete erneut die Augen. Es sah so aus, als hätten sie keine Farbe, ihre Augen. Sie versuchte zu lächeln. Sie machte den Mund auf, bewegte die Lippen, alles kostete sie so viel Energie, man sah es ihr an. Als käme sie von einer endlosen Reise zurück, einer Odyssee.

»Müde.« Der trockene Mund. »Zum Mond … zurück.«

Ihre Augenlider flatterten. »Das Fliegen … nicht so … vorgestellt … so müde … zum Mond …«

Und das war es. Nicht mehr und nicht weniger.

Als die Krankenschwester eine Stunde später wieder vorbeikam, fand sie vier Menschen in zwei zusammengeschobenen Krankenbetten vor – im tiefsten Schlaf.

Entstehung & Dank

Dieser Roman wurde in genau 21 Tagen im Oktober 2014 geschrieben. Ich bekam eine *writer-in-residence* im wunderschönen und wunderschön abgeschiedenen Ledig House in OMI bei Ghent, NY. Vier Wochen lang also schlief ich, aß, ging spazieren - und schrieb. Es war eine außerirdische Erfahrung, ein echtes Mirakel: Ich hörte Jazz, und die Worte flossen aus meinen Fingern wie selbstständige Lebewesen; oft flossen sie auch nachts weiter, während ich versuchte, mich auszuruhen, den Kopf leer zu bekommen. Neben den anderen Stipendiaten, mit denen ich den reichlich gedeckten Tisch und den offenen Kamin teilte, waren meine einzigen Weggefährten Kühe, Eichhörnchen, Rehe, Pferde, Schweine und gelegentlich Grashüpfer.

Für das Wunder von OMI danke ich aus tiefstem Herzen Francis Greenburger, Writers OMI Program Chair and Founder; Ruth Adams, OMI International Arts Center Director; DW Gibson, Writer OMI Program Director; Rose Vining, Rita Soares-Kern und allen anderen fabelhaften Mitarbeitern bei OMI International Arts Center und Ledig House für ihre liebevolle Fürsorge; und natürlich allen Ledig-House-Autoren für anregende Gespräche und Unterstützung.

Dank

Von ganzem Herzen danke ich

Daša Dragnić, die immer an mich glaubt und für mich da ist; und Andreas Pohr, meinem besten, geduldigsten, klügsten ersten Leser;

Sanja Dragnic, die mir so großzügig und gutherzig Boston möglich gemacht hat;

Nena Cercek, die mir zum Redigieren ihren Tisch an ihrem L.A.-Pool liebevoll zur Verfügung gestellt – und mich selbstlos und unermüdlich zu allen meinen toten Lieblingsschauspielern gefahren hat; und natürlich Bojan Cercek, dem perfekten Gastgeber;

Eva Bacon, Beate Laufer-Johannes, Markus Gräml und meiner Erlanger Autorengruppe Wortwerk, die mich beraten und früher oder später, mehr oder weniger, gelesen und verstanden haben;

Felicitas Igel, meiner Lektorin und Meisterin des Märchentons, die mir vertraut, mein Schreiben versteht und Giorgia und ihre jazzigen Männer auf Anhieb ins Herz geschlossen hat;

meinem Leon, weil es ihn gibt.